遗忘爱达荷

[美] 艾米丽·卢斯科维奇 著
杨扬 译

I D A H O

南海出版公司

新经典文化股份有限公司
www.readinglife.com
出　品

献给最亲爱的人和 Fa

目录

Contents

二〇〇四

除了一年拉一两趟木柴，他们从不动那辆卡车。它就停在山坡上的柴棚门口，发动机罩深深的凹槽里积满了雨水，雨水里又生了幼蚊子。韦德和珍妮结婚的时候是这样，现在韦德和安结了婚，也是这样。

安有时会去卡车那儿坐坐。她会等到韦德忙的时候去，免得他发现她不见了。今天安是借口取木柴来的，她拖着一架蓝色货橇，碾过淤泥、杂草和斑驳的积雪。柴棚离房子不远，但被一片粗壮的黄松挡住了。她感觉自己好像闯入了别人的领地，好像这一切都不是她该看到的。

停放卡车的地方是块少有的平地，仿佛山坡上凿出的一座不可思议的架子。在柴棚门前，卡车四周的草丛和积雪里散落着几块碎砖。几股扭曲的铁丝倚靠在树上。两条粗绳从一根长松枝上垂下，此时正各自飘荡，但看起来它们似乎曾被一块平木板拴连在一起——那是一架孩子的秋千。

时值三月，晴朗而寒冷。安坐进卡车的驾驶座，轻轻关上车门。她拉过安全带扣在身上，摇下车窗，几滴水溅到了大腿上。她用指尖轻触那几滴水，在思绪中把它们用线连起来，在大腿上绘成一幅画。那幅画让她想起一只老鼠，或者至少是孩子画的老鼠——一张三角脸，一条长长的卷尾巴。九年前，当韦德和珍妮还是夫妻，他的两个女儿都还活着的时候，一只老鼠顺着卡车排气管的上沿爬进了发动机舱，在歧管上做了窝。在她看来真是奇怪，韦德也许还记得那只老鼠，记得它在发动机罩下穿梭跑动的声音，却忘记了他前妻的名字，或者说，有时像是忘了。但那只老鼠——那只老鼠在他的记忆里却依旧鲜活。

和韦德结婚几年后，安在壁橱高处的搁板上发现了一只工具箱，里面放着一副鹿皮手套。它们比韦德平时戴的工作手套要好得多，除了有一股焦味外，看上去几乎全新。老鼠的事她起初就是这么知道的。安问他为什么把手套收进壁橱，不拿出来戴。韦德告诉她，他想留住那股气味。

什么气味?

老鼠窝烧着的气味。

他女儿头发里最后的气味。

如今他已许久没再说过这些话。在发现安是多么在意他女儿之死的详细情形后，他便从此闭口不谈。他大概以为时隔多年，安已经忘记了手套的事。但她没有。韦德把它们和文件一起放在楼上办公室的文件柜里。她把抽屉拉开一条缝，刚好能看见里面的手套。

在韦德和珍妮婚姻的最后一年，在梅还活在世上、琼仍安然无恙的最后一年，那只老鼠也许在卡车里度过了整个冬天。安想象着老鼠在卡车和谷仓之间的雪地上窜来窜去，一趟趟叼来干草或保温材料，或者狗窝里塞着的一簇簇棉絮，把窝越做越大，春天一来就在里面产崽。有些鼠崽也许早早就死了，它们细小的骨头像秸秆碎屑，融进了鼠窝里。别的老鼠也来了；把耳朵贴在发动机罩上，就能听见它们在下面的响动。小姑娘们喜欢这么做。

好吧，至少在安的想象里她们喜欢。

八月的一天，全家人坐上卡车。韦德坐在驾驶座上，也就是安现在坐的地方，珍妮坐在他旁边，他们的女儿——九岁的琼和六岁的梅，抱着一罐柠檬汽水和一摞泡沫塑料杯挤进后座，她们用指甲在杯子上刻出图案。姑娘们也许本想坐进车斗，但她们的母亲一定会说在公路上这样不安全。于是她们坐在驾驶室里，面对彼此，背对车窗，膝盖碰来撞去，也许还在打架。

老鼠被忘得一干二净。他们在泥路上缓慢行驶，一开始毫无觉察。但一驶上黄松镇的公路，一股腐臭和毛发、皮肤、种子在滚烫的发动机上炙烤的焦味便从出风口涌进来，灌满了驾驶室，小姑娘们一边干呕一边大笑，把她们生着雀斑的鼻子探出窗外。

他们只好摇下车窗继续向前开，在那一个小时里，他们忍受着那股气味，穿过内兹山谷，经过阿索尔和凯里伍德，然后爬上一段漫长的山路，直到驶近罗艾尔山的山顶。山上伐好的桦木已经堆放成垛，等待装车。他们的头发和衣服，还有韦德的手套里，每一根纤维都吸收了那股焦味。在安的脑海中，琼和梅在阳光下等待着，她们的母亲把桦木滚上车斗，父亲把它们码放好。姑娘们倚在轮胎上，拍打着腿上的马蝇，把柠檬汽水倒进尘土。

回去的路上一定也有那股焦味。它是唯一的恒量。在安的思绪中，它连起了她原本无法关联的两件事——上山的去程和下山的归程。安来这儿就是为了弄清那趟归程。

在韦德能够控制局面，跑去求救之前，他一定不得不考虑一些事。一些实际的事。比如关上后挡板，免得原木滚出来。他还得记得，把插销提起来再推进去才能锁上后挡板——这有窍门。他当时一定记得，并且即使在惊恐之中，他的手指也能听从指挥，安之所以爱他，和这不无关系。也许有一天，当一切都从他头脑中消失，他依然会记得插后挡板插销的窍门，而安仍然会爱他。

她想象着下山时有多容易迷路，因为他们上山的时候就迷路得厉害。怎么可能有让人觉得眼熟的东西？杂草丛生的羊肠小路，钉在树上的简陋路牌，一个小时前他刚看过这些牌子。这让她感到不可思议。这一切都让人不可思议。夏日的天空和车轮碾断树枝的声响，油脂和忍冬的气味，珍妮的呼吸给车窗蒙上了雾。

安不得不想象其中的绝大部分，除了韦德告诉过她，或者她在电视上听过的事实，一切都要靠她的想象。在最初那些日子里，她的确尽可能地不开收音机和电视，所以她知道的一切都来自韦德。韦德告诉她什么，她都记在心里。但她不会允许自己去探寻，她不会允许自己去追问。

但现在韦德开始失忆，情况就全然不同了。在他永远丧失记忆之前，她想问问他当时有没有和珍妮说话。珍妮是望着侧窗外还是直视前方？又或者正看着他？

他是在哪一刻掰掉了后视镜？

不，安心想，甚至都不是在回去的路上。是他上车的时候。打开车门上去，珍妮坐在那里，一杯柠檬汽水在她手中颤抖——可能没有颤抖，可能纹丝不动。可能杯子是空的。可能几滴柠檬汽水溅到了她的腿上，就像现在安腿上的水滴，它们组成某种无害之物的轮廓，某种后座上的那个孩子可能画过的东西。

安的手拂过仪表板，去年夏天的花粉粘在她的手掌上，柔软湿润。在这里，一切都展现在她面前。后视镜用胶粘回原位，重新立了起来，上面挂着一只捕梦网，垂下两根泛着荧光的羽毛。脚垫用洗涤剂洗过，后排右侧的座椅整个换过，看上去和左侧原装的差不多，只是蓝色更鲜亮些，也没有漏出填充物的小洞，姑娘们也许用手指捅过那些小洞。

安转动钥匙，让发动机运转起来。她坐在车里，深吸一口气。九年过去了，鼠窝的气味已经散尽，但时不时，当她在驾驶座上挪动，坐垫上腾起灰尘，她会嗅到一丝那旧时气味若有若无的踪迹，邈远，微甜，皮革和燃烧的草的气味。

当然，那也可能是远处山谷中开春烧田的气味。

安和韦德已经结婚八年。如今她三十八岁，韦德五十岁。

去年，安在阁楼上找到一箱韦德的旧衬衫。她把箱子搬下楼，在一方温暖的阳光中跪坐在地上。她把衬衫一件件展开，每一件都举起来，把要捐给救世军的放进一摞，要留下的放进另一摞。

韦德走进卧室，看见她正做着这个。

“是太小了吗？”她说。她没有回头，因为一块油渍正让她拿不定主意。她把那件衬衫举过头顶，看着阳光穿透油渍。

韦德没有回答。她以为他没听见。她把衬衫叠起来，继续手头的活儿。

可还没等她反应过来，韦德已经按住她的头，用力往下按，往那箱衣服里按。这让她始料未及，所以她一开始还在笑。但他并没有停手。硬纸板的边缘摩擦着她的喉咙，她的笑声变成艰难的喘息，然后是一声尖叫。她挠他的腿，乱抓一气。她用拳头捶他的鞋，用胳膊肘顶他的膝盖。他在用一种似曾相识的声音对她说话——她想不起他在什么地方用过——但他以前从来没对她用过。“不行！不行！”——几乎是在咆哮。

他的狗。他驯狗的时候才用这种声音。

然后他放开了她。她慢慢地，小心翼翼地抬起头。他深深叹了口气，然后摸了摸她的肩膀，好像是在求她原谅，或者——即便惊魂未定，她仍然意识到——他是在向她表示自己的原谅。一分钟后，他问她有没有看到他的割草鞋。

“没有。”她盯着那箱衣服说。她跪在地上，浑身发抖，一遍又一遍地捋顺起电的头发，仿佛这能够改变什么。韦德找到了他的鞋，穿上出了门。几分钟后，她听见拖拉机的声音。他在清理草场上的矢车菊。

在衣服那件古怪插曲发生的前一年里，他还做过其他让她担忧的事。他给他的客户打电话，指责客户开的支票无法兑现，哪怕安拿银行对账单向他证明他搞错了。他穿的鞋带在鞋面的底端而不是上端打结。同样一把钳子他一周里买了三次。他把她一条热气腾腾的新鲜面包丢进废料篮里喂鸡，好像她是给鸡烤的。有一次，在一月的最后一个星期，他砍了一棵漂亮的白松，穿过新下的雪拖着它走了一英里。到院子里的时候，安也在那儿，他笑着示意安看这棵树。“你觉得它会不会太高？”

那是棵圣诞树。

“可是圣诞节——韦德，已经过去一个月了。”

“什么？”

“你不记得了？”她笑着说，心里惊恐万分，“你以为你身上这件外套是哪来的？”

但他把她按进衣服里那天，却完全是另一回事；那是他的病唯一一次以暴力形式发作，这样的暴力与过去的他相去甚远，就算在事后一段时间，她也无法理解这样的事竟真的发生了。

但发生过一次后，又发生了第二次。几个月后，他把她按在冰箱上，让她的脸紧贴着一张她挂在那儿的餐馆优惠券，那家餐馆叫狭地人馅饼。她奋力反抗，但像上次一样，反抗不过是让她疼得更厉害。等他放了手，她把他推开，朝他尖叫，他却只是伤感地站在那儿，好像对她感到失望似的。

又有一天，安把一桶松果倒在厨房的桌子上。她打算给它们点缀上花生酱和鸟食，挂在树枝上喂小雀。可是她刚坐下来准备干活，就感觉他的手按在她的头上。他把她按在了那些松果上，松果在她的左颊留下一片细小的伤口。

再后来，一扇原来他女儿房间的门被风吹开，他以为是安打开的。门刚一关好，他就把她的额头抵在门上，告诉她“不行，不行，不行”，直到安又惊又怕地说“好的”。

她无法理解这些事，她知道韦德也无法理解，所以她无法表达自己的愤怒，无法阻止这样的插曲一遍遍上演。随着它们发生的次数越来越多，随之而来的痛苦和惊恐也渐渐消退，她开始忍受这些袭击，因为不知道还能怎么办。她留心哪些事会激怒他，确保不再做同样的事。不再碰松果、狭地人馅饼、装箱的旧衣服，不再进他女儿的房间。简单得很。这些事成了她新开始的一项收藏，她会在头脑中查阅的一份清单，最后，她这么做不再是出于疼痛，而是出于好奇，仿佛有什么就在她生活的边缘，等待着被她发现。夜里，等他入睡后，她会一边思考这些事，一边观察她深爱的这张脸。他苍白的眼皮在久经日晒的面庞上分外鲜明。他的嘴唇干裂，两颊胡须丛生。这个男人与生俱来的善良让人无法想象他竟会做出那种事，但他无疑是做了。她用嘴唇轻触他浓密的头发，也合上了双眼。

韦德从小就开始驯狗。猎犬、救援犬、导盲犬、退伍军人的服务犬。现在他养布鲁泰克浣熊猎犬，从小养大，一次只养几只。他训练它们把动物赶上树，但他从不射杀猎物，因为他对杀戮不感兴趣。他感兴趣的是训练本身。现在这也让安产生了兴趣。她观看训练的时候，就像是在了解他们的婚姻。她发现当他想给一条狗教训，他会把它的口鼻使劲往它杀死的母鸡羽毛和鲜血里按，然后再按进鸡栏下挖出的新土，她看得出他是带着爱意这么做的。爱意，失望，还有一种为了它好才教训它的责任感，好像只有当错误有质感、气味和味道时，那条狗才会记住自己犯下的错。准确说来那不是惩罚，而是一种铭记的方式。也许在她身上也是一样。就好像他现在的所作所为是在遵循他一直以来的感受，他感到和安之间存在一道语言障碍，要想打破，唯有通过蛮力、强横的爱和一再重复的几个强硬字眼。不行，不好，不是你的。至少他希望她能听进他的话。

当然，有时这也让她心碎。

有一次，电视上在播一条织物柔顺剂的广告。广告里，一场突如其来的雷雨过后，一位母亲和两个女孩正从晾衣绳上收衣服。她们从夹子上扯下连衣裙，晾衣绳弹起来，水滴飞溅，洒在她们身上。电视上的这一幕让他沮丧。他想不起为什么，或者该怪谁，但像他在桌上看到松果的那次，安发现他脸上出现了一丝不寻常的惊慌。她摸着他的手，好像在说“是我害你这样的”，好像这会让他好过些。他的目光落在她身上。她在电视机前跪下，他把她的一侧脸颊用力按在电视屏幕上，用熟练的声音说着：“不行，不行！”

现在这就是她爱他的方式。

她感觉到他粗糙的手按在她头上，她的头发起了静电，屏幕朝她的太阳穴放出微弱的电流。在这样的时刻，她才终于感到自己为他做了什么，一些真正重大的事，好像这是她誓言的一部分，而她现在才刚刚学会该如何践行。夹在他的手和屏幕之间，她点点头（“我很抱歉，韦德，我真的很抱歉”），向他保证下次再也不会了。

安见过两张他小女儿梅的照片。第一张是在电视上见到的。第二张是宝丽来照片，五年前她用扫帚把它从冰箱底下掏了出来。她从灰尘和头发里拾起照片，它表面还粘着什么黏糊糊的东西，她一抠就变成红色的碎屑剥落下来，像干了的果酱。

照片里，梅抱着一只和她神似的布娃娃：剪到下巴的金发，直刘海，棒冰色嘴唇。她上身穿着泳衣，下身是灯笼裙裤，圆鼓鼓的白肚皮上有几道猫抓痕。她坐在一片林间空地里的高树桩上，盘起胖乎乎的腿，完美地装出成熟的模样，粉红色凉鞋掉落在尘土里。

虽然非常清楚有人在给她拍照，但梅并没有笑。她演技十足地看着地面，微闭的双眼轻轻颤动，布娃娃松松地抱在一边，靠在身上，好像下一秒她就要热吻它脏兮兮的布脸。她的头歪向一边，双唇张开，刘海略微扫过一只眼睛，她面向布娃娃而不是镜头，小心翼翼地用手指摸着那张粉线缝成的小嘴，好像一位情人。她看起来也许有五六岁大，充满了热情，感觉自己美极了。

在安的脑海中，九年前八月的那一天，坐在后座上的就是这样的梅。

在安脑海里的那幕场景中，梅觉得叮咬她手臂的那些马蝇是在专门欺负她。她已经爬进了卡车后座，但马蝇从外面跟了进来。她的爸爸妈妈还在把原木装车。她姐姐不知去了树林里什么地方。梅噘着嘴，吻着雪白皮肤上小小的咬痕，一边吻一边喃喃自语，好像那是别人的嘴唇，正安慰她，抚摸她，让那些咬痕快快消失。

马蝇一落下，她就抽打它们。她的皮肤上留下了一道道通红的手印。一开始，她试图把马蝇捉进装柠檬汽水的泡沫塑料杯，但它们数量太多。马蝇熟悉了她的节奏，试图捉弄她，它们落在后脖颈这样不便拍打的地方，落在她毛茸茸的头发上，让她几乎感觉不到。嗡嗡声环绕着她的头，和叮咬一样让她不胜其烦。双方同样身处险境：马蝇忌惮她狠辣的小手，她害怕它们的叮咬，每一口都是猝不及防的一星刺痛，让她浑身皮肤一紧。这是他们之间一场让人发狂的游戏，充满了悬念、紧张和冒险。

安看见梅坐在那里，手一动不动地停在半空中，等待着那只马蝇放松警惕，好一击制胜。这时，安的思绪在一片黑暗中骤然而止，就像看过太阳以后突然闭上眼睛，色彩最后的轮廓仍在她眼皮下的黑暗中游动。马蝇的嗡嗡声、奔跑的脚步声、山林间百无聊赖的乌鸦漫不经心的嘎嘎声：所有这一切都化为一阵吱吱啦啦的静电和一片黑暗。

当安的思绪像重新张开的眼睛一样重启，最令人愕然的是这幅画面现在变得何其平静。梅坐在后座，头伏在膝盖上，一动不动。现在她的双手不再拍打，马蝇便落在她胳膊上。她的头发上粘着她黏稠温热的血液。嗡嗡声减弱，马蝇近乎温柔地在她的胳膊上安顿下来，像是厌倦了打闹，准备入睡的孩子。其中有些还不确定游戏是否已经结束，拿不准这是不是一场孩子的把戏，她此刻如此安静的手，会不会突然绷紧，飞起一掌。但最终，它们也安顿了下来，平静得连叮咬也停止了。它们在她静止的胳膊上安歇，仿佛这是自己的家，它们洗净触须，让复眼的几百个平面暂时失焦，这时浓郁的黄光透进车窗，穿过它们翅膀碎裂的骨架，温暖着它们的身体，在这片刻，一切安全无虞。

几年前，有一次安很晚才回到黄松镇的家。她出门办事，车坏在了路上。她打电话通知了韦德，然后在城里等到车修好。

那一夜她开车行驶在陡峭的泥土车道上，远远地看见了他们的房子。除了二楼左侧韦德那间办公室的窗子，其他房间全都黑着，然而奇怪的是，前门底部有两块发出亮光的长方形。花园另一边一座独立的建筑是他的工作室，它的门上也有两片亮光。这些亮光让她迷惑不解，她想不出那会是什么。灯笼？可是为什么？直到她站在房门口，她才明白那些发光的长方形原来是木头上开出的洞，屋内的光从那里透了出来。

这让人完全摸不着头脑。安害怕了，她抱着购物袋进了屋。在落地灯昏暗的光线中，她看见节疤松木墙上开出了许多通往室外的洞，每个洞都是长方形，大约一英尺高，半英尺宽。一座书架上的书被清空，好在后面的墙上开洞。厨房操作台的上方也有一个洞，月光洒落在富美家贴面上。

她的心在狂跳。“韦德？”

风穿过洞吹进屋里。落地灯上方的墙上趴着五六只蚕蛾，有些和她的手掌一样大，它们长着眼斑的翅膀一张一合。一只巨大的甲虫费劲地爬过硬木地板，像把刀一样闪闪发亮。到处散落的锯末里有猫的脚印。

她打开主灯，只见保温材料被锯成规则的小方块从墙里掏了出来，整齐地摞在玻璃推拉门旁边。房子里的内墙上也有洞通往其他房间，还有些洞哪儿也不通，只是通向墙的更深处。洗手间的门上也有一个洞。

"韦德——"但她的声音被截住了。一只猫叫了起来。

她转过身。一只猫正愉快地侧身在椅子腿上蹭来蹭去，它抬起头朝她发出呼噜声，慢慢眨动着绿色的眼睛。她不认识这只猫，但她把它抱了起来。它温暖的、沉甸甸的身体让她镇定下来。在她怀里的时候，它起劲地用脸蹭着她的下颌。

她抱着那只呼噜个不停的猫上了楼，快步经过那两间紧锁的空屋，每间屋门底部都有两个规整的长方形切口。然后她推开第三扇门，看着韦德。

他坐在他办公室里的一张凳子上，穿着外套，低头看着桌子上的几张蓝色和黄色收据。烧木柴的炉子也在桌上，空气里飘浮着松木气味的烟。

"你回家了。"他说着在凳子上转过身，伸手去拉她的手。她看见他拇指和食指间起了水泡，那应该是他刚才握锯的地方。"辛苦你在城里等了那么久。"他温柔地拉她坐在他膝头，她怀里还抱着那只猫。看到他的脸时，她不禁心里一酸。他眼里的疲惫消失了。奇怪的是，他还一反常理，显得更加年轻。他看起来像他们初次见面时的样子——像珍妮的丈夫。

他微笑着，低头看那只猫。"它是只流浪猫，"他摇着头说，"但并非一直都是。我在工作室的时候，它朝那儿的门喵喵直叫，我就让它进去了。接着我又想，干吗不让它也进屋子里来？"他大笑起来。

她用拇指摸了摸他袖子上的锯末，这个动作耗尽了她全部的注意力。他的头发上也有锯末。"房子是怎么回事？"她用一种低柔、谨慎的口吻说。他一脸迷惑地看着她。“那些洞。”她说。

“是门啊，”他说，好像全然没想到她会不知道，“这样它可以来去自由。”

她只说了一句“哦”。猫从她的腿上跳下来。她站起身。“门。”她听出了自己口气中的狂躁，直到这时她才知道她心里的感觉是愤怒。“你给猫开门，开了好几十个门。”他把她的脸推到电视机上的时候，一定和她现在的感觉一样，如此深重、无望、由来已久的痛苦和沮丧，虽然与他无关，她却完完全全归咎于他。

她本以为自己会再说些别的，但她没有。她转身穿过走廊，经过那两间空屋下楼去了。他似乎并不明白她生气了，所以没有跟来。很好。她找到一只手电筒。外面群星璀璨，风撩动着她的头发，异常温暖。狗嗅着她的口袋，夜里还有人出来让它们兴奋不已。它们跟着她下了山，来到两座谷仓中大的那座，里面空着，只放了一些木料和工具。除了眼前的工作，她什么都不想。她踩着梯子爬上阁楼，在那儿找到一些胶合板和几块墙板，这是韦德和珍妮建房子的时候剩下的。她把这些下脚料扔到楼下。阁楼里到处是老鼠和鸽子的粪便，花粉和灰尘粘在她的脸上。她哭了起来，一边哭一边往下扔木料。最后，她泪水不止地爬下梯子，插上切割机的电源，很快把那些墙板和胶合板切成一堆长方形小块，然后装上手推车。

她在黑暗中推着手推车爬上陡峭的山路。前方的空地上，房子里的灯现在全开了，窗子和墙洞里透出亮光。它像一座孩子画的房子，布满了几十个歪歪扭扭的微型窗户。她推着手推车走得上气不接下气，但没有停下。她口袋里的手电筒还开着，从衣服里笔直照向天空，光线在空中弥散。

她忙了一个多小时，把墙板切成的方块钉在洞上，再把一块块保温材料塞进内侧的方形空洞里，只露出材料的纸面。她没有补屋内的洞，只补了通向外面的。那只猫从其中一个洞钻进来，又原路出去，仿佛是在展示这些门有多好用。

干完活，她收起工具，扫起地上的木屑，然后冲了个澡，上床睡觉。

终于,她听见韦德从二楼下来。他脚步缓慢,似乎意识到了什么。她听见他在楼梯中间停下脚步，站了许久。她几乎能听见他正用手描过一个猫门的边缘，仿佛不敢相信它的存在。

她躺在床上，眼睛盯着墙。他在她身边躺下，刚一触到，她就感觉到了他体内的变化。他又是原来的他了。

“我没意识到。”他说。她没有翻身面对他。她难以抑制席卷全身的如释重负之感，所以她紧闭双眼，把那感觉封闭在体内。这让她开始浑身颤抖。她又哭了起来。他把她搂进怀里。“我很抱歉。”

当她听见他也在哭，她翻过身面朝他，一遍遍温柔地抚摸他的脸，手指抚过他的脸颊和额头，像对孩子那样。“没关系。”她说，一边微笑,一边流泪。过了一会儿,他们闭上眼睛,久久地抱在一起。

当他好像贴着自己睡着了，她在他怀里翻过身，把他的手抱在胸口。她翻身的时候，他醒了。“我能问你件事吗？”过了一会儿，他问道。他的声音中有一丝无辜，他相信自己还有些问题从没问过她，这时她就已经猜到，他的一部分又缺失了。

"问吧。"她说。

"你爱过别人吗？"

"没有，"她说，"当然没有。"

"在我之前，你跟别人睡过吗？"

她紧紧闭上眼睛，咽了咽口水。他以前当然知道她和别人在一起过，但现在她说："没有。"她说："只有你。"

他舒了口气，好像心里一块石头落了地。

她躺在黑暗中，思考着这是多么奇怪的一件事——突然间她的过去也消失了。在他之前她生命中的一切，让他们走到一起的一切，通通消失了。学校、她的童年、整个英格兰。

有那么一瞬间，这种缺失带来的轻快感几乎让她松了口气，他放在她心上的手是开头和结尾，是一个只有他们两人的故事，始于也终于他们双手的触碰。如果她别无选择，她可以暂时活在那一刻里。

就她所知，珍妮也消失了，从他的记忆中。他跟珍妮生活在一起的日子，跟梅和琼生活在一起的日子，女儿们说话的声音，她们衣服上最后的气味，像鲜血从房子的众多伤口中流出，流进夜色，在他和她的故事里已不复存在。

那一瞬间已经过去，但她还是决定问他。"你呢？"几乎是一句耳语。

"没有，"他柔声说，"只有你。"

她翻过身吻了他。就这样，他们成了彼此的初恋。

第二天早上，韦德明白了自己对房子和工作室造成的破坏，羞愧难当。但安没有让他看出这件事对她有多大的影响。她仍旧高高兴兴，把甲虫和树叶一起扫出去，在厨房挂上粘蝇纸。他们把那几只大蚕蛾捉进罐子然后放飞。他布上了捕捉蜘蛛和老鼠的陷阱。那只猫又走了，仿佛它来这儿不过是因为有望得到一百个门。

那年安和韦德原本计划去苏格兰看她父亲，但这件事发生后她取消了行程。她感到父亲正和她越发疏远，这时不能去看他让她尤其难过。他在电话里很不自在，只想着开玩笑，有时还会把电话交给他弟弟，也就是她叔叔，换他和她通话。他从没提过她写给他的信，这让她心痛，尽管父亲生性不喜欢谈论私事。她向自己保证以后写信要写得轻松愉快些，以此和他拉近距离。

那一年，鸢尾山的秋天美极了，也许是她一生中最美的秋天。她和韦德穿过不断变化的树林，边走边踢飞树叶，一走就是许久，寒气透过他们的毛衣。他们给养的山羊拴上牵绳，喂它们吃从枯槁的野果树上摘下的苹果。山羊嚼得很吃力，安看着它们皮革般的嘴唇里冒出绿色的泡沫。

韦德的失忆多数表现在琐事上。有一次他把床铺反了，被子铺在下面，床单铺在上面。但更让她吃惊的是他竟然铺了床。这一直是她的活，这倒是个不错的转变。

她在冰柜里找到过她的梳子。有时担心的顾客会给他打电话，说自己的订单被下了两次。但这都是无关紧要的事，和大多数事情一样，就算做对了也不重要。

她学会了如何应对他记忆溜走的时刻。有时候，他甚至一句话都没说，安就能感觉到它的到来。在一个阳光明媚的秋日，她挨着他躺在地上，在他小憩的时候，她感觉到他过去的生活、他的记忆从他的皮肤上散发出来。她感觉到除了自己，一切都离他而去。为了和他相称，她也褪去了自己的生活。他们一起躺在那里，像时光中的一个点。一片流云遮住了太阳，变化也在他的内在发生，当她察觉到这变化，她也让自己内在随之而变。他们又变回了平常的自己，身上还残留着一分钟前失忆的余温。

然而在她的幸福之下，还有一重恐惧，恐惧有一天这会成为他们仅剩的一切。一切关联都将不复存在：手套上的气味、用力关上卡车门的声音。她仍然希望知道的所有细节。一切都将缩减为它们本身，别无其他含义。

一天下午，在宅地边缘树林深处的一片空地上，他们烧掉了一些朽烂的家具。一定是远处某个不认识的邻居扔到这儿来的。一起在林间散步的时候，他们常常会游戏似的寻找这样被垃圾占据、需要清理的地方。“我们去约会吧。”安会笑着说，然后脱下干净衣服，换上穿破的脏牛仔裤，上面闻起来还有以前焚烧垃圾的烟味。

有时候，在垃圾里能找到有用的东西。比如有一次，韦德找到了一辆破卡车，并把弹簧片从车轴上拆了下来。那是一种特殊的金属，在工作中他会用到；只能在旧卡车上找到。他用锻铁炉把它加热到发红，然后锤打塑形。

发现朽烂家具的那天，他们在一张床垫上扔上树枝，然后把柴油浇在那堆垃圾上。他们退到一旁，看着火焰噼噼啪啪地熊熊燃烧。他悄悄用胳膊搂住她的腰。他的触摸带有一种沉重，他的微笑，甚至他的开怀大笑，都带着一丝伤感，一种了悟，深知他们是从别处一起到达此处，深知彼此之外另有故事。

等他失去这种了悟，她会怀念它的。她靠在他身上，闻着他衣服上的烟气，注视着他转向火焰的那张英俊的脸，然后她也看向火焰。火焰上方的空气无形燃烧，像水面上波动的倒影，火焰后遥远的群山仿佛在热度中颤动。

“我们就在这里。”她说，并不知道自己想表达什么。

“我们就在这里。”他应道，把她搂得更紧了些。

安刚搬到山上的时候，这里养的是马，不是山羊。珍妮和琼一年没骑它们，那几匹阿帕卢萨马变得性情暴躁。安不敢靠近它们，甚至不敢从它们打结的鬃毛上刷掉芒刺。靠近房子的那座较小的谷仓是珍妮用来储藏干草的，里面的干草堆到了天花板。安搬来后不久，就和韦德把干草和马一起卖掉了，只剩下几捆干草。

卖掉干草以后，这座建筑面貌一新；里面空空荡荡，充满了可能性。它有一扇朝着树林的窗户。安当时设想把这座谷仓改成一间办公室，她打算在里面摆上一架电子琴和一张桌子。

她扫地的时候灰尘满天飞。她用一把扫帚清除了所有角落里的蛛网和废弃的马蜂窝。这让人筋疲力尽，心情愉悦。清扫完整间屋子，她在墙角仅剩的几捆干草上躺下，手滑进了草捆和墙壁之间的缝隙里。

地上有一本书，掉落的时候书脊朝上，书页蜷曲着摊在地上。她用指尖摸了摸它，是一本发霉变软，灰尘累累的大开本平装书。

书名叫《画脸》。这是一本讲解不同素描方法的教学书，从椭圆、网格和独立的图形开始，每一页会展示素描完善过程中一个新的步骤，最后是一幅笔触精细的大众脸，所有网格线已经擦除，头发也已经填满。这是一本给成年人看的书，里面的素描对孩子来说太细太难。书末，在书里装订的几张练习纸的第一页上，有一幅画了一半的铅笔素描，画的是一张女人的面孔。右下角有一个签名。

珍妮。

安看到这张脸上被擦掉的线条痕迹。她看到这幅画是何等细致地遵从书上的教学指导。脸略偏向一侧，鼻子看起来画得胸有成竹——长方形和圆形被擦掉了——但一只眼睛还没有涂阴影，空洞无神，还留着上一步的线条，仿佛是透过枪的瞄准镜看到的眼睛，准星正瞄在瞳孔上。但垂在脸庞两侧的头发画得清晰而细腻。

安合上了书。

从那以后，这座谷仓就不同以往了。她试图无视它。她把自己的东西搬了进来。一张桌子、一架电子琴，甚至还有一台老电脑，上面安装了一套作曲和记谱用的程序。这间小工作室美极了。

但墙角的那个女人也是这么想的。安能感觉到她就在那里，心里想着没有丈夫和女儿的这片刻独处时光是多么美妙。她躺在干草捆上，绘画书摊在胸口，裸露的脚趾在扎紧的红色麻绳上蜷着，胳膊慵懒地放在双眼上挡住阳光，手里拿着削尖的铅笔。安想象着那几匹老斑点马在旁边嚼着干草。墙角的马蜂嗡嗡作响，而在外面不知什么地方，晾衣绳上玫瑰色的衬衫被太阳晒得又干又挺，两个姑娘正在下面往蓝色的迷你茶杯里装沙子。

因为韦德已经扔掉了所有的东西——画、衣服、玩具——所以每一件偶然发现的遗留物都有着无以言表的重要性，在安的头脑中挥之不去。埋在腐烂树桩的锯末下的四个发了霉的布娃娃。雨水管里掉出的一只芭比娃娃的高跟鞋。狗屋里的一支荧光色牙刷。最后，再加上书里一幅未完成的画。这些物件沉重无比，有着和它们本身不符的重要性，之所以重要，是因为它们少得可怕；它们越积越多，重重压在她的心头，讲述着自己的故事，在她的头脑中化作本应留在韦德脑海里的记忆。

就连那些不是安种的覆盆子树也不例外。有很长一段时间，它们每年都活过来纠缠她，以绝对经久不衰的意志力勾破她的袖子，划伤她的腿，把她扯进树丛。是珍妮把它们种在那儿的。安不给它们浇水，但它们靠雨水活了下来，结出萎缩干瘪，像白垩一样又硬又脆的酸果子。年复一年，它们绿色的枝干旁生出新枝的红棕色幼芽，昭告着自己的生生不息。她一度采取了一切能够让它们自然死亡的办法；但在后来的一个冬天，她看到它们枝叶凋零，衰弱无力，便用一把砍刀把它们砍倒，四周细雪纷飞。

这让人迷惑，她不知道自己需要的是更多和他家人有关的东西，还是更少。树桩下那四个发霉的布娃娃让她因爱意而落泪；晾衣绳下的茶杯每个都小得能套在指尖上，让她难以置信；茶巾上的蓝知更鸟刺绣一定是珍妮亲手绣上去的，这让她心生愧疚；那几间空屋让她除了空虚别无他感。一次在邮局排队的时候，她看见停车场里，一个小女孩在用棍子抽打她倒地的单车。安笑了起来。但紧接着，泪水骤然涌上她的双眼。

那本绘画书她留了一整年，从一个地方转移到另一个地方，在书架上塞来塞去，多多少少有些蹂躏它，试图以此消磨它的意义。后来有一天，她生了自己的气，一气之下把那本书连同书里的那幅画封进一只马尼拉纸信封，写上圣人山女子惩教中心的地址。她没有在角落写上自己的寄件人地址。她在信封外写，“收件人：监狱图书馆。藏书捐赠。”女邮递员一定看到了地址，但她未加评论。她在角上贴上一枚邮票，然后用私密的、带着维护意味的眼神瞥了她一眼，把信封扔进邮件堆里。

现在，在三月的这一天，安从柴棚往回走，在谷仓旁停下了脚步。卡车尾气留在她的头发里。蓝色货橇上装满了她不需要的桦木，但不管怎么说，她还是会用它们生个火，木柴是到卡车那儿去的借口，生火是取木柴的借口。她生的火越多，她就越有机会到卡车那儿去，尝试搞清那一切。

山羊们感觉到安在附近，在谷仓里叫了起来。她把货橇的绳子搭在桦木上，然后推开了谷仓门。

里面的空气寒冷污浊。山羊们朝她奔来。她捏捏它们的耳朵，拍拍它们的皮毛。她的触摸让它们愉快地颤抖起来。她高兴地和它们说话，尽管她一如既往地强烈感觉到了珍妮的存在。透过谷仓的窗子，她能看见她刚离开的那片黄松林，突然之间，她感觉到的不仅是珍妮的存在，还有一种她差一点就过上的生活，一种没有韦德的生活。

她一边用棍子敲碎山羊水槽上的一层冰壳，一边奋力试图理解一个她知道是再简单不过的事实：我在这里，是因为你不在这里。

山羊们争先恐后地围上来，她喂给它们干草。

“你不在这里。”她轻声朝谷仓里的那个存在说，“你不在这里。”

但这安慰本身就是一种承认。本身就是一种痛苦。

她快步离开谷仓，转身关上门，继续拖着货橇往山下走。

快到房子的时候，她看见韦德在花园里。他正跪在泥和积雪中，解开预备给豆蔓攀爬用的铁丝。她停下脚步，站在作为房子和花园之间界线的暗色草地上观察着他。

“我爱你。”她说。

她的出现让他吃了一惊，他从手头的活儿上抬起头来，一脸疲惫和无辜，深蓝色的眼睛露出愉悦的神情。

安在英格兰南部海岸地区的普尔镇长大。但她是在这儿，在爱达荷出生的，不是在黄松镇，而是在爱达荷狭长地带的银谷地区，一座叫凯洛格的矿业小镇上。

她对幼时待在爱达荷的三年没有一丝记忆。她九岁大的时候，母亲提起从美国迁来的事，安不明白她在说什么。她已经把那场跨越大西洋的旅行忘得干干净净。关于爱达荷，她父母能想到告诉她的唯一一件事，就是她父亲在阳光银矿上工作过，他在那场著名的大火发生前三年离开了那里，从而逃过了一劫。

在那之后，安便可以闭上眼睛，让爱达荷成为一种感觉，而不是一个地方，它完全独立于美国，没有边界，没有历史，只有属于她的那一部分过去：那座银矿。地下一英里深，一百英里长的隧道。

她无法相信自己来自这样一个地方。一想到这里，她就感觉那遗忘的三年爱达荷时光已经在她记忆深处沉淀下来，并在之后所有美丽的岁月中掀起波澜。爱达荷是矿井，英格兰则是她的生活摇摇晃晃的地表。

所以她迁了回去。那年她二十八岁。她母亲几年前过世了，父亲最近搬到苏格兰和他弟弟一起住。所以安也离开了英格兰。她在爱达荷北部海登湖的一所小学校找到了一份教合唱团的工作，这里离她出生的地方只有不到一小时车程。

学校坐落在一条新铺的小路尽头，占据了湖边一片两英亩大的树木丛生、未经修整的土地。这是一所面向对文科感兴趣的优等生的小型特许学校。她的学校总共有大约二百名六岁到十八岁的学生，总的来说，他们似乎是一群招人喜欢的孩子，不仅热爱学习，彼此的感情也十分深厚。这几乎可以算是一所白人学校，但课程却着重于文化和国际研究。学校紧邻雅利安人——白人至上群体的大本营，当时这里的人每年还会举办自己的世界大会，参加七月四日的独立日游行。安拿不准这样的一所乡村学校对开放性视野的这份执着究竟是再奇怪不过，还是再自然不过。每天去上班的路上，安经过通向林中院落的那条土路时，它的存在都会让她感到既厌恶又困惑。

她的教室是学校旁的一座移动建筑。她可以打开窗子，倾听山下湖面上的涛声，或者远处不知什么地方飘过水面的链锯声。那片湖不属于学校场地，但在下午，学生们喜欢下山去湖边等他们的父母。学校开学的第一年，也就是安来的前一年，一天晚上，一个男孩找书包的时候掉进了一座半沉在水中的码头，码头当时几乎完全隐没在蒲草里。他的右腿整个穿过去了，木板厚厚的碎片扎进了他的肉里，下面曾经支撑码头的桩子刺进了他的腿。没有人听见他的呼救声，他的父母以为他去了朋友家，也没有想到要找他。那晚风很大，早上，门卫发现他倒在码头上失去了意识，腿还卡在那里。为了救他的命，医生不得不从大腿处给他做了截肢。

他的名字叫艾略特。他报名参加安的合唱班那年十六岁。她记得她弹钢琴，而他站在身后唱歌时她的感觉。这样的歌声竟出自一个高中生，一个无忧无虑、插科打诨的男孩，这始终让她觉得不真实。她热情洋溢的赞美之下，是一种毫无可能的怀疑——他在假唱。他轻松自然的态度让她感到不自在。所有她给他的特别关注，每一次额外的课后辅导、每一场学校音乐会上的个人独唱，他都面无窘色、毫无谢意地大方接受，好像并没有注意到什么。他有一双棕色的大眼睛和一头蓬乱的头发，耳后别着一支削尖的铅笔，但从来不用。他和她说话的时候倚在拐杖上，卡其色裤子的一条裤腿松松别在大腿下，一副漫不经心、洒脱不羁的样子，这让她感觉自己也想和他一起歪向一边，伸手去扶不存在的墙或者桌子，仿佛因为多了一条腿，她反而是感到局促不安的那个。那些课后练习快结束时，他不再唱歌，而是给她讲起他生活中的其他事。他和安说话的时候，安会因为和他在一起而快活得不知所措，仿佛自己的半边马上就要歪倒，却不像他有拐杖可以支撑。

她当时没有意识到，自己对其他任何一个学生都没有这样的感觉。有几个男孩和女孩喜欢在下课以后留下来和她聊天，摆弄钢琴，翻她的乐谱。她爱他们所有人，像大姐姐一样待他们，但时间一到，她总要请他们回家，因为艾略特要练习。只剩下他们两个人的时候，他会俯在她身后，在她弹琴时给她翻乐谱，她颈后传来他温暖甜美的气息，这时候，她对每日分别的恐惧总是来得最为强烈。

安不喜欢她当时租的那间公寓，过分友好的室友让她不胜其扰，所以她把大把空余时间花在了那间移动教室里。教室里有一架旧钢琴、一座小型梯台，窗户下有一张绿沙发，还有前一任老师留下的几张音乐海报。她在教室里度过的时间长到让她感觉这里才像她真正的家，而那间出租屋不过是一个她偶尔拜访的地方。她经常在那张绿沙发上过夜，上方的教室窗户开着，这样学校和湖上的夜间声响便从上方飘落下来，将她送入梦乡。这是无人知晓的声音，就连门卫也无缘听闻。她会早早起床，在教师休息室里冲个澡，然后在桌子前刷牙梳头，她还在桌子的抽屉里放了几件干净衣服。每天她的学生来教室的时候，她都觉得他们更像客人而不是学生，他们触摸的东西像是她的东西。她会留心艾略特在为后面的人扶门时，肩膀所靠的位置。她没有洗去他留在窗玻璃上的脏指印，那是他推开窗子朝停车场上的另一个男孩喊话时留下的。她没有告诉他别抠绿沙发上的洞，他做梦也想不到他年轻的老师昨晚是在那上面睡的。

艾略特的拐杖在梯台上留下的黑色月牙形擦痕会触动她的心，像他的生活覆在她生活上的印记。当他在一天结束后回家，只留下她和这些痕迹的时候，他的缺席让她有了一丝近乎凄凉的感觉，那是她本以为会在这片新土地上遭遇，之前却从未体验过的感觉。一种让她困惑，甚至感到有些卑微的宏大。与此同时，那男孩如同一座大陆般无动于衷。他始终如一的轻松自在，他一以贯之、不带个人色彩的愉快中含有一种冷漠。

她有点留恋这种孤独感。周末的时候，她甚至会像想家一样想念她的教室。甚至在教室里的时候，窗外的那些美丽事物都会让她隐隐感到厌恶——冬天野草上羽毛状的霜，或者很久以后，山下水畔盛开的百合，他留在玻璃上的指印让这一切变得乱七八糟。

有一次，艾略特的练习结束后，他爸爸没来得及接他。他住的地方离学校大约有十五分钟车程，安提出要开车送他回家。

“当老师的不会开车。”他翻了个白眼，仿佛她对自己同类的无知让他感到不屑。那是他总和她开的一个玩笑，而她除了报以笑声，还没想到拿什么话来回应。一次又一次——“当老师的不会着凉”“当老师的不会口渴”“当老师的不用吃饭”。一次又一次，安哈哈大笑。

那一天，他们几乎一言不发地开到了他家。他坐在副驾驶座上，用怀疑的眼神看着她，车窗开着，他的头发在风中飞舞。她以为他会说点打趣的话，但他没有。他很少沉默。下车的时候他看她的眼神更是少见。他就那样站在他家的车道上，身子略微前倾地看着她。“谢谢。”他最后说，然后微微一笑，摇了摇头，仿佛知道了什么他难以置信的事。

第二天，艾略特的弟弟一大早来到学校，把艾略特储物柜里面的东西全都收进了一只大塑料袋，包括他从不用的那条假腿。

校长告诉安，艾略特已经退学。他的父母分手了，他会跟母亲搬去俄勒冈。校长说，他弟弟会留下和父亲住。

“可现在是学年中，”安对校长说，她以为那男孩是被迫搬走的，“他怎么跟得上？”

反正他大部分课程也不及格，校长告诉她，所以跟不上并没有什么大不了。那是他的选择，他们的父母让他们自己选的。

经历了这样的失落，她不知道再怎么继续上课。她对其他学生没好气，课间的时候，她把胳膊肘拄在桌子上想要掩面而泣，却哭不出来。对她打击最大的，是他明明不打算在学校音乐会上演唱，却在留在爱达荷的最后一天参加了音乐会的课后排练，她感觉他是有意这样残忍地对待她。这让安无法接受，难以置信。

那天放学以后，她徘徊在空荡荡的校园里，思量着可以去看看艾略特的储物柜，那儿也许会留下什么，也许储物柜的门上还贴着照片。她知道它在哪儿，因为她常看见他站在那里，开着柜门和朋友们聊天，无疑是为了炫耀他精心营造的那惊人的一柜狼藉。在柜子里，她曾经看见那条假腿弯曲着顶在书和他那堆乱七八糟的试卷上。

但她一进走廊，就看见一个小女孩站在他的储物柜前，周围空无一人。女孩手里捧着一个用棉纸包装的小礼物。

那女孩没看到安。她年纪很小，可能只有八九岁。小学生和高中生一天中多数时候都不在一起，所以女孩也许还没有机会发现艾略特没来。她留着一头带刘海的黑色短发。她已经换掉了校服，白色紧身裤外套着一条牛仔短裤，膝盖上沾着草渍。她还穿着一件破旧的玫瑰色毛衣和一双已经褪成灰色的玫瑰色鞋子。她半掩柜门，查看了一下前面的编号。安看得出她在努力思考这空空如也的柜子意味着什么。女孩低头看了看手里精心包装的礼物，又看了看储物柜。突然之间，她像以为自己马上就要被人发现似的，把礼物放进储物柜，关上绿色的金属柜门，急匆匆地离开了。

安一直等到她走，然后自己打开了柜门。她拿起那件礼物，那是个用粉色棉纸包装的长方形盒子。她猜里面装的是几支精致的钢笔或者一块手表。还有一张卡片，上面写着：艾略特生日快乐，致以我心中最深的爱，琼·米切尔。

那张卡片打动了安，她对小女孩生出了一种温情和怜悯。她把礼物拿到她的移动教室，小心翼翼地拆开了包装纸。

盒子里是一把刀，六英寸长的刀身寒光闪闪。安倒吸了一口气，她不仅惊异于看到这样一把武器被如此深情地包在纸里，同样惊异于它是何等精美。刀柄是骨质的，骨头上雕刻着一座小屋，小屋两边各有一朵中间有一颗心的玫瑰。刀躺在它的皮鞘上，皮鞘上点缀着几颗猫眼石。她把刀拿起来。刀刃异常锋利，她只是用手试了试刃口，就不小心割破了肉。那是道极细小的伤口，并不疼，只流了一滴血。

她不知道该怎么处理这件礼物。既然知道了里面是什么，她当然不能再把它放回储物柜。但她也不想让女孩在学校那里惹上麻烦。所以她把刀收进了她的桌子。

两天后，她查到了琼·米切尔的信息，给她的父母打了电话。答录机上的声音是一个粗哑的男声。她留了言，但没有提那把刀的事。她只问了琼的父亲或者母亲能不能顺路来一趟她的教室，谈谈他们女儿在学校的行为。她也没有提自己只是合唱班教师，和琼并不认识。她只是留了自己的房间号。

三天后，琼的父亲礼貌地用指节敲了敲门框，尽管为了让阳光照进来，门本来就开着。安抬起头的时候，他摘掉了棒球帽，好像是出于对她，也可能是对学校的尊敬。他的头发以不堪一击的方式竖着，他的眼睛眯了起来。进屋之前他先在外面的地垫上蹭了蹭靴底。

“让我来是为了刀的事？”他说。

她站起来。“哦，我本来不确定你是否知道。”

“我发现它不见了，然后想到也许是琼拿了。我们在家已经给够她教训了。她绝对不会用它做暴力的事。她很温柔。”

“我相信你说的没错。”

“你是她的老师？”

“不，我只是发现它的人。我教音乐。”

“你一定是从英国来的？”

“是的。”

“口音真棒。”他这句蹩脚的恭维让她不禁笑了。他似乎并没有留意。他扫视了一圈教室，然后看向钢琴。“如果要停她的学那真是太可惜了。”他说，“眼下对她来说学校就是最好的地方。如果一定要领她走，我不知道我们还能怎么办。”他说这些话的时候全程没有看安的眼睛。

“不会的，没有这回事。只要她知道这样不对就够了。”

他点点头。“她现在知道了。我很抱歉。”他看着安。看样子他以为她还有话要说。她的桌子在她身后，她基本是坐在桌子上，两只手撑在桌面的边缘。“它被琼拿走之前，本来是我给我妻子做的。”他说。

她没有掩饰自己的惊讶。“是你做的？”

他温和地笑了。“你喜欢？”

“它很美。”

“是啊，也许她把它带到这儿来是对的。也许她是在做广告。”安笑了。“不管怎么说，”他说，“我还有可能把它拿回来吗？”

但那把刀现在在她的外衣口袋里，而这似乎代表了某种供认。所以她在桌子的抽屉里东翻西找，假装不知道随手放在哪儿了。

他等待着。最后，她把它从夹克口袋里拿出来，耸耸肩递给了他。他露出了微笑。然后他把刀从皮鞘里抽出来，在阳光下查看了一番。

“我们没办法，只能让她从普通学校退学。”他说，“所幸这家学校开门了。现在她又犯了，我不知道我们该怎么办。”

“她以前也这么做过？我以为——”

“我是说她对男孩着迷，当真着迷。她动不动就被人伤透了心，心痛得就好像真的爱他们一样。看到她这样真不好受。我们简直不知道该怎么办。她以前也偷东西送给男孩过，但没偷过这样的东西。每次也都是比她大的男孩。”安没有说话。过了片刻，他朝钢琴点点头。“我女儿弹这个。”他说。

“是吗，她可以来上我的课。我们会用得上她的。”

他用手摩擦着刀刃的一侧。“不是琼，”他说，“是梅，我小女儿。她上的还是普通学校。琼学芭蕾。”他把刀插回刀鞘，用大拇指摩擦着其中一颗猫眼石，仿佛是在给它抛光。“请问你是只教大班，还是也教私课？”

“我希望最终能两种都教。我才刚搬来。”

“上课要多少钱？”他眯起眼睛看着她。一束阳光射进敞开的门，落在他们之间的地面上。

“你是说声乐还是钢琴？”

“钢琴。”

“哦，如果她愿意等水平够高的时候给合唱团伴奏，我可以免费教她。每天放学以后我都在这儿。”

他点点头。“其实我是在考虑我自己。”他说。

“哦？”

“我听说有研究发现这对大脑有好处，是吧？”

她笑了。“你的大脑有什么问题吗？”

但他神情严肃地看着她，这让她后悔问了这个问题，她本来只想开个玩笑。“我还不知道，”他说，“但这是我家遗传的。我只是想了解一下你的收费，没有别的。”他飞快地说，“我最近一直在打听。”

“好吧，”她说，“暂且算一节课二十美元，每周一节。”

他走到钢琴边，把手放在上面，用指节敲了敲它，仿佛在以某种方法检验木材的质量。“好的，”最后他说，“听起来很公道。”

她走到桌前，查阅了一遍她的预约簿，过了半天才告诉他自己的空余时间。

他把那把刀装进口袋，然后和她握了握手。

一开始，上课让他倍感难堪，他不得不学习的那些入门教材都有着幼稚的封面。但他郑重其事地对待每一节课，在琴凳上怎么坐，在琴键上怎么像握着一只棒球一样弯曲双手，她说的每一件事他都记在心里。她看得出，他每次准备弹琴的时候都会想象掌心里有一只棒球。他犯错的时候会连连道歉，学得格外用功。她从他的书上看出，他在家的时候会在音符上写上音名，上课前再擦掉。她会让他用一只手在膝盖上打拍子，同时用另一只手弹一段简单的旋律。他并没有音乐天赋。他常常在两首曲子的间歇揉搓双手，好像弹琴让它们疲劳不堪。看着他那双笨拙的、遍布伤痕和老茧的大手弹出《噢我亲爱的克莱门汀》这样的曲子，她对他感到又是亲切，又是不解。

他似乎并没有从音乐中获得多少乐趣。他弹琴时脸上带着工作时的表情，仿佛他能像把木材装上货橇一样把音乐装进大脑，储藏起来，以备冬日之需。

所以她会想办法找一些他喜欢的东西。一天晚上，她翻阅了几本她从英国带来的书，找到了几首简单易弹，适合成年人的民歌。其中一本是她还是少女的时候特意订购的，因为书里有一首歌是一个爱达荷人写的。她决定在他弹这首歌的时候给他伴唱。她一唱歌，他就措手不及地中断了弹奏。

“你不想让我唱吗？”她说。

“不是的。”他一本正经地说，“让我们再试一次。”

但她一唱他就不会弹了。他们试了一遍又一遍，很快她就笑着把他的手打到一边，告诉他“起来”。她坐下给他弹了一遍。

从那以后，他练这首歌练得比哪首曲子都下功夫。很快他就能在她唱歌词的时候用右手伴奏了。她唱得很慢，但充满愉悦，尽管这本来是一首伤感的歌。

从墙上摘下你的照片
带它离开
把你的秀发染成秋色
不要让岁月夺去它的色彩

勿念，我会挺过来
说来我一向过得不好不坏
只求你再给我一个晚安吻
最后一次，转身离开

他每次弹错的时候，都会坚持说在家没犯过这个错误。她在英国教私课的时候，在家没有练琴的孩子也常这么说。她很想笑，但他真诚的努力从未中断过，所以她从没有笑过。

每节课前后他们都会闲聊，但她唯一一次问他私人问题，是问他所说的家族遗传指什么。

他告诉她，因为早发型老年痴呆，他父亲五十出头就开始失忆。刚五十五岁的时候，他父亲半夜走出了家门，既不知道自己要去哪儿，也不知道怎么回去。他夜里冻死了，当时离家只有一英里远。

“我父亲的父亲也差不多。”米切尔先生说（她当时这么叫他），

“只不过他不是冻死的。”

几个月来，他每周都会来一次。学校放假以后，他连续来了一整个暑假。她每周会有一天上午辅导暑期合唱班，他会在下午学生回家以后来。天气炎热，所以她开着门窗，但他的手指还是在她的琴键上留下了黑乎乎的污迹，她会用一块蘸了醋的白布把它们擦干净。如果他计划课后去什么地方送一把刀，或者去参加展销会，他会请她出去看看他的作品。来到室外坐进他车里的时候，他似乎更自在些。她会仔细观察他的作品，这似乎让他很受用。嵌在刀柄上的黄铜或红铜铆钉和木头形成了一个完美的平面；锋利完美的刀身上，刀口和其余部分之间没有分界线。他会告诉她它们的名字：奥赛奇弓、峭壁、那斯莽克。这些刀不同于琼偷走的那把，它们是用来剥皮的刀，更加野蛮，某种程度上也更具美感。没有雕刻出来的小木屋，没有镶嵌在刀鞘上的猫眼石。那些是他为他妻子增加的装饰。这些刀的刀柄用鹿角、象牙或者铁木制成，除了镶嵌在刀柄上的铆钉，唯一的装饰只有刀身上方他的签名，代表他姓氏的字母 M 雕得像两座山峰。

有时候她会问关于他所用材料的问题。他告诉她，他在冷柜里储存了大量的犰狳尾巴，做刀柄会用到。他把尾巴放进烤炉里烤，然后用锤子轻轻敲击，震碎里面的骨头，再用一种特殊的工具清理出所有的肉和骨头碎片，只剩下外壳。

“信不信由你，”有一次他在给她展示一把刀柄上的细节时说，“这是一块鲸鱼阴茎骨。”

“一块什么？”

他大笑起来。“算了。我只能说，它很值钱。”

那年八月的一天，她坐在起居室里，室友们正在厨房打牌。她在读一本书，但电视开着，声音调到最小。她抬起头的时候，在屏幕上看到了一张家庭合照，照片里有母亲、父亲和两个女儿。母亲面带微笑，弯下腰把脸颊贴在女儿的脸上摆出拍照姿势。那女人的黑色长发垂在金发小女孩的肩上。另一个一头棕色直发的女孩年纪大些，她站在一边，看上去有点吃惊，好像没想到照片已经拍完，还在为拍照酝酿脸上的表情。

照片里的父亲倚在某个露天游乐场或者主题公园的栅栏上——远处有一座摩天轮，两个女孩都戴着发光的绿手镯——那是韦德·米切尔。

位于爱达荷西南的圣人山女子惩教中心有一座由捐赠图书组成的小型图书馆。图书管理员名叫克莱尔。过去六年中，安跟她通过五次电话。声如其名，克莱尔的声音像刀锋一样：锐利、干练、亮得发光。[①]

每次她在卡车里待过之后，给监狱图书馆打电话的诱惑总是最为强烈。她的两个秘密——去卡车里坐着、给监狱打电话——在她的脑海中已经密不可分，所以现在当她回到屋里，坐在她用从柴棚取来的木柴刚生好的炉火前，她再次感觉到了那种熟悉的引诱。

① Claire，在法语中有明亮、清澈之意。——本书脚注均为译者注。

不。这有什么用呢?

她必须留心不能打得太频繁，不能让自己引起注意。但也许这会儿，克莱尔已经忘了。于是安拍了拍牛仔裤上的锯末来到卧室，关上了门。她把电话从床头柜上拿下来，背靠床坐在地上，电话放在膝头，听筒放在耳边。她知道图书馆的分机号。没过多久，电话那头就响起了克莱尔的声音。安清了清嗓子，竭力掩藏起她残存的口音。

“你好，我打电话是想询问一本书的受欢迎程度。”安说。

“服刑人员的借阅记录是保密的。”克莱尔说。

安把听筒换到另一只耳朵。这些对话她全都经历过。“当然。我并不是对个别服刑人员感兴趣。我是在考虑再捐一本书。我知道你们那儿没有计算机记录，但是请问你能不能帮我看一眼那本书，然后告诉我总体来说，另一本和它类似的书会不会有需求?”

“你以前往这里打过电话吗?”

“没有。”安说，“怎么了?”

克莱尔叹了口气。“告诉我作者和书名，我可以去书架上查查。但是有人在排队，你介意等一会儿吗?”

“当然不。作者姓雅各布，”她停顿了一下，希望克莱尔已经忘了，“书名叫《画脸》。”

“好的，请不要挂。”

安深吸了一口气，在卧室的地板上调整了一下姿势。

六年来，她在谷仓里发现的那本绘画书一直等候在书架上，无人问津。每次她打去电话，每次她用同样拐弯抹角的方式询问信息，她都会得知书里的借阅卡是空白的，一个名字也没有。在这样一个几乎无事可做的地方，为什么没有人想过学习绘画？囚犯们用手指划过一排排书脊的时候，难道看不到这本书吗？

但秘密并不是那本书本身，而是书后练习纸上珍妮那幅未完成的素描。她在等待它被珍妮发现，这样终于当这么多年过去后，她们都必须承认两人之间的关联。随着韦德的记忆日渐衰退，安越来越需要这种关联。

安当然知道，只要她想，她就能和珍妮联系。她可以写信，她可以去探视。但这样直接的方式是难以想象的。她希望能让珍妮和她在中途相遇。她希望两人能找到彼此，就像两个有共通之处的陌生人。

时间已是傍晚，听筒热乎乎地贴在她的耳朵上，她一边竭力想要听清电话那头囚犯借阅图书的声音，一边低头看着她的腿和鞋，还有卧室地毯上那块浅粉色污渍。

她以前从没想到过那块污渍。但不知为什么，偏偏在此刻，在听筒贴在她的耳朵上时，她竟无法解释却又确定无疑地想到，那是药，止咳糖浆，是一个女人用茶匙往一个黑头发的孩子嘴里送的时候洒的。

珍妮在房间里突如其来的出现让她几乎眩晕，好像她几乎能触碰到她。这样的时刻给她的感觉永远不同于她虚构的故事（尽管她知道这只不过是虚构），它们像一波又一波记忆向她袭来，骤然而至，来势汹汹，让她觉得那一定是自己的记忆。向来如此。它们不可能不是真的——一个周三的早上，另一间屋子里开着电视，传来往碗里倒麦片的声音，小女孩琼因为发烧昏昏欲睡，任性使气，说她一定要去学校，她不能待在家里——

嘘——琼宝宝，把这个喝了，然后我送你回被窝。

但女孩摇摇头。她爱的男孩正在校园里等她，如果她今天不去，他也许会爱上别人，贝基 · C，或者艾米 · R，而且她还专门为他画了一幅画——

明天再拿去。求你把这个喝了。

安几乎能看到那幅为心爱的男孩画的画，蜡笔轻柔的笔触，白色的猫咪——

“在吗？”克莱尔说。

“请讲？”安说。

“我找到了。”

“怎么样？”

“有个人一个月前借阅过，就这样。只有一个人。”

“谁？”安脱口而出。

“我告诉过你这我不能透露。还有什么能为你效劳的？”

安闭上眼睛。她把手按在心脏上，好像在试图让它平静下来。“后面的练习纸上画过东西吗？”

“应该有吗？”但安已经能听见克莱尔手中书页翻动的声音，“没有，”克莱尔说，“这儿什么都没有，全是空白。”

许多年前，安在电视上见到韦德的照片后，他有六个月没来上钢琴课。安最后一次见他是在八月上旬，离那场意外发生只有短短几天。意外？她发现自己有时会想到这个词。谋杀实在太难以置信。

在那么长的时间里，她的生活原本可能有新的变化，她原本可能辞掉工作、恋爱、离开爱达荷甚至美国，从此再不会听到他的消息，再不会想起他，即使想起，也不过是淡然想起一个和悲剧有关的泛泛之交。

但她没有离开。安还在如今已经上冻的湖边那座合唱班教室里，听着夜里冰钓人邈远的喊声。她在她的桌前抄录乐谱，读小说，有时候会在桌子上睡着。

她仍然会在钢琴键上喷上醋，然后用白布擦干净，可是每当她打开新闻，听见他的姓氏，她都会感到一阵可怕的悲哀席卷而来，掠去她心中所有的感情，只剩下一种奇特的感觉，好像这一切都和她的生活有关，有什么秘密待她解开。

后来，在二月中旬的一天晚上，有人敲了敲合唱班教室的门。移动小屋外雪花飘飘，疾风飞旋，小停车场上只亮着一盏路灯。寒风和教室里昏暗的灯光让她眯起眼睛，刚开始她只看见了一个胡子拉碴，穿着厚重大衣的高个子男人。他摘掉一只大手套，然后举起手摘掉了冬帽。

“韦德。”这是她第一次这么叫他。

“如果可以的话，我想重新开始上课。”他说，依旧站在寒风之中。

他们没有谈及他那难以想象的伤痛。三个月来，他每周来一两次，胳膊下夹着他那些花花绿绿的书。以前学的东西他大部分都忘了，不过这没关系，他们从头开始。他们只谈他在学的曲子，或者她的合唱班现在唱的歌，有时也谈他的刀。他举止照旧，真诚却又过于正式，谦卑而又不苟言笑。他们从没提起过珍妮、琼或者梅，也没提过珍妮认罪后获得的终身监禁判决。在家里，安的一位室友偶尔会打开电视，这时安会听见韦德极其简短地请求大家帮忙寻找他仍旧失踪的孩子，他的声音绝望，却莫名充满耐心。梅的死和琼的失踪已经过去六个月，新闻上还在播放那同样的几秒录音。

韦德中断课程的那段日子里都在做什么？她感觉试图揣测是可鄙的，像是一种对他的亵渎。上课的时候他没有任何暗示，连一个沉重的表情也没有。他们表现得好像从他离开的那天起安就没有踏出过教室，没有打开过电视，也没有见过他们一家在露天游乐场的合照。

但那张照片她已经见过好几次，它比韦德寻找琼的求助录音播出得还要频繁。每当照片出现在荧屏上，先展示所有人，然后镜头拉近，聚焦在他失踪的女儿琼·米切尔脸上时，安都会移开目光。看见那个小女孩被定格在彼处彼刻，那感觉是多么奇怪，明明就在不久前，安还亲眼见过这个女孩站在储物柜前。照片上他已不复存在的家庭不经意间被拍下的幸福时刻，是她能想到的最私密的东西。她好奇是谁给了记者这张照片。有时在韦德弹钢琴的时候，她想把手放在他的手上，告诉他“我每次都不愿直视”，好像这会意味着什么。

但他们从没有过身体接触。她给了他几首新歌，但多数时候他只是重新拾起以前的曲子。他回来以后她第一次给他伴唱，他似乎吃了一惊，没有想到这样的事还会再次发生。这次她唱的是一首叫《国土象征》的童谣。这首歌后面有歌颂每个州的歌词。她唱的是写给爱达荷的歌词。

山间的蓝知更鸟飞去
阿帕卢萨马，灰斑点点
西部白松，一袭雪袍
山梅花绽放在爱——达——荷

然后他问她：“你记得我们以前练的那首歌吗？《从墙上摘下你的照片》？”

“记得，”她说，然后她谨慎地补充道，“但那太伤感了。”

“你这儿有吗？”

她在桌子抽屉的底层找到了那本书。她把书脊抵在膝盖上，把书翻开，再放在钢琴上。“来看看你还记得多少。”

这首歌他比其他曲子记得牢。他刚开始弹就停了下来。“你不唱吗？”他问。

“好吧。”

于是她唱了起来。

春季的某一天，韦德下课后准备离开的时候，她看到他神情严肃地在研究手里的什么东西。他把手歪过来，好像在检查拿着的物件。“嘿。”他说。

“怎么了？”她问。

“我想不起这玩意儿为什么会在我的口袋里。”

那是个撒盐瓶。

“哦。”她放慢语气说。

他抬头看着她，表情有些吃惊。然后他笑了起来。“我猜我本来打算用它发动汽车来着。”

“你把钥匙丢了？”

“我口袋里没装钥匙，装的是这个。”

“但你是开车来的，你一定带了。”

“它们不在这儿。”

“你敢肯定？”

“肯定。”

停顿了好一阵，她指着他手心里的撒盐瓶，用假装正经的口气说：“既然这样，我猜你只能用盐发动车子了。”

他哈哈大笑。“我想是的。”

“我们是不是该去试试？”

他露出了微笑。她装出认真的样子，围上围巾，出了合唱班教室的门。来到车边，他拿起撒盐瓶在钥匙孔上敲了敲。他对她笑笑，摇了摇头。“没用。”

“给我，让我试试。”她从他手里拿过撒盐瓶，朝车摇了摇。盐撒在车门上，然后滑到地面。她又试了试门把手。“其实，撒盐瓶和钥匙没那么大不同，只不过拿错了瓶子而已。”

她在车顶找到了他的钥匙。太阳出来了，她的头发被晒得温热。他们并排靠在车上，肩膀只相距几英寸。他们遥望着远处的小路消失在树林中。

“我可以照顾你。”她轻声说。说出这句话让她自己也吃了一惊，即便如此，她的声音依然平静，好像这是她早就想说的话。但事实上这是她第一次有这个想法，这几个字如此轻柔地从她嘴里溜了出来，她一开始甚至不确定他有没有听到。在她等待答案的时候，十来只乌鸫鸟毫无缘由地同时从电缆上惊起。安和韦德看着它们聚了又散，像一把撒向天空的黑砂。

过了许久，他说：“那样不合适。”

“我知道，”她说，声音几乎和刚才一样轻柔，“但如果我们可以的话，我愿意。”她不知道自己哪儿来的这份镇定。“我可以搬去和你一起住，”她说，“去你住的地方。我什么都不在乎。别的都无关紧要。”

他点了一下头，然后像听见了学校那边的什么声音似的把目光移开。“有时有那么一瞬间我会忘记，”他说，“我会以为梅和琼还活着，死的是珍妮。好像没有了她我们正在艰难度日。我们愿意付出任何代价，只求能跟她说会儿话，问她些问题，比如我们找不到的东西放哪儿了，只求听她告诉我们该怎么做，好勉强把日子过下去。接着我会想起来，我可以和她说话，我可以给她写信，或者可以去探监。一想到有这些可能我心里简直难受极了。”

他们并肩而立，背靠在车上。她小心地不去看他，只是一动不动地凝视着前方。

“你也许还能找到你女儿。”安说，她无法说出琼的名字，“你不该把她们说得好像都——”

“我根本就不该说起她们。”他说，语气中带着些责备。安感觉他好像突然生了自己和她的气。她从车边走开，他开了锁，上车关上门，在方向盘前坐了片刻，然后转动钥匙。她站在几英尺外，等着他看自己一眼。他看了看她，但不过是点头告别，表情疏远，甚至于冷漠。她当时确信他不会回来了。

学校一放假，他们就结婚了。她辞掉了工作。他把她搂在怀里，她呼吸着他大衣的气味，在他身上蹭着脸颊，不敢相信他们会有这样的感觉。但这正是他们的感觉，一直以来都是这样。她搬到了他在学校以北一小时车程的那座山上的小房子，他——他们——在那儿养山羊，收获肉和奶，他驯狗、制刀，她在家里教钢琴课。不教孩子，只教成年学生。她会炖她养的鸡，晚上和韦德一起喝鸡汤。他们在扎人的羊毛毯下做爱，从彼此的平凡中寻得惊喜，在彼此的快感中寻得安全。

她在一根柱子上磕掉靴子上的泥，然后放在门廊里他的靴子旁。

她用一架蓝色货橇把木柴拖下山。

有时她会唱歌。

她是那么爱他，除了这些她别无所求。

那个在他手套上留下气味的八月的日子，安已经重演过不知多少次，以至于她感觉那不是她的想象而是亲眼所见，连事实本身也无法动摇。

韦德、珍妮、琼、梅。

他们在遥远的罗艾尔山上，正在把木柴装上卡车。为什么不在他们自己的山上，自己的土地上砍木柴？

因为他们想要桦木，但鸢尾山上不长桦树。桦木质量更好，更致密，每捆能量更高。韦德在《分毫之值》上看到了廉价优质桦木的广告。砍树的人不懂它的价值，但韦德懂。

他现在站在车斗上，把木头码在后车窗前，小心地在木头和玻璃之间留出缝隙。珍妮把原木一根根从地上搬起来，用斧头砍掉上面的小树枝，然后把它们滚上卡车让韦德码放。珍妮的工作更辛苦，但她码的堆总是歪歪扭扭，她受够了韦德一直纠正她，所以他们交换了分工。

那是燥热的一天。扁虱在灌木丛里爬得到处都是，韦德用指甲把它们掐死，抹掉留在手上的血——鹿血、丛林狼的血——在牛仔裤上留下一道道血印。天热得让人窒息，热浪将一股甜香从像纸一样的桦树皮蒸入浓稠的空气。马蝇打着小旋起起落落，铺天盖地。韦德和珍妮能听见树螽的鸣声，那声音有时听起来像火焰在噼啪作响。

荒野无边无际，山脉绵延不绝，井然有序，气势磅礴，层层叠叠横贯天幕。尽管在他们所处的地方看不到，但他们能察觉到四周潜藏着一种巨大的危险。他们在那条沟沟坎坎的窄路上开了太久太久，以至于感觉自己的生活都已邈远。

女孩们在灌木丛里发现了一只鹿角。她们商量着爸爸也许会想用它做刀柄，为了谁把鹿角交给他，她们争论了起来。不一会儿她们就忘记了爸爸的刀，开始轮流把鹿角举在头顶，扮驯鹿玩。琼在梅身后追赶，用一根长草叶抽打着她，梅跳来跳去，两只拳头攥着鹿角，把它固定在金色的头发上，嘴里发出鹿鸣。

这段记忆会来自哪儿？安惊异于它其实来自别处，而不是她亲眼所见或者听人说起的。她单凭一个毫无关联的细节虚构出了这幅景象：很久以前，那时她和韦德刚结婚不久，她在鸢尾山上发现了一只用蜡笔涂得红红绿绿的鹿角。她知道小女孩们拿它玩过。那只鹿角和上面的圣诞配色在她的想象里生了根，它们都被带入了另一座山上那个八月的日子，尽管那只鹿角实际上与之毫不相关。

很快鹿角歪了，梅用一只手扶着它，她不再蹦蹦跳跳，尽管抽打还在继续。梅此时的注意力全都集中在马蝇上，这些不知从哪儿冒出来的马蝇从四面八方叮咬着她，一只只肥硕黝黑，扇动着泛蓝的翅膀。她用空着的那只手扑打它们，一只手不够用了，她便把鹿角丢进草丛，把另一只手也腾出来。琼扔掉了她的草鞭。她们站在一片林间空地里，拍打着自己和对方。四周的灌木丛咔嚓作响，嗡嗡声铺天盖地，梅开始奔跑。

还有那些马蝇——报纸上没提过它们，韦德也没有。但安记得在她出租屋里的那台旧电视上，一位记者站在空地上，远处堆放着白色的原木。“目前没有证据表明谋杀是有预谋的……”在那一刻，安看见一只马蝇落在记者的胳膊上，接着又来了第二只，第三只，记者说话时语气急促，心神不宁，安觉得那倒不是因为陈述这样的事实让他不堪重负，而是让胳膊保持不动占据了他的大半注意力。

在安的想象中，梅一跑出空地，琼突然不那么介意马蝇了；她的拍打变得漫不经心。她拖着一根棍子，循着流水声找到了一条清澈的山溪，溪边长着火焰草。她心中突然涌起一阵介于煎熬和狂喜之间的感觉，因为溪水刚刚让她想起了艾略特。为了更深地体验那种感觉，她下到溪边，双臂紧紧抱住双腿。周围长满了卷心菜似的毛蕊花，她撕下一片毛茸茸的浅绿色叶子放在膝头，低下头用脸蹭它，把它想象成男孩的嘴唇。那嘴唇是多么柔软，它们贴在她额头上的感觉一定像极了毛蕊花叶。不是叶子本身。不，她和叶子之间还隔着一层生长在每根叶脉上的细软绒毛。她不过像是在碰触它，但她用的力还不足以压弯绒毛，触及叶子本身。那只是一掠而过。她不能贴得更近，再近一分，她就会失去想象的间隙，在那间隙中，一片叶子会变得无限接近男孩的皮肤。永远只是接近，而不是接触本身。就连她自己的渴望，她也只能通过这些感觉了解，而无论有没有毛蕊花叶，但凡她独处的时候，她随时都可以产生这些感觉。

安睁开眼睛，迷失在她的想象中：琼听见远方传来关卡车门的声音，知道梅已经爬进了卡车。

卡车外，珍妮说：“我得歇歇。”

“你还好吗？”他问。

他的声音如此清晰。他又滚了一根原木。汗水从他的头发里淌下来。珍妮看到汗刺痛了他的眼睛。

“我想坐一会儿。”她勉强说道。

“慢慢来。”韦德说完从她身边走过，愉快而漠不关心。他走到空地上的那块巨石前，爬上去俯瞰着树林，姿势看起来自信满满。他伫立在那里，双臂交叉，目视远方。

珍妮拉开卡车门。仪表板上放着一个盛满柠檬汽水的泡沫塑料杯。她坐在副驾驶座上，左手拿起杯子大口喝下汽水，一阵清凉的刺激感袭过上颚。她等待着糖分在血管中蔓延开来。她的目光越过白色的杯沿投向远方的树林。她闭上眼睛，右手还拿着那把斧子，垂在车门外。

她听见后面有人，是她女儿梅。

珍妮没有放下柠檬汽水。她用余光看到前窗外突然绽出一片阳光，一根粗树枝掉落下来，露出了原本遮住的光线。珍妮移动胳膊，不是端柠檬汽水的那支，不然柠檬汽水就会洒出来，而是右胳膊，刚才它还无力地垂在敞开的车门外。

那声响和其他一切声响并没有太大不同，而此刻它根本不是一种声响。几只马蝇撞击着窗玻璃。外面树叶摇晃，落下的那根树枝已经被其他树枝接住。

韦德站在他的巨石上，眺望远方。

安就算绞尽脑汁，也想不到更多，想不到更远了。

如今想到她和韦德当初没有再多等些时日，安有时会感到诧异。他在八月初失去了两个女儿。八月底，珍妮放弃了接受审判的权利，作了认罪答辩，然后在一场为时二十分钟的听证会上被判处终身监禁，三十年不得假释。在那场听证会上，法官似乎觉得她对自我的漠视让人不安，她坚决的认罪答辩相当罕见。他向她施压，让她给出一个解释，但她只说自己谋杀了亲生骨肉，唯求一死。

离婚手续在十月办结。二月，韦德重新进入了安的生活，到了六月，他们就结婚了。

六月——距离他难以想象的惨痛遭遇还差两个月才满一年。但感觉上比这要长得多。如果他们那时意识到才刚过了十个月，她相信他们一定会再等些日子。但她并没有想过要算时间，数日子。自从梅死后，世界就彻彻底底地改变了，用月来计算时日显得麻木而残忍。

他们在海边度过了短暂的蜜月，但他们并不称之为蜜月。在梅死去和琼失踪的阴影下，用这个词让人感觉不妥，甚至缺乏同情心。

婚礼的第二天，他们走在海边的街道上时下起了大雨，两人没有带伞，被困在了雨中。当时是午后，他们在一条富人街上找到了一幢刚售出不久的空房子。他们当时是怎么知道要去门廊下找钥匙的？它就用胶带贴在那里。她的指尖触到钥匙的感觉，就像魔法一样。

他们原本打算坐卧铺，但由行程延误导致的火车票超售，使他们不得不在普座上度过新婚之夜。这是她的错，她没有坚持要卧铺车厢。她看得出韦德是想要车厢的，她也知道不管再怎么说车厢已满，她只要告诉列车员这是他们的新婚之夜，他们都会安排。

但爱已经在两人之间耽搁了如此之久，她不在乎再等最后一晚。

所以婚礼第二天找到那幢空房子的时候，他们除了牵手和当着法官的面在法庭上的一吻，还什么都没做过。让安诧异的是，那竟是他们第一次接吻。

直到法庭那天，他们的生活在外界，甚至在他们自己看来，不过是一个男人在一个女人那里上钢琴课。他们的订婚——仅仅在撒盐瓶出现在他的外套口袋里，她提出要照顾他的那天之后的几个星期——带来的唯一变化是课后告别时漫长的拥抱。拥抱时，她会用脸颊蹭他的胸口，她会踮起脚尖，让他用鼻子蹭她的前额。他们深深呼吸，久久相拥。有时这会持续好几分钟，两人一起站在她教室的中央，门敞着等他离开，有时他们的身体会抵在敞开的门上。

这种克制是自然而然的，他们完全知道对方的感受：一切都有必要推迟，包括宣示爱情，直到他们的爱情有了法律的约束。

雨滴敲打着他们婚礼第二天栖身的那座房子的屋顶。玻璃推拉门上雨水流淌的光影映在木地板上，地板明明暗暗地闪烁着。干净的柜台，空荡荡的房间，橱柜里只有一盒苏打粉。

他们放彼此离开，只为再次归来。他去了楼下，她在一层徘徊，他们分开的手划过不同的墙，摸索着电灯开关。

墙上离地一英尺左右的地方有一个银色小把手。那是条脏衣道。安拉动把手，打开那扇小门向下看。她看见了他的头顶；他的手还放在刚拉下的那根灯绳上，灯光照亮了她脚下的地下室，而她站在他上方的昏暗中。她发觉他的头在下面显得如此脆弱，因为他不知道她在看。

她把她的夹克扔进滑道，它落在他的肩膀上。他摸了一下，惊讶地抬起头。接着她把鞋扔了下去，两只一起。其中一只砸中了他的头。他们俩的笑声一个向上，一个向下，在脏衣道里相遇。

她把袜子扔下去，袜子掉在地上，然后她又扔下了她的针织衫、手表、头上的发圈、耳环（那天她永远失去了那对珍珠耳环）和 T 恤衫。

接着，费了一番力气，她脱下了被雨水打湿的牛仔裤，把它也扔了下去。

裤子掉下去的时候，他的笑声停止了。她能看见他的双臂、他的胸膛、他的头顶和他的鼻梁。他看着搭在胳膊上的她的衣服，等待着。她看见他满怀期待地深吸一口气，胸膛鼓胀起来。他抬起头看着她，好像在说，“快点啊，这还不是全部”。他抬头的瞬间，她的文胸正掉到他脸上，肩带抽痛了他的眼睛。接着，当他泪眼汪汪地再次抬起头的时候，她的内裤掉了下去。

他把她的衣服放在地下室脏衣道下的地面上。他又拉了一下灯绳，灯灭了。

听见他接近的声音，她的一部分巴不得躲进卫生间，一种兴奋的紧张感席卷而来。但她站在原地，等待着。

我一步也不会从墙边走开，她心里想着。她的肩膀靠在墙上，光溜溜的小腿摩擦着脏衣道冰冷的把手。这全都要交给他，让他来找我。

她等待着，用手遮住脸上的微笑，然后又把手拿开，收起了微笑，倾听着他踩在楼梯上的脚步声。不一会儿，韦德出现了，他站在半明半暗的走廊里，脸庞伤感、真诚而又俊美，他的双唇张开，好像要说些什么，却又决定不能说出口。

他朝她走来，然后把嘴放在她的嘴上。

在他们不称之为蜜月的那段时光的最后一天，在他们那周租的海滨小屋里，韦德给安讲了事情的全部经过，那是他们婚后的第一次，也是最后一次。

他对事情的回忆是断断续续的。当时恰逢日落时分，她还没有意识到，这次对话就开始了。安问起韦德他的童年。他告诉她他在格兰奇维尔附近的卡马夏草原北部长大。接着，仿佛是自然而然跟上了后面的话，他说："一个星期以后我才告诉我妈她的外孙女们没了。她们在她心里多活了整整一个星期。"

安什么也没说，她感觉到他心中潜藏着一种令人难以置信的危险。感觉像是过去了好几分钟，他们谁也没有说话。他坐在窗边的一把木椅上，她坐在炉火前的地面上。

当他终于开口的时候，声音拒人千里，仿佛说话的不是他自己。他的双眼睁得很大。

他告诉她，在惊恐和绝望之中，他唯一合乎逻辑的想法是一定要让他的妻子远离他唯一活着的孩子。为了保证琼的安全，他只能把她留在树林里。不然他还能怎么办？

"我本来要回去找她。"然后他顿了一下。"是一对农场的老夫妇叫的警察。他们帮了我们。"韦德说。安注意到"我们"这个词。珍妮和韦德，仍然在一起，此刻在他心里仍然不可分离。她想象着远方的土路上传来警笛声，想象着当时一定曾出现在珍妮眼前的景象：可能是从田里飞起的鸟群，它们散了又聚，就像短短九个月后安和韦德站在学校停车场里看见的那样。"几个月后那个老头给我写了封信。我没看。但我知道那是某种道歉。我不知道有什么好道歉的。"他哽咽了，"梅那么有活力，她——"他用手抱住头。她想伸手触摸他，却又担心她的触摸会终结他的感受，这份在他们旅行的最后一天，在这座小屋里，降临到他身上的感受。她以前从没想到他会说出这些话。他重新抬起头，脸上的表情变得克制。“我当时在卡车后面堆原木，梅从她妈和我跟前径直走过去，和我们谁也没有招手，没打招呼。她就那么打开卡车门坐了进去。她使劲关上车门，好像是在生我的气，或者生琼的气。我以为琼会紧接着跟过来，告诉我们发生了什么事，梅干了什么，她们是怎么吵架的。我心想，她们干吗要吵成这样？这本来可以是多么美妙的一天。”他停下来，直视着安，“但接着我听见梅在卡车里唱歌，于是我想，好吧，她根本没生气，还在里面唱歌呢。那时候一切都还没有发生。我还在堆原木。我们没有——一点也没有——它还没有发生。”

“你另一个女儿在哪儿？”她谨慎地没有说出她们的名字。

“在外面玩。没有一点不对劲的地方，一点也没有。然后珍妮告诉我她口渴了，所以我们停下来休息。我站在远处的阴凉里。我听见她去卡车里找喝的。她当时手里一定还拿着喝的。我不知道过了多长时间——没多久——我听见琼在我身后跑。我看着她，她也朝卡车跑过去。她笑着对我招招手，一定是因为我当时对她招手了。她跑向卡车驾驶座那边。”

他俯身向前，双手按在双膝上。这次她真的触到了他，她把双手放在他的手背上。

安忍不住想哭。“我不明白为什么——我不明白。”

“因为没什么可明白的。”他说着把手拿开，脸色阴沉下来，也许是被安的泪水吓到了。他站起来，提起他那把椅子，把它放到几英尺远的地方。这是个毫无意义的动作，因为他没有再坐下。他就那么站着，微微摇晃，然后把目光投向窗外。看不到大海，只有白沙、沙茅草和雾气。他的声音轻柔却饱含怒火。“那不是一场意外，也不是她有意为之。只不过是她遭遇、她造成的一件事。就是这样。”

他停下来，眼睛望着窗外。安忍住泪水，把毯子裹得更紧了些。这时她第一次感受到了将永远伴随她的那种痛苦，源于那个未说出口的逻辑：他企盼他的女儿，就是在企盼安没有成为他的妻子。

一片温暖的暮光照进小屋。他从桌上拿起他们的晚餐碟放进水槽，然后倒掉了一直放在他们门前沙滩水槽里的那桶蛤蜊壳。在外面的时候他背对着她，站在那里聆听涛声。

从那以后，安只问和缓的问题，只作含糊的暗示，有时她会得到答案。她曾在某个时候得知韦德最后一次见珍妮的母亲是在听证会上。梅和琼还小的时候珍妮的父亲就去世了，所以她母亲是一个人来的。她和韦德见面时没有说话，但几个月后她给韦德打了电话，只是为了告诉他自己去监狱探视过了，但珍妮不肯见她。韦德不知道说什么好。他不知道怎么安慰他昔日的岳母，也不知道怎么让她来安慰自己。她一定也有同样的感觉，因为那是他们最后一次说话。

其他细节慢慢浮现，但韦德再没有给安讲过完整的故事。经过那一次云开雾散，在他感觉自己已经讲述了有责任讲述的全部之后，他又怎么会再讲呢？但她感觉故事在她周围延续着，感觉自己甚至会从陌生人的眼神中搜罗含义。

搬到鸢尾山后，她多年来一直去离家一个多小时车程的桑德波因特镇买食品和日用品，因为虽然米勒杂货店离家只有二十分钟，她却无法忍受走在货架间时所有人脸上那同一个没有问出口的问题。五年过去了，六年，七年，但黄松镇居民的疑惑丝毫未减。安成了他们着迷的对象。他们搞不懂她。他们用眼神询问的不是一个确切的问题。不是那是怎样一种体验？不是我们该怎么待你？不是你干吗要嫁进这么一个烂摊子？那是一个模糊，压抑，无处不在的问题。

那根本不是一个问题，而是在陌生人的眼神中声明的一个事实。

我知道你。

这就是你的问题？

我听说了。

是的。

即便如今，这么多年过去了，那个问题仍会化身为恐惧。青少年们躲避着安的目光，在梅被杀时他们都还是幼童。

那个问题也会化身为礼貌。在斯比里特湖的饲料店，某个本不会为陌生人扶门的老人会为她扶门。它会化身为得意。黄松镇的邮递员感觉获得了特许：她举止间底气十足，心照不宣，好像只因她的指尖有权分拣安的信封，她便窥见了她以为存在于信封里的内容——谎言、恳求、误导、不可告人的消息，皆由过往之舌封入信封。

但安早些年去桑德波因特的时候，那儿没有人认识她。她无名无姓，不紧不慢地买她的东西。购完物，她会漫步到水边，观赏潘德耳湖上的日落。如其形，如其名，这座湖果真像在倾听。一只耳朵。安站在上耳郭边，穿越时光，倾听湖水来自冰河时代的寂静，她在这寂静中神游。她感觉琼踏过种种奇异的未来——有些是可怕的，有些则充满希望——但没有一种是发生在刀柄上刻的那座房子里的。

在发生了这一切后，为什么最痛苦的仍旧是重现那座小房子？仍旧是想象那个女孩站在学校走廊里一动不动，搜寻着艾略特的身影，捕捉着走廊里他的笑声，用指尖抚摸着一把刀上雕刻在玫瑰花里的心？

艾略特高中毕业后搬回了爱达荷。在他离开七年后，也就是他二十四岁那年，安从她的车里看见了他。在途经黄松镇的公路旁，他和一个年轻姑娘一起，站在一个烟花摊不远处。那姑娘穿着一条绿格子夏季连衣裙，黑色的头发在背后随意地编成一条时髦的辫子。她看起来比他小，但这很难说。安看见的那瞬间的确只是瞬间，像一张照片。那姑娘弯腰往一只纸板箱里看，纸板箱的侧盖上写着一句广告：罗特韦尔幼犬25美元。安没有看见小狗；她没有看见那姑娘把手伸进箱子抱出一只。她看见的是在这之前的瞬间：为了和艾略特分享她的兴奋，那姑娘弯腰的时候，用手指按了一下他拄拐那只手的指节。只有这些。安开车经过时，姑娘两鬓的碎发随着那阵风飘了起来。

安驶过德士古[1]加油站和邮局，然后经过砂石停车场和自助洗衣店，在这之后道路开始弯弯曲曲，公路边出现了树林。她把车停上路肩，熄了火。

那个姑娘的手放在艾略特的拐杖上——这其中有种决定性的意

① Texaco，美国大型石油公司之一。

味。琼一定也会知道。换作长成少女的琼开车经过，她也会想着那个姑娘，想她按在艾略特手上的手，也许会想很久，但不一定会真的感到心痛，因为她应该早已把他抛诸脑后（琼如果还活着，那年该有十六岁；她爱上他的时候只有九岁），不过总少不了伤感地缅怀她为自己想象的种种未来，其中有些是发生在一个独腿男孩身边的。

她爱过他。她们都爱过——琼和安自己。这是唯一一条安自己得知的关于琼的信息，既不是韦德告诉她的，也不是她从新闻上听来的。只有安看见过琼在放学后站在艾略特的储物柜前，拨弄着手里的包裹，身上的玫瑰色毛衣肩膀处紧绷绷的。然后她的身体猛然一动，倔强地把包裹丢进储物柜，决定相信它一定会被发现的。

它当然被发现了。

安把车停在公路边，强迫自己保持一个姿势坐着不动：双手放在方向盘上，绷直腰背，双眼盯着自己的腿。当身体开始作痛的时候，她强迫自己多坐一会儿，再多坐一会儿，以确保那姑娘和艾略特的手相触的一刻被赋予了足够的分量，因为那一刻里，有安唯一能够确信琼渴望得到的东西。

那是安第一次允许自己考虑这种可能性，这种实实在在的可能性——琼已经死了。

安刚一挂断电话，就陷入了深深的负罪感中。她前五次给监狱打电话时也是这样，每次打完电话，她总是有很长时间不敢直视韦德的眼睛。给监狱图书馆打电话，以及最初往那里寄书，是仅有的她的想象触及现实生活，招致真正危险的时候。

为了摆脱内心的负罪感，她从卧室地板上站起来走向钢琴。她屏住呼吸，凭记忆弹奏着，试图以此平息此刻袭上心头的自责。

但韦德的声音也是一种记忆，它萦绕在音符的边缘，像踏板音，也像一种隐痛：有时有那么一瞬间我会忘记，我会以为梅和琼还活着，死的是珍妮。好像没有了她我们正在艰难度日。

艰难，千真万确。他们正艰难地寻求理解，寻找彼此缺失的片段。安从困住她的谜团中探身出来，插手了韦德的旧爱，触及了禁区。她让自己置身于不属于她的地方——监狱里的一本书中。那座监狱里，延续着韦德的另一半人生。

接着我会想起来，我可以给她写信。一想到有这些可能我心里简直难受极了。

按在梅曾经按过的琴键上，安的心里也难受极了。尽管已经过去了这么久，尽管她一再想象，她仍旧无法真正体会梅的死有多么确凿。

但对韦德来说，这是再确凿不过的事。他感受着她做梦也无法体验的感受。他倘若知道了她做的事，又会有何感受？他倘若想到珍妮的手指触到图书馆里那本书的书脊，把它从书架上抽出来，发现了自己过往的片段，又会作何反应？

她弹琴的时候闭上眼睛，身子前倾，试图把自己推出这个糟糕的下午。这首曲子是她在杜伦上大学的时候学的，有些部分已经忘了，但她不留痕迹地跳过了那些部分，仿佛它们从未存在过，代之以旋律的变奏。

但这首曲子无法将她掩藏，所以她停止了弹奏。钢琴突然的沉默充塞整间屋子。透过窗子，她看见她丈夫穿过泥泞积雪的花园向他的工作室走去。然后她看见他推开门，消失在门后。

她想在他面前为自己洗清罪责——不是靠坦白，只是站在他身边，让他用他那不自知的方式爱她——于是她走出房间，穿过花园。隔着他工作室的门，她听见他在里面轻声哼唱，还听见一阵金属碰撞的声音。她看见他站在长桌上的几只托盘边，扫视着那几只托盘。他手里攥着什么东西。

她来到他身后，碰了一下他的后背。那一刻他转过身，脸上带着伤感而吃惊的微笑。他摊开手，给她看了手里的东西。一只没有刀身的木刀柄。他用手指擦了擦刀柄，把木屑从他雕刻的凹槽中抹去。她看见他在木头上烫出的两座山的轮廓——他的商标。

“真美。”她几乎说不出话来。

“你喜欢吗？”

“喜欢。”

“等做好了送给你。”他说，“刀身是我用我们一起找到的卡车零件做的。”

“真的？”

她把那块光滑的木头拿在手里。

“归你了。”他又说了一遍，“我刚才只是在找刀身。我忘记把它放哪儿了。我办公室里也没有。”

“韦德，”她说，“谢谢你。”

他朴素的礼物，这无心的惊喜，让安突然之间感到被一种可能从未体验过的痛苦所触动。那种感受强烈得就像爱。这个男人把两座山烫在木头上送给了她。

他误解了她的表情，对她露出了微笑。为了藏身于他的误解之中，她踮起脚尖拥抱了他。他吻了她的肩膀。此刻看来，她一定像是为仍握在手中的那块木头而感激不已，她猜他被这感激的情绪触动了。

但她心中的情绪并非感激，而是暴露在聚光灯下的背叛。他将她搂在怀中的时候，她却要对他隐瞒她的秘密。他在工作室里为她雕刻那些花的时候，她却在他们的卧室里通电话。

一想到有这些可能我心里简直难受极了。

他开始吻她，吻遍全脸。她想坦白，却又无从知晓从何说起，无从知晓怎么做才最不自私。

他把脸埋进她的头发，深吸了一口气。但他突然中断了吸气，把头移开。“安，”他说，“你去过哪儿吗？”

“没有，我一直在这儿。”她矢口否认。现在她强忍着泪水，用力亲吻着他的嘴。

他轻声笑了起来。“不对，你头发里有尾气味儿。”他再次把脸埋进她的头发。然后看着她，这一次多了一分认真。“真的很浓。你闻不到吗？”

她小心地说：“我什么都没闻到。”

“几小时前还没有。”

“没有吗？”

“真的，”他说，现在直视着她的眼睛，“你去过哪儿吗？”问题问得漫不经心，声音中却带着一丝紧张。安的沉默中也透出一丝紧张。“你干吗要发动卡车？”他轻声说。

她现在就可以告诉他。她可以。

她抬头看着他，跨过了一条从未敢跨越的界线。“有时我会去那儿坐坐。”

“你为什么要去那儿？”

“你觉得呢？”他的脸上并无怒意，但他不知道该往哪儿看。他无法直视她。“韦德，你觉得我为什么会去那儿？”她的声音柔和，但她知道这话会刺痛他，她感到心中涌起一股并不柔和的情绪。她说：“我想听听你都记得些什么。”他张开空空的手掌，摇了摇头。她上前一步。“后视镜。现在已经粘回去了，我知道。但你把它掰掉过，不是吗？那天你把后视镜掰掉了。”他大睁着双眼，摇了摇头。然后她说：“那是因为你在里面看见了梅。”她的声音里带着哭腔。

他躲开她的目光。

“你是我丈夫。”她接下来语气坚定地说。泪水此刻已夺眶而出。她为自己的沮丧和自己的残忍感到懊悔，她伸手去抓他的手，试图以此缓和，然而即便与他的手相触的时刻，她仍然不能罢休。“你知道你不愿意让我去那儿，可你不知道为什么不愿意。你那么生我的气，你也想不起是为什么。”

他倒退了几步，搜寻着能让他分散注意力，转移关注点的东西。他望着窗外他们的花园。窗子上有一个干了的泥点。他用手摸了摸，手指在上面轻轻摩擦，好像是想把它擦掉，但它其实在玻璃的另一面。

那个泥点远在天边。她深感自己和他的所作所为一样徒劳，这种醒悟让她筋疲力尽。她向后一倚，靠在长桌上，却碰掉了桌边的那一托盘刀片。她伸手去接，但托盘掉了下去。数不清的刀片掉在地上，发出一阵嘈杂的巨响，她用手捂住了耳朵。她低头看着它们，这插曲让她几乎松了口气。她跪下把它们捡起来。

她听见韦德朝她走来。她还跪在地上，回头一看，她惊恐地发现他早已等不及找件事转移注意力，而掉落的刀片正好让他也松了口气。现在终于有了一样实实在在，他听得见，看得见的东西——她闯下的祸。在她反应过来阻止他之前，他就抓住了她的肩膀，把她的头往地上按，把她的脸按在掉落的刀片上。

“不，不！”她朝木地板尖叫道。她尝到了嘴唇上的伤口流出的血。她挣扎着，但这只是让她伤得更厉害。

他把她牢牢按住。

“求你！”她低声说，满目的金属让她紧闭双眼。

接着,他突然放开了她。他踉跄着倒退了几步,好像受伤的是他。

她摸了摸嘴唇，想看看伤得有多严重。她先是看了看指尖的那滴血，然后抬头看着他。

他好像吓坏了:“哦，安。”

泪水顺着她的脸颊奔涌而下。他想扶她起来，她看见了他颤抖的双手，但她没有让他扶。她自己站了起来，转身出了工作室，要多快有多快地跑过房子，跑下山路。

在山溪边，马蝇已经让她妹妹逃回了卡车，琼一个人享受着这个安静的下午。她蹲在毛蕊花间，用手指在泥地里挖出一个洞，让几滴唾沫从嘴里淌出来滴进洞里。滴进几滴唾沫以后，她把洞重新盖上，在裤子上抹了抹沾满泥的手指。她用脚使劲踩在刚才洞的位置。

当然，喜欢那么做的是安，不是琼，而且安那时远没有九岁。不过这没关系。在她的想象中，那个罗艾尔山溪水边的八月下午，在桦树林边琼为自己找到的那片躲避马蝇的私密天地里，琼上演了属于安的仪式。安想象着唾沫从那个黑发女孩的薄嘴唇里滴落下来，她擦嘴的粉色袖子脏兮兮的，踩在湿土上的那只粉色鞋子几乎褪成了灰色。安是如此确信琼踩过那一脚，她知道现在如果到那儿去——当然，她并不知道具体地点——她一定会发现那小小的足迹还在原地，已经在荨麻丛中变得干硬，就像警察后来制作的足迹石膏模型那样。

梅这时也许刚刚吞下最后一口柠檬汽水。琼一想到这点就一阵气恼，她拾起棍子，用它抽打着一根树枝。当她走近爸爸妈妈干活的那片林间空地，她意识到已经听不到他们干活的声音，原木撞击车斗的砰砰声消失了。他们一定是在休息。琼感到一小阵兴奋。驾驶室杂物箱里会有零食。梅一定会抱怨被马蝇叮了，妈妈会给她涂上炉甘石药膏，然后梅会像往常一样把她涂满药膏的小脸放在妈妈的脖子上，弄得妈妈的脖子黏糊糊的。

涂满药膏的小脸：从一张宝丽来照片上刮下来的干果酱。

琼看见她爸爸站在一块巨石上眺望着群山。她妈妈一动不动地站在不远处，她望着的不是群山，而是那堆木头。虽然他们干了这么久，但是在梅看来，那堆木头似乎丝毫没有减少，那无穷无尽的一小堆木头会让他们在这炎热的树林里消磨掉一整天。这时，她妈妈朝卡车的副驾驶座一侧走去。所以琼加快了脚步；她不放心杂物箱里的零食，她不知道它们是否还和原来一样，她和梅是否要为谁吃哪种口味打一架。她跑了起来，用最快的速度跑向卡车，但在马上要到的时候，她停下来系了系鞋带。鞋子上沾满了泥，所以系好鞋带以后，她在一根树桩上踢了踢。

踢最后一脚的时候，她听见了一个声音。有那么片刻，她以为那是自己的脚踢在树桩上的声音。但接着她抬头看向树顶。一根脱落的树枝刚从高处掉进了树丛，被其他树枝接住了。四周的树叶全都颤动起来。

她从树顶收回目光，走向卡车驾驶座那侧。

她透过车窗往里看。

她眼前出现了一幅幻象：妈妈在厨房里，同时做着好几件事，但想做的事只有其中一件，也许是读一本书。但进行着的事太多了。也许她正在水槽里刷锅，把书支在台面上，好边刷边读。也许她身后的灶台上烧着一壶水，也许水马上就要沸了。但在最后一秒钟，她妈妈镇定自若地从水槽和那本书前转过身，关上火，然后继续回去读书，刷锅。再晚一点点，水就沸出来了。

对琼来说，她母亲胳膊的移动，就是这样熟悉的一个动作——一句话看到一半就去关火，然后再看完另一半。

她右手的动作麻利而优雅，先是从面前的仪表板前划过，伴随着身体微微侧转，穿过两个前座之间的空隙到了她身后。斧子飞快地划出一道生命之弧，转眼间落在梅的身上。

她妹妹平静地瘫软下去。

正如刚才和当下之间没有过渡，女孩的心里也没有片刻惊异，没有片刻迟疑。她想都没想就转身跑开，怕极了接下来可能发生的事。折断的干树枝在她褪色的玫瑰色鞋子下咔嚓作响。一开始她父亲像往常那样叫着她的名字，片刻之后，他一定是看见了卡车里闪现的鲜血，他叫她的声音变得全然陌生。那是一种骇人的声音，如同一条堵住的排水管，以费解的方式嚷着她的名字。但她几乎没有听到，她奔跑着，茂密的树林抽打着她，看不见的蛛网粘在她的胳膊上。

擅闯者射杀。就算邻居家的树上没有钉这些标语，安奔下山坡，经过它们的时候也能感到这种威胁，仿佛存在着一道空气的边界。现在她自己的家也不再安全，她对这种威胁的感受就愈加强烈。她闯入的这几英亩土地，她绝望之中穿越的这几英亩土地，除了每隔几年重新钉上这些可怕的标语，从来无人关爱，无人照管。在这大片大片的廉价土地上，人们只是偏居于山谷中最靠近土路的一角，因为住得再靠山上些，过冬就成了麻烦。地产绵延数英亩，全部生活却只局限于以某辆拖车为中心方圆二十英尺的地皮上。但在肮脏的床铺上，闪烁的电视前，所有权从午睡的身体中伸出长臂，扫过其合法，而且也正当的领地内的每一棵树，每一块石头，那些树和石头则不再是它们本身，而成了一段历史——那些声称拥有它们的人的历史；那幽暗的树林拒人于千里之外，酝酿着不为人知的阴谋。

她沿着峡谷飞奔，穿过寒冷的空气，抓住一根根树枝以免跌倒，一摸到树皮手就一阵灼痛。这时她意识到，他们全都引以为傲的这片土地原来如此一文不值。这片陡峭的山区夏天干旱缺水，尘土飞扬，山火为患，但和作为主基调的冬天相比，夏天还要算是一种暂时的解脱。

安停下来喘了口气，抓起一把雪敷在嘴唇的伤口上。她的脚又冷又湿。空气里潮气弥漫。她扔下那团红雪，低头看着自己冻僵的手。当她再次抬起头的时候，她看到的是一张不同的标志牌。它挂在两棵松树之间的一扇门上，上面手写着：鸸鹋油、鸸鹋皂、鸸鹋蛋。

她又用雪蘸了蘸脸，然后过去推开了门。鸸鹋围栏在拖车的一侧，一部分延伸进后面的草地。她走上前去，其中一只高个子的大鸟抬起一条腿，大爪子蜷贴在身下，歪过脑袋看着她，仿佛在问问题。她看见远处的树林里还有其他鸸鹋，它们迈着来自史前的步伐，庄严而肮脏不堪。

她的伤口也许已经深到需要缝针。得有人送她去。她还没想好该怎么和别人解释，没想好能透露多少。但她又冷又累，已经无力思考了。

还没走到门廊，她已经能闻到拖车里的气味。门口散发着一股温暖潮湿的气息，即使在这寒冷的天气里也十分浓重。拖车的壁板围成了一间紧靠房子的侧屋，她看见里面放着一张浴室地垫和一只狗食盆。

她敲了敲门。几乎是立刻，一个灰发女人就开了门。

“我需要……”安话说了一半。但看到安脸上的伤口，那个女人脸上没有一丝担心，没作一句评论，只是不动声色地站在那里，所以安只好说：“我看见了篱笆上的招牌。”

那女人点点头，示意她到拖车里来。“在这儿等着。”说完她消失在另一间屋子里。不一会儿，她拿着一把卫生纸回来了。她把纸递给安，安谢过她，用纸擦了擦嘴唇。她没有哭，但她感觉离哭不远了，因为她的疼痛得到了另一个人的承认，即便这承认唯一的表示只是一把卫生纸，也足以让她感到宽慰。

但关于那道伤口，那女人只字未提。她带安穿过一间小厨房，来到起居室。一个大块头男人正坐在沙发上看电视，电视机放在两摞杂志上。墙上有斑驳的水渍，地上趴着一条看上去病恹恹的小狗，它用尾巴拍打着地面，脸贴在地上，眼睛向上望着。

“威普辛。”那男人呵斥道。小尾巴立即停止了拍打。

安把纸按在伤口上，感觉它被血浸透了。就算这样，那男人同样对她的脸只字未提。

屋后有一座架子，上面摆放着所有的鸸鹋制品，商品下面用胶带贴着手写的小标签。

“要是想要凝胶，你得夏天再来。好多人是来找凝胶的。”那女人说。

“不，不，你误会了，”安说，“其实我需要——如果你不介意——”

但那条狗来到了女人脚下，呜呜咽咽地叫着。女人跪下来，捧起它的脸，慈爱地说：“哦，我知道，我知道，你年纪大了。”然后她站起身。“架子顶层是肥皂，用鸟脂和外面种的薰衣草做的。”说着她指了指窗台上的花箱，“下面那层是些我们自己熏的肉干，这儿还有按摩油、发油、浴油。看标签就是了。慢慢选。我叫吉娜。”

吉娜进了厨房，听声音她像是在用培根油煎巨大的鸟蛋。

安感觉她的手在颤抖。她感觉这辆拖车里存在着某种恶意，某种让她噤声的威胁。她不知道那到底是什么。她想离开这个地方，但她需要想想。她能到哪儿去？她一只手把卫生纸按在嘴唇上，另一只手拿起一包肥皂，看了看价钱：十美元。十美元？一瓶浴油要十五美元。她扭过头看着另一间屋里的吉娜，听着煎蛋噼噼啪啪的爆响。男人还在看体育节目，那条狗在安脚边用尾巴拍打着地面，她觉得那狗的喘息声大得离谱，大到她都能闻到它呼出的气息。那湿气和空气中的污物落在她的皮肤上，让她想逃离。

她意识到这种混乱感源于一种持续的嗡鸣。那声音先是越来越响，然后渐渐变轻。

她发现放鸸鹋制品的架子摆放的位置正好使它后面隔出了一点小小的空间。安绕过架子，朝那壁橱大小的昏暗空间里望去，只见一片奇异的灯光中，坐着一个男孩。

那男孩有十岁上下。他俯身在一张桌子上。嗡鸣声就来自他手中的东西。她仔细看了看，那是一种尖端带振动针的笔，和笔相连的线通向一个有许多仪表盘的小黑匣子，匣子的电源插头插在墙上。她看见了男孩的后脑勺，他的短头发下有泛白的疤痕，他身上薄薄的红衬衫领口下面有一个洞。

他面前的桌子上放着一只巨大的蛋壳，上面有白、绿、皂蓝三种颜色，蛋壳下是一台扁平的灯箱。他正用笔在上面雕刻一幅画。她看不出雕的是什么，只看见光停留在一道道如丝的线条中。他四周全是雕刻着图画的鸟蛋——细腻的林间风景、山狮、熊。它们美极了，美得让人难以置信。男孩瞧见了安，但没有回头看她。他专注于他的蛋壳，嗡嗡声还在继续，仿佛安根本不在那儿。

“你好？”她轻声说。

他咕哝了一句什么，在振动笔的嗡嗡声中，她没有听清。

他在雕刻一张女孩的脸。在这张脸周围，一棵棵树组成了繁复的镶嵌图案，女孩的卷发成了树枝，天空中尖尖的新月则成了她头上的发饰。树林是深绿和凫蓝色，女孩是白色。他正用手里的振动针雕刻她优雅的下颌曲线。

“你是想要那个吗？”吉娜突然出现在她身后，双臂交叉，手里拿着一把黑色的锅铲。

“我没想好。我不知道。”安说。

“多少钱小嗡说了算，不归我管。告诉她。”

男孩关上振动笔，耷拉着下巴，一脸厌烦地看了安半晌。“脸八十，花六十，山七十。”他飞快地说，好像说这几个字特别累人似的。

安摇摇头。

“超出你预算了？”吉娜冷冷地说。

“我没带这么多。我来这儿不是为了这个。”

“你什么都没带。除了冻僵的脚和脸上的伤。”

安哭了起来。“不是的。”她说，但她感觉一阵眩晕。昏暗的空间在她眼前微微倾斜。“我丈夫有麻烦。”她好不容易才说出口。

但男孩重新打开了振动笔。他钻透坚硬的蛋壳，做出女孩眼睛的瞳孔。没有瞳孔的地方，正是她的瞳孔，也就是凫蓝色虹膜中心的一个洞，灯箱的黄光从里面射出来。

他用肮脏的手抹掉蛋壳的粉末。

“我得走了，”安说，“我得走了。”她匆忙离开拖车，路上险些被那条病狗绊倒，接着又险些在朽烂的门廊上绊倒。天下起了雪。吉娜在她身后叫道：“关上大门！”但当安反应过来那几个字的意思，她已经跑出大门很久了。她不知道自己在恐惧什么，但她不停地奔跑，奔跑中，她感觉四肢已不属于自己，感觉自己脱离了身体，被困在这雪中，身陷他人生活的迷局。

曾经有一天——不是在海边的那天——韦德不经意间告诉她，警察逮捕的人是他。

他说他在经过的第一个农场前停下车。他没有开上私人车道，而是停在了主路中间，下了车就开始跑。但当时的场面混乱极了，警察赶到的时候，不知道该讯问谁。尽管珍妮跪在石子路上，衣服上沾满了血，警察还是把他按在卡车上，给他戴上了手铐。他没有反抗。农场的老太太跪在珍妮身边，抱着她，试图让她平静下来。警察不知道该怎么处理梅所在的那辆卡车，没有人想到要挪走它，所以它就那么停在路中间。他坚持要回去找他的小姑娘，还活着的那个，然而他的争辩把一切都耽误了。警察不明白。他们以为他丧失了心智，以为他恳求的不是回到某个地方，而是某个时候，他女儿还活着的时候，好像梅还在山上自己等待着，还在斧子落下前的那段时间里。

孩子倒在后座上，男人哀求着“回去”找他山上的女儿，所以一开始没有人关注珍妮。她先是试图引起他们的注意，然后只说了一句话：“是我干的。”她的声音（在安的想象中）无比轻柔。即使在她认罪以后，他们仍然没有给韦德摘掉手铐。也许是因为他没有要求他们摘，他只有一个要求：回去找他另一个女儿。然而他们没明白，也无法明白。

当他们终于意识到他说的是另一个女孩，两位警官开车上了罗艾尔山，韦德坐在后座上，除了告诉他们在哪里拐弯，一路上沉默不语。他们当时还不知道琼失踪了，韦德还不曾想到她会不愿被自己找到，所以直到整整一小时后，他们到达那片林间空地的时候，才叫了警犬和搜救队。在那片空地上，几只乌鸦在随意堆放的桦木上晒着太阳，却不见了琼的影子。

他们到处搜寻，呼喊着琼的名字，黑皮靴踩碎了白色的泡沫塑料杯。当搜救队终于赶到，他们给警犬嗅了韦德的鹿皮手套。

为什么？是你的手套，又不是她的。安问。

因为琼那天早些时候戴过它，为了好玩。她父亲巨大的手套戴在她的小手上，多么有趣。她看得出对他来说，这是最难向她倾吐的一件事；他脸上写满悲痛，却没有一滴眼泪。琼把他的手套戴在自己手上闹着玩。但他记起来了，因为他必须记起来。因为卡车上没有琼的衣物。因为猎犬需要嗅源，所以他在记忆的边缘为它们找到了这样东西。

但也许他自己的手已经覆盖了她的气味，猎犬追逐着错误的嗅迹奔下深谷，穿过溪流。

后来，当琼的脸出现在杂货店和加油站里的传单上，似乎所有人都对她视而不见，除了安和韦德。其他孩子的脸在他们眼中会有那么一瞬拥有了琼的轮廓。杂志、图书馆宣传页和广告上的照片也不例外。只要有一丝隐约的相似，鼻子的弧度有一丁点她的影子，她就会闪现：在经过的车里，在电视广告里，在一只蛋壳的雕痕透出的光网里。

此刻太阳已经西沉，安迷了路，跑得上气不接下气，在山林中不辨方向。她的伤口已经不再流血，但寒冷让它一阵阵地抽痛。她感到了一丝真正的惊慌，一种不受控制的恐惧，不是怕被冻死，而是怕死了以后没人发现。

但就在这时，她看见不远处有什么东西。一把扶手椅。在冬日阳光下的树林中，有那么片刻惊慌平息，她忘记了她的疼痛、鸸鹋农场的可怕经历和韦德对她做过的事。她凝视着那把扶手椅，仿佛仅仅是它与起居室和炉火的关联就足以让她暖和起来。椅子的坐垫没了，它被撕成碎片，散落在四周的残雪上。

还有一副没有玻璃和背板的木相框。接着她又看见，一盏台灯倒在地上，灯罩和灯绳不见了，只剩一个底座。

她弯腰拾起那盏没有灯罩的台灯，上面沾着一层积雪下的泥土。陶瓷灯座是和扶手椅一样的蓝色。她把它转过来，抹掉正面的泥块，陶瓷上有一个白色的椭圆，椭圆里有一幢和底座一样颜色的小房子。

她还很小的时候，对长大意味着什么曾经有过这样一种概念，那就是拥有一座装满这类物件的房子。你对单个物件并无感觉，甚至不记得何时曾挑选过，买下过，但它们是你的生活经年累月为你积攒下的，因此是你自我的表露。在安年幼的头脑中，这样的物件不可或缺、平淡无奇却又不乏美感，而且它们是互相匹配的。无论在长大后遭遇什么样的烦心事，这些实实在在的物件都有力量将烦恼驱散。它们保护着你，仿佛共同发挥着一种魔力，像一面散落各处的保护盾。

现在她把那盏台灯捧在手里，回忆起了他们在蜜月中发现的那座空房子。

身上寒意阵阵，一丝不挂，半是兴奋，半是羞涩，她站在走廊上，等待着韦德。她望着对面那间屋子，片刻间就在眼中将它填满，为它配上几把椅子、一张床、墙上的挂画和一盏像这样的，蓝色的台灯。也许就在他落在台阶上的两步之间，她已经在那座房子里装满了他们的未来。

他们在走廊干净冰冷的地面上做爱的时候，她感觉这些东西就在她的周围，感觉那张床和上面的新枕头就在视线之外，藏在那间空屋的一角。除了和他接触的地方，她浑身上下都冷。她的背贴在硬木地板上。她滑下脏衣道的衣服，堆在他们下面很远的地方。

事后，他脸上流露出一种半遮半掩的释然。离开她的身体以后，他开始亲吻她的全身，他的吻轻盈而短暂地落在她的胸，她的肚子上，好像在温暖她。他吻得那么快，仿佛想让她在上一个吻痕未干的时候就感觉到下一个吻。

寒冷和强烈的欢愉让她不由得颤抖。

此刻，在这片暗下来的树林中，站在破烂的扶手椅旁，她也在颤抖。

“我爱你，安。”

“我知道，我也爱你。”她说。

“我第一次见你就爱上了你——”

“别这么说，求你。”

“——在那间教室里。”

“求你。”说着她把他拉向自己，用她陌生、全新的手搂住他的后脑勺。

在暗下来的树林中，站在那把扶手椅旁，她几乎能听见多年前，那个八月的日子里他哼唱的声音。那是一本旧书里的歌，关于一幅照片的歌。

从墙上摘下你的照片
带它离开

站在这块高大的巨石上，他能看见下方山谷的谷底。越过树顶，他能看见他们来时的路。

山间的蓝知更鸟在哪儿？他已经开始寻找它们的影子。干燥的空气有九月的气息。不久就要开学了，那时她安静明亮的教室会被孩子们占据。钢琴老师会打开她的窗户，让合唱班练歌的声音飘向停车场，和远处汽艇的声音、湖水拍击旧码头的声音融为一体。

散发着醋味的布擦拭着象牙色琴键。她说话的声音。在同样的琴键上，他笨拙的双手曾艰难移动，她的手却将挥洒自如。

在他身后不远处，小小的鞋子踩在树枝上发出咔嚓声。他的大女儿琼正朝他走来。不一会儿，他就会转过身，看见她站在那儿。预见到这美好的一幕，他又听了一会儿山间的声音，他听见林中某处，干树枝在微风中断裂，咔嚓作响，在他无法感受到的高空中吹过的微风。

这些事，韦德从没告诉过安，是她自己知道的。直到此刻，在这寒冷和黑暗中，她才知道。

对男孩着迷，当真着迷。心痛得就好像真的爱他们一样。

当珍妮坐进卡车，就着汽水咽下喉咙里的灰尘，安对她而言只是一个概念，一个在她丈夫心中能够听到的声音，像一只苍蝇在窗边微弱却又无休无止的嗡鸣。她总是能感觉到这个声音，却无法确定它的来源——他笑声中的那阵余音是什么？当琼随口提起学校的事，他现在是不是听得异常专注，仿佛试图从她口中学校日常的千百个画面中搜寻某个特殊的人不经意间映入的画面？

但这些想法还没有成形。对珍妮来说，安没有名字，那种感觉没有名字。不是嫉妒，不是怀疑，甚至算不上不快。

直到那一刻——

我听见梅在卡车里唱歌，于是我想，好吧，她根本没生气，还在里面唱歌呢。那时候一切都还没有发生。

先是在她丈夫心里，现在在她女儿心里，一丝音乐的痕迹承袭了下来。合唱班老师出现在门厅里，在她的家人之中，在卡车上。梅唱道——

从墙上摘下你的照片

带它离开

在女孩的歌声中，她听见了一个女人的声音。

她听见了安的声音。

安摸着黑跌跌撞撞地来到了公路上，刚才的顿悟让她痛苦不堪。这谜题早在多年前就注定由她解开。当时我在那儿——我在卡车上。可他不知道，他不知道。

她双脚麻木，嘴唇上的伤口已经被寒冷封住。她用双手摩擦着胳膊给自己取暖。远处，过了公路拐弯的地方有微弱的亮光，短短一瞬间，路中间显现了几只鸸鹋的剪影，它们乱哄哄地沿着公路成群奔跑，然后从中间完美地分成对称的两半，一半跑进一边的树林，另一半跑进另一边的树林。这一切发生得那么快，她几乎不敢相信自己看到了什么。车头灯把它们一分为二。

车头灯。

她挥动双臂。她站在公路上一次又一次地挥动双臂。

卡车减速，停在了她面前。车门开了。

韦德。

“我不是故意的。”他走向她，绝望地开口说道，声音紧张而恐惧。

“我知道，我知道。”

“我到处找遍了。我沿着这条路来来回回开了四趟。我叫了警察。”说到这里他哽住了，“我告诉他们我对你做了什么。”

“我是为了让自己清醒清醒才跑的，不是为了躲你。”

“你应该躲着我。”他说，“我想起对你做的事就后怕。”

“我很高兴你找到我了。”

“伤口需要缝针——”他说。

“我好冷。”她说。

“我开了暖风。”他握着她的胳膊，用手掌托住她的手肘，把她领到副驾驶门边。“不能再这样，”他说，“这样的事再不能发生了。”

“再也不会了。”她说，并且相信自己说的话。她把手放在他的脸颊上，让他看着自己的眼睛。

“我真的很抱歉。”他的眼里含着泪水。

她爬上车，他给她关上门。只有短短一刻，她一个人坐着，在卡车里。一切都格外平静而奇异。她这边的门关着，他那边的门开着。捕梦网在后视镜上轻轻摇晃。黑暗中的某个地方，鸸鹋在路两边的树林中奔跑。

现在他在她身边，坐在驾驶座上，他那边的门关上了。

出风口向他们吹出热气。他把手放在她的手上。“我把后视镜掰下来，是因为我不想让珍妮在路上能看到梅。我知道我不会看，但我觉得她会。我不想让她有看见的机会。”

“你不必那么做的。”安低语道。她也已泪流如注。

“我得告诉你实情。”他说。

“我不是这个意思。”她的身子一直探到他的座位边，额头靠在他的肩膀上。

他把头靠在她的头顶。“你的意思是什么？”

他们就这样坐了许久。他把她的手握在自己的双手之间。

“我，”过了半天她才回答，一边说一边轻声哭泣，“不要为我做任何这样的事。”

二〇〇八

塑料花瓶里的塑料花。固定在地上的床头柜。

伊丽莎白醒了。

一看见这些花，睡梦中已忘记的憎恶就又涌上了她的胃。这些花不是给她的，却努力装作是。把它们摆在监狱的医务室里，是为了营造一种有家人牵挂的假象，以此哄劝病人重返人世。然而花瓣上遍布蛛网，而且只有上帝知道多少犯人曾在这张床上自杀，死去。这些自杀就发生在他们躺上病床的几个小时后，就在自杀已再无必要的时候，因为，快瞧啊，有人送花给你了。

这些花散发着腐朽时光和虚情假意的恶臭，她简直想呕吐。

因为胃痉挛，她已经在医务室躺了近一个星期。这是悲痛的结果。自从狱警告诉她，她在被判的两个终身监禁刑期中将再也没有资格去监狱学校上课，她一吃东西就会呕吐。在这里的十六年来，学校始终是她唯一的庇护所。

关一个月禁闭本该足以抵偿她的违纪，但并没有——在那可怕的一个月里，她痛苦地蜷缩在彻夜不熄的灯光下，不时吸吮着一本《圣经》的皮角——这还不够，所以他们连她的教育也剥夺了。伊丽莎白将用她两段终身刑期剩余的所有岁月，为她一时的违纪付出永久的代价。如今她已不得进入的教室，是整个监狱里唯一还能忍受，唯一真正类似她过去生活的地方，不像那些假花，那些可悲的暗示——

一声脚步。

伊丽莎白闭上眼睛，一动不动，直挺挺地躺在床上。她希望来人还没发现自己已经醒了。她现在有了一位新室友，珍妮，她知道那是她，那个正在这间病房里发出响动的人。她们只在一起生活了一个星期，伊丽莎白就病倒了，但她现在已能准确地描绘出珍妮的样子：双手紧攥，她的耐心，牢牢包裹住她，简直像一种纠缠不去的病痛，一头灰白的乱发，双手被化学药剂腐蚀得面目全非，她的脸却有一种异样的美。她干吗总来？她们的刑期有十三年在这所小小的监狱里重合，然而她们之间唯一的交流只有两周前在寝室里的那次对话：“你现在住这儿了。”“是的。”那天伊丽莎白刚被放出禁闭室，发现珍妮搬了进来。伊丽莎白对珍妮从无怨言的常年隐忍早有耳闻，她见过珍妮刷洗走廊的样子，那仿佛是在宣示对苦难的顺从。和这种货色共处一室，多么令人向往。但她干吗来探望她？她们不过是被迫共用一处空间的两具躯体，何必如此？

又一声脚步，接着又是一声。原来只是护士从旁边经过。伊丽莎白睁开眼睛。屋里没人。

她翻过身，捂住胃。

她几乎宁愿珍妮毫无存在感地出现在这帘幕隔成的半间屋子里，也不愿她像这样不见踪影，却又挥之不去。相比珍妮的在场，她的不在场反而能更好地描绘她，她是自我克制的载体。早在她们成为室友之前很久，伊丽莎白就注意到了她身上的这种特质。她没有欲望，没有好恶，从不抱怨，这么多年来，她几乎没有和任何人，说过任何话。那么既然她不在这里，又为何会挥之不去？睡吧，伊丽莎白，睡吧。这无关紧要。病痛会将琐事缠绕成令人眩晕的涡旋；生病的时候，最不堪忍受的乏味也会沾染上意义。就像那些花。何必这么生它们的气？它们不过是几片塑料，并没有什么意图。而珍妮之所以沉默，不过是因为她无话可说，她来医务室看你不过是因为这让她有事可做。再说，她只来过一次，几天前你装睡时的那次。

不，珍妮不是一个谜。曾有一度，伊丽莎白观察过她，也许因为珍妮的所为带着某种隐秘的魔力，她甚至会想象珍妮坐在那辆卡车前座的画面。每一次看她，伊丽莎白都会看见一张不同的脸。同一张脸，前一刻是一个样子，后一刻是另一个样子。在这个过程中，伊丽莎白本可以挖掘自己内心的厌恶，这厌恶或许本来有望揭露她是个什么样的人。

但那是很久以前了。她早已对其他女人的犯罪动机和犯罪细节失去了兴趣。就连那把斧子也是顺理成章。一位全身心爱着孩子的母亲离那把斧子也不过咫尺之遥，只消随手一挥，就结束了。当话语已无关紧要，当婴儿半睡半醒，你只要愿意，就能把他远远地送到那个地方，所需的仅是你声音的语调，这时，恨，爱，全都纠缠在一句耳语的间隙中。树枝折断时，摇篮掉下来。[1] 无论你唱得多么轻柔——这些歌词自己会咬紧牙关——孩子还是会掉下来。

——可是话说回来（在她梦中某个清醒的角落，在体内的镇静剂和塑料花上尘埃的气息里，伊丽莎白想到），珍妮的确曾经拒绝过一样东西。

三四年前举行过一场投票。一个囚犯的哥哥想捐赠一架钢琴，典狱长给囚犯们展示了钢琴将来在公共休息室里摆放的位置。

你们想要吗？典狱长问道。她是个矮胖的女人，长着一张讨人喜欢的方脸。见到典狱长是件稀奇事，更稀奇的是举行投票。伊丽莎白不明白，有那么多问题，为什么偏偏这个值得一问。既然有人送，干吗不收？

典狱长说："同意请举手。"所有人都举起了手，除了一个人。

典狱长说："反对请举手。"珍妮的手举了起来。

奇怪——现在回想起来真是奇怪。当时珍妮举在空中的手，好像是她说过的第一个，也是唯一一个字，它悬在所有人上方，不合时宜，荒诞不经。她常年孤身一人，以至于说话都会给她带来肉体上的疼痛似的。所以想到珍妮还有想要或者不想要的东西，看到这么多年过后，她还有一丝态度的影子，一种平静却主动的意志，伊丽莎白不禁感到奇怪。

她的手，唯一一只手，仿佛自己也难以置信似的举了起来。

① 原文为"When the bough breaks, the cradle will fall"，出自传统摇篮曲"Rock-a-bye Baby"。

伊丽莎白真美啊！

她骤然惊醒，仿佛有人喊了她一声。口干舌燥。她刚才梦到了她的学校，她的老师亚伯兰先生和达米亚尼先生。这两个自由人自愿贡献出周二的晚上，一周接一周向十四名囚犯传授自己知识范围内所能传授的一切。人文、历史、音乐鉴赏、诗歌。他们愉快的声音在诗学问题上相当坚定不移，他们害羞、欢快、敬业。他们在伊丽莎白的诗上写满了评语，就像她真正的大学教授曾做过的一样。不只是对勾和纠错，而是真正的文字。

用更有力的动词，伊丽莎白。

这一行音节太多了。打着节拍大声读出来。

伊丽莎白，真美啊！

最后一句是亚伯兰先生在她十四行诗的一个诗节旁写的。她还留着那首页边写着这句评语的十四行诗。她过去常常躺在床上，在头脑中抹去标点：去掉逗号，让真美啊变成对她的形容而不是对她说的话；去掉感叹号，因为它过于疏远，过于漂浮。他写字就像个大男孩，字和字之间离得很远，所以她用指尖——食指和中指——盖住逗号和感叹号，还能看见剩下的字。

伊丽莎白真美啊

伊丽莎白真美啊

伊丽莎白真美啊

她在头脑中听见的不是他的声音，它与写下这句话的人无关。它甚至不是一种声音，只是一种感觉，一种曾经属于她，她曾有办法让其成真的感觉——真美啊——

“伊丽莎白。”

牧师坐在她床边的椅子上。他是什么时候进来的?

“别来烦我。”她说。她吃惊地听出自己的声音里带着哭腔。

牧师朝她微笑着，好像她没说那句话，好像他的到来是个天大的惊喜。他是个五十来岁的瘦小男人，一双大眼睛，头顶光秃秃的。他举起一杯盖着铝箔的梨块，左右摇晃了一下，像是在诱惑，又像是在责怪她，好像她是个挑食的孩子，挨饿是她自找的。

她决定假装事实如此。“我讨厌梨子。”她说。

他伤感地微笑着，轻声说道:“我知道这不是因为你上不成诗歌课了。”

“哦，得了吧。”她说。

“你是因为你对西尔维娅做的事才生病的。”

“我生病是因为他们不让我上课。”

他摇摇头。“这些我们早就谈过了。”

“告诉我谁顶替了我在班上的位置，”她追问道，“告诉我谁得到了那个名额。”

“你真正想知道的是你能否宽恕自己。”

“我真正想知道的是她该死的名字。”

他叹了口气。至此，他们不过是在重演老一幕。她看得出他已经知道今天在她身上不会有什么进展。他把那杯梨块放在床头柜上的假花旁。“等你准备好和我谈谈你的所作所为，我再回来。”说完他起身离开，留她在身后定定地看着那些假花。

那些假花，并非毫无价值。它们假装自己立在农场厨房的餐桌上。它们假装刚刚从玻璃纸包装里拆出。它们假装从那只玻璃瓶里吸吮的不是空气，而是水分。

但她已不再惊奇于自己对它们的愤怒。她明白了这怒火的来由：这些花让她想起了西尔维娅。西尔维娅，她的老室友，她的老闺蜜。西尔维娅，是她让伊丽莎白和学校永别，所以这场病的起因，也是她。

珍妮现在睡的是西尔维娅的床，呼吸的是西尔维娅的空气。

短短一个月前，伊丽莎白和西尔维娅还是室友。她们同年入狱，当年都是二十多岁，此后做了近十六年的室友。西尔维娅入狱是因为点着了一座房子，她以为她姨妈在里面，但她不在——房子里只有她姨夫，他在大火中丧生。伊丽莎白则是因为射杀了她男友，然后又射杀了目击这一幕的邻居。

早在第一年，差不多一入狱，两个人就几乎不约而同地在牢房墙上做起了拼贴。

这是一幅无穷无尽的拼贴，永远在变化，在融合，贴在上面的纸一层压一层，墙变得越来越厚。没有哪个牢房看起来像她们的那样。一件艺术品。来自她们生活的点点滴滴，她们都贴在上面：绘画、照片、杂志内页、写给彼此的信。胶带是稀缺品，所以她们会一点一点用牙膏把一些碎片粘在墙上。

假装她们早就认识，这是西尔维娅的主意。她说她们应该装作被囚禁前很早就选择了彼此。这并不难。伊丽莎白会注视着那幅拼贴，努力让它催眠自己，把她的记忆和西尔维娅的记忆相融。“记得那是什么时候吗？”她们都有几张童年的照片，西尔维娅把它们放在拼贴的正中间，相互重叠，这样伊丽莎白十岁时站的那座院子，看起来正是九岁的西尔维娅在泳池里玩水的地方。在泳池里，西尔维娅干瘦的脸看起来充满渴望，她的高额头上垂着剪得短短的红色刘海。这个发型在所有的照片中都没有变过，那张充满渴望的小脸也几乎不曾改变。相比之下，伊丽莎白在自己的每张照片里都会看到一个不一样的人，她的头发漂成浅色，然后染成深色，她的眼睛随着年龄增长渐渐变窄。现在她留着金棕色短发，已不再对它做任何改变。她过去常让西尔维娅用梳子梳她的头发。送西尔维娅那把梳子的是她的姨妈，那个她企图烧死的姨妈。它又沉又宽，不久前背面还镶着一面镜子。有时，西尔维娅给她梳头的时候，伊丽莎白会盯着那面墙，放空目光。她们会怀念地说起从未发生过的事，因为这样的谈话让她们的牢房不那么幽闭，把囚禁一室变成了一种姐妹情谊。

可是后来，两年前的一个夜里，伊丽莎白梦到了那条黄线。

在醒着的生活中，那条黄线刷在走廊和监狱大院的人行道上，犯人来回走动必须踩着黄线。但在伊丽莎白的梦里，那条线穿过她童年的家，穿过她家房子的正中央，而她母亲站在厨房炉灶边黄线到不了的地方，所以她无法停下来拥抱她。她可以走进眼前的景象，但只能左右张望。除了她，走在线上的只有另一个小女孩，她双臂套着充气浮袖，一头红发，正假装玩跳房子。但她总是并着脚跳，好让鞋底不碰到地砖，只落在那骇人的黄色上。九岁的西尔维娅。

那个梦可怕至极，梦醒以后，她想不通自己怎么会爱那幅丑陋的拼贴，爱那个和她一起做拼贴的丑女孩。一看到那面墙和西尔维娅，她就会泛起一种强烈的被亵渎感，好像被人骗走了过去，被人操纵着交出了童年。夜复一夜，她做着同样的梦，于是经历了十四年的亲密无间，她开始变得疏离。西尔维娅胆怯地向她倾诉友情，她不闻不问；西尔维娅为她这份不明所以的冷酷而落泪，她也毫不放在心上。空闲的时候，她会蜷缩在上铺冰冷的窗边，望着外面的大院，而不是那面贴满画的墙，她们两个可悲的生命交织的地方。她一心倾注在功课上。西尔维娅没有参加监狱学校的课程，所以在伊丽莎白的生活中，这里是西尔维娅那双冰冷、苍白、遍布雀斑的手唯一不可触及的地方。伊丽莎白怎么早没有看穿那双手的真面目？她的手指修长，透着一股恼人的机灵劲儿。在梦里，伊丽莎白有种印象：那条黄线出自西尔维娅的手指，仿佛是那些手指把它从地里拽了出来，像一个脏小孩从地里拽出一条根，一条虫。

有一晚，西尔维娅在她的下铺，伊丽莎白在上铺看书。伊丽莎白听见西尔维娅在清理梳子上的头发。头发被从金属梳齿上揪下来，发出冒泡似的嘶嘶声。就在不久前，伊丽莎白还让那银色的梳齿滑过她的头发。她的头发，断在西尔维娅的手里，团在那干涩的手指间。她想起自己是怎样不加抗拒地放弃了自己的一部分，就不由感到一阵厌恶。

于是她爬下梯子，掐住了西尔维娅的脸。

她们两个都吃了一惊，但伊丽莎白没有松手，西尔维娅也没有尖叫。伊丽莎白三根手指掐在她额头上，两根掐在两颊，指甲陷进那苍白的皮肤里。西尔维娅一声不吭，所以伊丽莎白掐得更狠了。

但西尔维娅仿佛早就预料到了这场伤害，并出于爱默默承受着。出于对伊丽莎白的爱？看似是这样，但伊丽莎白知道并非如此，那是西尔维娅在心里秘密构建的东西，那不是伊丽莎白的形象，她只是其中的配料。她放开西尔维娅的脸，看着她在床上哭泣。感觉着体内仿佛有一道光，伊丽莎白转身扯掉那张泳池的照片，把它撕成了碎片。看见她的室友卑微地蜷在床上，看见她们假想童年的那个片段被撕碎扔在可憎的水泥地面上，她感到一阵狂喜。她对这种感觉上瘾了，于是她又扯掉了一张圣诞贺卡、一幅画和一张乐谱，西尔维娅声称在她们共同的假想童年中，她曾经弹过那首曲子，但她们都心知肚明她其实从没弹过。伊丽莎白做这一切的时候，西尔维娅就躺在床上，流着泪看着，毫不抵抗。伊丽莎白把所有东西都扯了下来。她把西尔维娅的纸片一张不剩地撕碎，把自己的纸片装进一只纸箱，和其他东西放在一起，然后把纸箱推到床下。所剩的只有墙上干掉的牙膏点，还有垂在天花板上的一条纸链，像是参差不齐的笑脸。几片撕碎的照片沾在她赤裸潮湿的脚底上，她踩着梯子爬到床上后，把这些碎片揭下来，一起扔到了地上。

她从床上盯着那面她拆毁的墙，快感般的强烈冲击涌过她的全身。接下来的几天里，她感觉如获新生。她的每一个动作都是一种宣示，凶狠而有力。那几天晚上，梦消失了，她感到庆幸。差不多有一周，她没有直视过西尔维娅。

但尽管她这场内心的转变如此突如其来，却不及她再一次的回心转意来得更猝不及防。一天夜里，她上完厕所正要爬梯子上去，无意间看见了西尔维娅睡着的脸和她两颊上细小的痂。她惊讶地发现自己被那血痂深深地触动了，仿佛自己的罪行被它们抓了个正着。现在她看明白自己都做了些什么，她痛恨自己的残忍。这种感觉像一阵丑陋的痉挛，和最初伤害她的冲动一样强烈，一样令人困惑，甚至更加急迫。她感觉身体被负罪感紧紧攥住，只要能摆脱它，她愿意做任何事。她以为自己也许只是需要得到西尔维娅的原谅，而这轻而易举。所以一到上铺，她就把手从床和墙之间的缝隙间垂下去，等待着。她得侧躺在墙边，才能把胳膊伸进缝里。当西尔维娅在下铺翻过身，看见上面悬着的那只幽灵似的手，她抬起手握住了它。那时伊丽莎白的胳膊已经发麻，但西尔维娅手的重量和抓握的力量让它重获知觉，从指尖传来微微的刺痛。

西尔维娅的拇指抚摸着她的拇指。在那催眠的拇指有力的抚摸下，伊丽莎白知道，第二天西尔维娅又会梳她的头发，给她小卖部的过期椰子蛋糕，时不时露出她可悲的、讨好的笑容，她们又会开始老掉牙的游戏——“记得那是什么时候吗？记得吗？”而蛋糕吃起来会很美味，梳子会让她感觉很美妙，只要她竭尽全力，她就会对这其中的意义感到麻木。如果她无法让自己麻木，好吧，那么她会打她，她会咬她，她会抓她的眼睛，然后乞求原谅——又一只夜里垂下的手。

那一夜过后近两年时间，这就是她们之间的相处模式。她们称之为友情。

但几个月前，在一个少有的伊丽莎白能单独待在户外的白天，她做了一个决定。那是五月的第一个星期，她提着泔水桶去喂猪。猪的饲喂、清洁和日常照管都是她的职责。那一天，几个自由人正在篱笆的另一边给矢车菊喷洒除草剂。他们拖着管子来来回回，像是在给花园浇水。

除草剂喷出管口的嘶嘶声令人愉悦，喷洒的水雾中闪烁着小小的彩虹，此情此景让她回想起了一个夏天，那绝对属于她自己的童年——一座破败的社区活动中心院子里的洒水器，而伊丽莎白光着身子从水花中跑过。那是一段温暖、唯美、未被插手的回忆。她记得那座院子，她记得太阳照在身上的感觉，她记得她母亲的声音从遥远的地方传来，断断续续，穿过喷溅的水花。这时她意识到，她还有值得保护的东西，她还有一段童年。它就在那里，只属于她。意识到这个事实的同时，她意识到了另一件事，或者说它们本就是同一回事：她要捅伤西尔维娅。

但尽管这个想法来得突然，她却并不感到惊奇，她想的只是，用什么捅？

这个新问题的到来让那一天具有了一种更加罕见的特质。她感到拂面的风无比清新。猪津津有味地吃下她倒进食槽的泔水，它们卷曲的尾巴和世界上其他地方的猪一样弹来弹去。她很久都没有像现在这样平静过了。她感觉专注而机警，仿佛在筹划一场派对，沉浸在乏味中的紧迫、琐事带来的解脱中。何时，何地，在身体的哪个部位？她需要想清楚用什么武器才能让西尔维娅的伤重到需要调换牢房，但又不足以致残。玻璃，刀，还是猪食槽上掉下的那块锈铁片？她惧怕鲜血和这恶行本身，因为她渴望的不是暴力，而是暴力带来的实际效果：把西尔维娅逐出她的牢房，继而逐出她的生活。

伊丽莎白计划了整整一个月才付诸实施，但她并没有想全等待她的所有后果。她准备好了关禁闭，忍受那个壁橱大小的洞窟；她准备好了面对狱友的排挤；她甚至准备好和一个杀害亲生骨肉的女人住在一间屋里。但再也不能上诗歌课——她不曾准备过要接受这样的损失。

医务室里，伊丽莎白满心悲痛地想着她的诗歌课。她等不及把满口词句的瓦砾喷向任何人，那是她所爱之物锋利的碎片。她爱的是什么？那些影印件，它们的气味，抱在怀里的感觉。她曾抱着它们穿过夜色，沿着那条黄线踏过一百零四级台阶，径直走向只有十四个女人有权推开的那扇门。十四个——她已不再是其中的一个。牢房墙上那个特定的牙膏点，过去她上课前总会在上面舔一下，这个带有迷信意味的习惯，是她做过最接近于祈祷的事。舌尖的那一星薄荷，在她口中绽成一片耀眼的光，在接下来的一个小时中，老师让她回答问题，或者让她背诵她已熟记于唇齿间的诗歌时，这光亮便会从她口中流泻而出。她的老师，那两位好心的高中教师。他们的目光会避开那条黄线，因为他们羞于不必像其他人一样走在上面。腰间的警报器似乎也让他们心存愧疚。他们只消拉下那只小黑匣上垂下的黑绳，伊丽莎白所能感觉到的一切事物便会轰然作响，响彻监狱，响得让她双耳作痛，狱警们便会循着那尖利的脉冲飞奔起来。垂在他们腰间的权力，他们背叛的可能性，他们时刻拥有的让她因不该有的幻想而震穿耳鼓的能力，这一切都让他们无地自容。

而她的确心存幻想。她现在明白了。过去她活得好像学校是她的一部分，好像她的一部分无法被剥夺似的。

尽管牧师已经问过，但在这间帘幕隔出的丑陋房间里，这些话根本没有倾吐的空间。牧师又来了。可能是又一天过去了吧。他低头看着她，等着她开口，但他秃顶的脑袋里容不下她满腔的怒和爱。

她只说：“去他的西尔维娅。”

“这也算开了个头。”他坐在床边的一把椅子上，伤感地说，“告诉我你的感觉。”

“我感觉恶心，我感觉想吐。”

“我是说关于你的所作所为。”

听到这个要求，她感到一阵熟悉的疲惫感向她袭来。她闭上了眼睛。前一个牧师过去总是想尽办法让她谈自己杀的人，他会不依不饶，直到她宣称犯下的罪行让她日夜煎熬，光是说出口她都会心中作痛。纯属谎言。她当然希望自己没有犯下过谋杀罪，她当然心存愧疚，但用那样的语言说出来让她感觉怪异，虚伪，甚至不敬。她犯下的谋杀罪是她生命中的预设，是先决条件。她可以一整天一次都不想，就像她不会想着自己的出生。一如她的出生，她的罪行将她送入了一个新的世界：监狱中的来世。谋杀一旦犯下，便不再是她主动采取的行动，而是她瞬间陷入，从此不可脱身的事实。死者的家人在外面度过余生，她为他们难过，但他们和她的关联同样近似于无。想到还有人生活在悲痛中，生活在对她的仇恨中，她会感到震惊。这想法几乎让她觉得有失体面，好像她是在为他们，而不是她自己感到羞愧。

但只要能得到她想要的东西，只要能让她接近她渴望的教室，那自身的先决条件，那来世中的生命，哪怕一分一毫，她都会和牧师谈下去。他想让她说什么她都会说。于是她强忍疲惫，回想起她从那把沉重的红梳子背面撬下来的镜子，那玻璃薄得像小水洼里结的冰。把它扎进西尔维娅的腿，看着鲜血喷涌而出是什么感觉？那感觉好比救赎，仿佛一股生命的震颤从那秘密童年的内部向外扩散，涌上了她的体表。

她说："我用她自己的镜子捅她再恰当不过了。在我的诗歌课上，这叫'戏剧反讽'。"

"你是说因为她窃取了你的童年。"他用干巴巴的口气嘲讽道。

"童年，灵魂，随你叫它什么。"

"一个人不可能窃取别人的童年。"

"她在把我变得残忍。"

"如果真是这样，你可以要求调换牢房。"

"你根本不明白。"

他们就像这样继续这场愚蠢的对话，没完没了。

可是接下来，令她惊讶的是，牧师放弃了，放弃得如此突然，以致伊丽莎白一开始没有听懂他的话："你想知道是谁坐在你的座位上？"

"别烦我。"

"你想知道每周四坐在教室里的人换成了谁？"

"你要告诉我什么？"

"她的名字。"

"你才不会告诉我她的名字。"

"她试过自己告诉你。"

伊丽莎白坐了起来。“什么？什么时候？”

牧师看起来不太情愿，甚至有些厌恶。“她来这儿就是想告诉你。你总有一天会知道的。她不想让你白花精力每周四盯着窗外，看都有谁走在那条线上。她想帮你。要是你企图像对你上一任狱友一样报复她，我保证你会——”

伊丽莎白冲着他的脸笑了起来。

“有什么好笑的？”他说，语气中的疲惫多过恼怒。

她笑得更厉害了，然后大喘了几口气。“因为听起来你要跟我说的好像是——”

“是什么？”

“你说我‘上一任狱友’，好像我们说的那个人是我的新——”

“没错，”牧师说，“就是你的新狱友。我不赞同他们这么做，但我想和顶替你的人住在一起也是对你惩罚的一部分。她想让我告知你，而且我还要告诉你一件事：你要是再图谋不轨，下半辈子就在禁闭室里过吧。”

“珍妮·米切尔。”她一边说一边继续大笑。想到那个从不提任何要求的女人，她感到难以置信。珍妮甚至不会开口要一条胶带把她的盒子封上。每次搜查的时候它都会掉下来，让她死去女儿的学生照散落一地。珍妮永远不会想去上课，永远不会接受这个机会，永远不会接受任何事。

但接着伊丽莎白从内心的某个地方回忆起来别的东西：珍妮举手反对那架钢琴时脸上的表情。想到这里，她感觉心里有什么崩塌了。她浑身发烫，她的嗓音带着痛楚，她又对牧师说了一遍：“珍妮·米切尔？你是说珍妮·米切尔？”

从那以后，她的思绪再也无处游荡。她现在得到了答案，便再也无法沉浸在监狱官员是虚张声势，她还能够重回课堂，一切都会得到原谅的幻梦之中。

她想象着珍妮坐在教室里，杀害自己亲骨肉的珍妮，散发着清洁剂气味的珍妮。她用清洁剂擦洗浴室地面的时候保持着一种机械的完美节奏和一成不变的速度，仿佛是某种超越这座监狱的力量要求她这么做。

老师会在她未经练习的诗上写些什么？

这个问题刺痛了她。她又想到了自己的诗，想到了彼时的一切可能。甚至回忆起那些纸链都会让她感到心痛。西尔维娅过去会用纸环做成一条条长链，好像她们是为圣诞倒计时的小学生。西尔维娅似乎并不知道这种纸链是用来计时的，她做这些只是为了装饰。她沿着天花板，用牙膏把它们粘成一个个松散下垂的“w”。因为她从来不会随着日期的推移撕下纸环，所以对伊丽莎白来说，这些纸链是对她们所处时间极为精确的呈现。

纸链是伊丽莎白撕毁那幅拼贴时唯一没有扯掉的东西。多年来，她会在夜晚用目光触碰每一个纸环，触到第一个时说“伊丽莎白”，触到下一个时说“真美啊”，如此沿着那条纸链，那些低垂的微笑来来回回，一环又一环，用她老师的话碰触每个纸环短短片刻，然后移向下一个，直到她终于能够入睡。

她醒了。珍妮来了，坐在医务室病床的一角。

一看见她，伊丽莎白怒从中来，却又无力发作。珍妮脸色发红，刘海撩到一边，露出了平时藏在鬓角的白发，她的头发上挂着晶莹的水珠，不是出的汗，就是一天到晚俯身在水桶上沾上的水汽。

伊丽莎白蠕动到另一边，抓住床单用尽全力往上扯。“滚出去！”

这才是伊丽莎白对她说过的第二句话。

“我是来看你的。”珍妮说着，吃惊地从床边站了起来。

“滚出去。”伊丽莎白尖叫道，但嗓音嘶哑，她灼热的怒火已经把喉咙烧干。

“你又难受了吗？”珍妮问道。她皱着眉关切地看着伊丽莎白，目光中带着整个世界的怜悯。“你吃东西了吗？”珍妮又试着问道。谁能想到她会如此正常地说话？谁能想到她会闲聊？

接着，好像她们是姐妹，好像她有让伊丽莎白平静下来的力量，好像她们两个之间可以分享秘密，珍妮对她说：“我有个你可能会喜欢的主意。”

伊丽莎白闭上了眼睛，因为她除了珍妮和那些花没有别的可看。她已经筋疲力尽，没有力气再为赶走珍妮闹得更凶了。有那么一会儿，她们都没有出声。接着，她听见珍妮走了一步。伊丽莎白睁开眼睛，看见珍妮从花上挨个摘下蛛网，像个母亲那样漫不经心地把它们攒在手里。她用手团起那把黑乎乎的蛛网，直到团成一颗球，然后扔进了床边伊丽莎白呕吐用的垃圾桶里。

“你不想听听我的主意吗？”珍妮这次害羞地问道。她扬起眉毛，让伊丽莎白知道她真的很努力。

“我倒有个主意。”伊丽莎白说，她口气中的粗暴让她自己也吃了一惊。她在自己的声音中听出了她此刻才刚刚拥有的力量。“你干吗不拿把斧子，让我们假装我是你的——

女儿，女儿，女儿，女儿

伊丽莎白不敢相信她说出了口。在那糟糕一天剩余的时间里，这个词在她睡梦的四壁间回响，这个词和帘幕墙一起，苍白，波动起伏，将残忍吞进吐出，如同呼吸。除此以外她什么也听不见。珍妮没有再来医务室。伊丽莎白没有吃东西。

后来牧师来的时候，她在哭。这次他没有给她笑脸。他只是说了声“嘿”。没有什么能比一位失望透顶的牧师更加令人不快。

“嘿，牧师。”她勉强说出一句。她试图表现得讨人喜欢，哪怕还流着泪，希望这能让他高兴起来。这一次，她破天荒需要他留下来。他在椅子上坐下。

“你得吃东西。”他说。他把一杯盖着铝箔的桃块放在她的被子上，还有一把塑料小勺。

他拿来的不是梨而是桃，这打动了她。这其中隐含着一丝希望，好像他曾想过，如果问题的所在真的是她不喜欢梨子呢？她想报答他，因为他仍然对她抱有希望。于是她端起杯子，揭掉铝箔，可是一闻到那浓稠透明的糖浆的味道，她就知道这没用。

“我还给你带了点别的。”他过了半晌才说，他希望她听出自己语气中的迟疑，好让她明白不管他带了什么给她，她都不配。她刚注意到他胳膊下还夹着一卷纸。他把纸展开，扔在她床上。

“这是什么？”

“你想要的东西。”他说，声音里充满疲惫，“你干吗不看看？”

她放下那杯桃子看了看，但能有什么东西是他以为她想要的？她紧张得什么也没有看出来。泪水又涌上了她的双眼。

“怎么样？你怎么想？”他问。

“我不知道。”

“给我读读。”

她咽了咽唾沫，拿起那些纸。上面印着诗，四周用蓝墨水写满了小小的字。

她念出印刷的部分：“两棵树，W. B. 叶芝。”她看了看牧师，然后又低下头。窄窄的诗行在纸上延伸，是从一本书上影印来的。

“读读页边上的字。”

她眯起眼睛，试图看懂用蓝墨水写的那满篇文字。一开始她能看出的只有 A 和 D。A 说。D 说。

亚伯兰（Abram）和达米亚尼（Damiani），她的老师。

A 说，你们觉得悲痛的镜子（bitter glass）是什么？莎拉说，可是上帝从不睡觉。D 说，莎拉，给我们大声读读那句。

伊丽莎白停了下来。她看着牧师。这时牧师俯身向前，把手肘拄在膝盖上，双手交叠抵住下巴。“这是哪儿来的？”她问道。

“这是他们在周四的诗歌课上说过的每一句话，讲过的每一行诗，任何人问过或者试图回答的每一个问题。”

“你是说我可以去上课了？”

她的误解让他嫌恶得笑出了声，挖苦的笑。“不，你去不成。”

他摇着头站了起来。

“我不是不领情，”她说，“我只是不明白这是什么意思。”

“珍妮·米切尔在为你记笔记。这是她那份。她想给你。另外还有几张纸，你可以把你的问题写在上面，她会在课上替你问。她说你可以写诗，她会把诗交上去，好让老师帮你改。她以她自己的名义交。倒不是我赞同，只不过看在她是为你做这些的份上，我可以睁一只眼闭一只眼。她没打算靠弄虚作假提高她自己的成绩。她是为你才愿意这么做的。”

伊丽莎白除了用低得听不见的声音说了声“哦”，什么也说不出来了。牧师让她把桃子吃了，然后离开了病房。

她的确把桃子吃了。当她的身体试图把食物吐出来，她竭尽全力把它压在胃里，这让她头痛，但她成功了。那天晚上晚些时候，她又塞下几勺麦片粥，第二天，她吃了肉汤泡咸饼干。她硬吞下黏糊糊的奶油面；她把头向后仰，好让玉米糊趁身体还没反应过来就滑下她的喉咙。吃东西是一种折磨，但在口中咀嚼那个词的味道是一种更残酷的折磨。它柔和、轻盈的第一个音节后，是尖利、金属质感的第二个音节，那轻轻一舔，短短的弹动。

女——儿（daugh-ter）。

她试图不去想它。整整三天，她除了极力把那一点食物留在胃里，什么也没做。在那之后，她虽然仍旧因悲伤而虚弱，但已经不再呕吐，于是他们把她送回了牢房。

傍晚时分，伊丽莎白躺在床上。她透过唯一一扇窗，望着外面的碎石和圣人雕像，望着带刺铁丝网一圈圈的影子。太阳正在西沉。尽管没有地方值得落脚，光明终究落下了。它是红铜色的。它在地平线上的短暂停留，不枉伊丽莎白看见它时心中的痛苦。

她还注意到自己的指甲被修剪得干净整齐。她依稀记得在病房里，她告诉一位护士自己呕吐是因为手总是离脸太近，她总能闻到手上的气味。她记得曾试图解释，她必须抠下锅底烧煳的麦片粥喂猪，那发酸、微微晃动的条状物，麦片粥和肥皂的混合物。她自己知道她的病和那气味无关，护士也知道。但她现在模模糊糊记起来，在她多半躺在床上沉睡的那段时间，就是那个护士握着她的手。她记不起她的脸，只记得她双手的触感。那是双年长的手，粗糙而温暖。她给伊丽莎白剪了指甲，把剪下的每一截指甲放在床头柜上那些花的影子里，然后用棉签蘸着酒精帮她清洁了手指。

善意的浮现比残忍更深地刺痛了她。她无以回报，无处安放她的感激，因此它只能在她体内翻腾。

比起词不达意的倾诉，沉默对她来说更容易忍受一些。在她下铺，珍妮静静地躺在床上。每天早上，她们并排站着接受第一次点名的时候，她们的肩膀近得靠在了一起，但谁也不说话。狱警不定期来她们房间搜查的时候，珍妮和伊丽莎白脱掉裤子，并排跪在地上。伊丽莎白从她的脸上看出，尽管过了这么久，这种羞辱依旧折磨着她，对她来说，这和第一次一样不堪忍受，事实上，随着时间的推移，这对她的折磨有增无减。搜查过后，珍妮会去洗手，因为刚才碰过的地方弄脏了她的指尖。她站在刷着编号的水池前，让冷水流过她的手指,低着头,不让伊丽莎白看见她在哭。伊丽莎白知道,她洗手是为了拾起又一次从她的小扁盒里洒落的照片。她把它放在枕头下面，因为时至今日，她仍然想不出还能把它放在哪儿，才不会被狱警碰掉。她把手晾干，弯下腰拾起那些照片，每次都按同样的时间顺序把它们排好，曾经的女儿们年龄最大的样子在上面望着她，更小的压在下面，免得自己会看到——即便此时，伊丽莎白也没有说一句话，而这沉默在她心中隐隐作痛。

接下来的那个周四，珍妮丝毫没有准备上课的意思。她收拾起那些影印件，看也没看伊丽莎白就走了，好像她只不过是去浴室和走廊擦地。

这是公共休息时间，大家通常聚在公共休息室里看电视，而被选中的十四个人会去上课。但伊丽莎白没有动。她躺在她的床上，盯着窗外，她看见珍妮踩着黄线穿过夜色。

这幅画面在伊丽莎白心中唤醒了一段记忆。尽管在她生命中的某个时候，那幅景象曾对她十分重要，像一个令人不安的秘密，但她已有很久没有想起过了。直到现在，她才把这个珍妮和记忆中的那个珍妮联系在一起。

那段记忆来自很久以前的一天，大概是十年前。伊丽莎白坐在教室里唯一一扇窗户旁，她的历史书摊开在桌子上。她记得那天自己是多么庆幸能坐到靠窗的座位，因为她那时的工作是擦地，她把清洁剂洒在了衣服上，还没来得及在上课前除掉身上浓烈的气味。她紧靠着敞开的窗户，希望不会被老师闻到，这时她看见了院子里的珍妮。

她那时还不认识珍妮。没有人认识她。那是伊丽莎白第一次看见她，透过教室的那扇窗，珍妮看起来离死不远了。她虚弱得无法自己走路；两名狱警搀着她，她踉踉跄跄地走在中间。她脏辫似的乱发在脑后缠成一团，苍白的脸周围卷曲着几绺碎发。那样子好像阳光不仅刺痛了她的眼睛，也刺痛了她整个憔悴的身体。

那一定是珍妮刚来的五年间的某一天，那时她自己住一间牢房，因为监狱当局无法确定她是否危险。她的牢房看起来一定和其他牢房一样，只是更小一些。屋里会有一台电视机和一张床。但不同的是她在屋里吃饭，而且不能和其他人在同一时间去院子里。自己住的还有另外几个女人，伊丽莎白常看见她们分别在院子里散步，狱警在一旁监视着。但她从没见过珍妮出去，所以这一瞥在她记忆里扎了根。

不知为什么，她没有把这段记忆联系到她现在认识的珍妮身上，直到现在，看着珍妮往教室走去，她才回想起来。但多年前，这幅景象曾重要到让她四处打听。她从某个女孩那里——她不记得是谁了——听说珍妮在她自己住的五年里，每天都拒绝出门放风，只有一天除外。伊丽莎白就是在那天看见她的。

她躺在床上，回想了许久那幅画面，试图弄清它意味着什么。倘若词能达意，她就能向珍妮问起那一天，而且珍妮也许会记得那天，甚至记得伊丽莎白穿过窗户的凝视——如果她看见了。这些可能性是多么奇妙。

但一个小时后，伊丽莎白听见珍妮下课回来的时候，她没有动，没有说话，没有呼吸，甚至想假装她不在屋里。

接着她感觉床上有什么东西。她翻过身。在她薄床垫的边沿，珍妮刚刚放了一沓纸。伊丽莎白盯着那些纸看了半天，才把它们收起来拿到眼前。珍妮在第一页顶端写了一行蓝色的小字：下周四交一首诗。后面有多余的纸给你用。

那晚剩下的时间，伊丽莎白都在她昏暗的床头灯下读那些影印件。这是亚伯兰先生和达米亚尼先生整理的一份诗歌汇编，多数是拜伦和济慈的诗，还有关于那段时期的几篇文章。伊丽莎白没有读诗。她在研究睡在她下铺的女人写下的每一个字，想象着这些字出自她多年前看见的那个半死的，在狱警的搀扶下蹒跚而行于黄线上的女人之手。哪里都没有珍妮的痕迹，哪怕是在她自己的字迹里，只有别人的话纤细的蓝色印记。

D说抑扬格[①]几乎贯穿全诗。节奏中断的时候（我把他指出的短语圈出来了），想象话音突变。形式和内容相互交融。（大家好像知道抑扬格是什么意思。我猜测是“第一人称视角”。）

伊丽莎白闭上眼睛。她试图在体内唤起些许力量，对她本该读的诗提起些许热情，但她对诗没有一点感觉。她只对珍妮写的那些字有感觉。

A说这行有超过十个音节，但还是五音步[②]，因为多余的音节不

---

① Iamb，指一个对称的音步，由一个重读的音节紧跟一个不重读的音节，或一个长的音节跟着一个短的音节组成。

② 英诗中重读与非重读音节的特殊性组合叫作音步。一个音步的音节数量可能为两个或三个，但不能少于两个或多于三个音节，而且其中只有一个必须重读。

是硬音，是软音。五音步的节奏不是由音节本身决定的。他说用手给它打拍子。他们现在在打拍子。

苦思冥想了许久，伊丽莎白在珍妮给她的那张纸上只写了一句话：问问A和D抑扬格是什么，因为我也不知道。

她当然知道。其实她可以写，抑扬格是一种心跳一样的节奏，先短后长。但她需要跨过太多的沉默，而且她不可能把这作为她唯一的回应。这样一来，老师就可以告诉珍妮伊丽莎白没有力量告诉她的话。要让珍妮问出这个问题，只有让她以为是为伊丽莎白问的。

几个月过去，她们开始了一种新的惯例。每周四晚珍妮上课的时候，伊丽莎白会和其他人一起坐在公共休息室里，因为她无法忍受独处时自己的思绪。除了那十四个被选中去上课的人，所有人都在看电视，伊丽莎白坐在后面的钢琴凳上看着看电视的人。钢琴有两个相邻的坏键，C和D，伊丽莎白喜欢一边假装看电视剧，一边把它们提起来再让它们落下。没有人看见她这么做，没有人在意。尽管那么多人想要那架钢琴，但几乎从没有人弹过它。她惊奇地发现，琴键落下的时候会发出小小的声响。木质的声音，极其微弱，还伴随着差一点被击中的琴弦若有若无的轻响。这时某种隐秘的感觉会扫过她全身，她会用指尖一次次提起、放下那两个琴键，光滑、沉重、黄白色的琴键，她喜欢将困在里面的音乐释放出来的感觉。

但除了周四，她每天晚上的公共休息时间都在牢房里度过。她在这里写诗，感觉上不属于自己，而是为他人而作的诗。出自她笔下的文字是刻意的，多少不同于她平时的风格，它们唯一的特点也许只有字里行间强烈的克制。她在这些诗中找不到丝毫乐趣，因为她觉得那不像自己的诗，所以在标题下面写上珍妮作并不是什么难事。

珍妮把这些诗当作她自己的交上去，发下来的时候，上面写满了达米亚尼先生和亚伯兰先生教师式的表扬和温和的批评。在伊丽莎白其中一首诗的上方，只写了一小句评注：珍妮，真美啊！

亚伯兰先生的笔迹。潦草，局促，好像每个字母的每个笔画都是不小心落上的。

珍妮真美啊。

伊丽莎白夜里难以成眠。比起在现实中和这个沉默的女人同囚一室，和她在影印件空白处的奇异联结，更像是一种囚禁。伊丽莎白写下来让珍妮问老师的问题，是她仅有的对珍妮说的话；老师在课上给珍妮的答案，是她仅有的回答。这是怎样一种语言？这是怎样一种监狱？我倒有个主意。那些密密麻麻写满小字的影印件，透露了太多太多。那些字母仿佛在她眼前作痛，因为它们让她想起了珍妮的手，为了伊丽莎白整整一个小时奋笔疾书的手。比起失去上课的机会，珍妮把机会还给伊丽莎白的努力让她更加难以承受。可她要怎么阻止？她怎么说得出，美丽的珍妮，你不必再这么做了，我不想让你再这么做了？

每一天，她都留意着语言之外的种种声响。珍妮在夜里的呼吸声，珍妮在狱警搜身的时候屏住的呼吸，珍妮上厕所的声音，水流过她的手的声音，抖开床单的声音，睡梦中的低声嘟囔。

珍妮写在空白处的文字比印在纸页上的还多。

今天我们把桌子围成一个圈。大家不说话，只写。题目是描述一个我们小时候熟悉的地方。这次换了张桌子。上面刻着电话号码，我猜是这些桌子还在大学里的时候刻上的。208 的区号。我不知道哪张桌子是你的。知道的话我会坐那张。

在夜晚的寂静中，在床头灯的光下，伊丽莎白在纸上来来回回追随着那些精心书写的字迹。每当珍妮用缩写表示一个词——p 代表诗（poem），cr 代表教室（classroom），ws 代表靠窗的座位（window seat）——伊丽莎白都会感到一种无法拒绝的亲近，一种珍妮在教她读懂的语言。与此同时，珍妮自始至终躺在下铺。伊丽莎白知道她没有睡，她在听着纸页的窸窣声和伊丽莎白的指尖滑过她字迹的摩擦声。

D 带了一本老语法书，上面写着 1852。那时候学生学的东西，非常难。D 说我们拿着的时候要非常小心。我替你拿过了。封面残破，外皮有烟草和发霉的气味。有一句赠言，献给玛黛尔，致以爱，拉里·琴。我想这听上去可以用在你的诗里。多么古老的名字，玛黛尔。

伊丽莎白受不了了。她用她一只鞋的橡胶底换了四条胶带，珍妮出去的时候，她用胶带粘上了珍妮枕头下那只纸盒的盒盖。接着，她又害怕了。她担心珍妮会以为上面的胶带说明她看了里面的东西。所以就在珍妮快回来的时候，她慌忙揭掉了那四条胶带，团起来丢进了厕所。

一个周四，伊丽莎白坐在公共休息室最后面那架沉默的钢琴前，把那两个坏键提起，放下，这时她注意到西尔维娅在看她。

自从捅伤事件以来，伊丽莎白再没有和西尔维娅说过话，但她在浴室里看见过她的身体：她的左腿上有一处粉色的褶皱，一条陷下又长好的伤口。几乎看不出来。令人吃惊的是，这一切发生以后伊丽莎白几乎不曾想起她。她的确想过一两次西尔维娅会怎么看她。是否只要在夜里垂下一只手，就能重现那盲目而执着的忠诚？也许吧。这想法让她恶心。现在，面对西尔维娅的凝视，伊丽莎白在用她的镜子捅了她以后第一次直视她。她的红发刘海长长了。她的眼神中没有了那种急切，那种建立联系的渴望。离开了伊丽莎白，她现在是谁？

伊丽莎白以为西尔维娅会移开目光，但她没有。她们凝视着彼此，有那么片刻，两个女人再次联结在了一起。西尔维娅的目光中有一种陌生的、令人心惊的东西，伊丽莎白从没见过她露出这种表情，好像她藏着什么秘密。也许那不过是缺爱罢了。

伊丽莎白突然感到不自在，她首先移开了目光。但就在目光流转的时候，她用余光看见西尔维娅站了起来。她穿过休息室，缓缓朝伊丽莎白走来。

她的心在狂跳。在那个瞬间，她感觉过去的日子又回来了，好像西尔维娅的内衣里藏着什么包装好的小蛋糕。但她带来的并不是什么蛋糕。西尔维娅把手放在钢琴上，肩膀和伊丽莎白的脸挨得很近，站着弹起琴来。

音乐——她会弹奏音乐。

西尔维娅的手在琴键上飞快地移动，仿佛那不是她的手，不是伊丽莎白认识的那双苍白枯瘦的手，那双她曾在夜里嫌恶地握着的手。这是一双全新的手，有力量扼住人的喉咙，有力量为自己争夺，有力量——发出声音。

西尔维娅在琴凳上坐下，然后还用上了踏板。

她弹得很好。她弹得好极了。伊丽莎白对此一无所知。这其中有什么让她感到不安，她离开了公共休息室，感觉泪水在上涌。她能听见音乐在走廊中回响，西尔维娅过往生活的余音仍旧活在那手指中，这让她感觉挫败。她踩着梯子爬到上铺，盯着那面空白的水泥墙和上面干了的牙膏点。但她还是能听见西尔维娅的弹奏。想来多么奇怪，就在不久前，这里还是西尔维娅的牢房。回荡在走廊里的音乐这些年来一直存在于她的手指间，那从红梳子上揪下头发的手指，把照片贴在墙上，抚摸伊丽莎白伸出的手的手指。如果音乐可以活在西尔维娅的指间十六年而不曾暴露，伊丽莎白体内是否也活着某种时间无法触及、他人无法夺走的东西？

直到珍妮进屋她才记起来：珍妮曾经不想让这音乐奏响。

伊丽莎白坐了起来。她脑海中涌进一连串无助的词句，祈求，坦白，宣告，但不知怎的她却说不出口。她低头看着珍妮，以为会在她脸上看到些许被音乐声触发的痛苦，些许愤怒、震惊，但伊丽莎白看不到任何表情，只有不变的无动于衷。旋律奔涌出公共休息室敞开的门，一路流过走廊，直到流向珍妮。音乐仿佛在她这里停下了脚步，像一只动物被门拦住了去路，一个孩子在不认识的单词上卡了壳。

后来，夜深的时候，伊丽莎白发现了珍妮几周前写的一段话，她之前都没注意到：

我问了你的问题。抑扬格是一对音节，第一个轻柔，第二个洪亮。这是人类心跳的节奏，也是人类说话的自然节奏。

一天晚上，大约是西尔维娅开始弹钢琴的一个月后，初雪降临。那天不是周四，伊丽莎白在图书馆，试图从书架上搜罗出一本她没有借阅过的书，但一本新书也没有。她一无所获，百无聊赖。图书馆的门开向公共休息室，有人在里面弹钢琴。过去几周里，西尔维娅一直在教几个女孩弹钢琴。对此她并没有多少兴趣和热情，不过是打发时间罢了。

在图书馆里，伊丽莎白能零星听见西尔维娅对她的学生说的话。

“坐直了。”“你在数吗？你根本没在数。”“把你的手拱起来，像握着一颗球一样。”“这是降 B 调。降 B，降 B，降 B！”

那张小嘴里发出的是谁的声音？伊丽莎白听不出一丝讨好的意思，一丝分享她本领的乐趣，一丝被需要的新鲜感带来的满足，她找不到一丝西尔维娅的影子。难道伊丽莎白才是发生在这个女人身上的意外？

比起西尔维娅的改变，更让人不解的是珍妮的变化。在课堂笔记里，珍妮偶尔会写下一些极其私人的感想，一条藏在笔记之中的笔记，仿佛无心之举，仿佛本不是写给伊丽莎白看的。之前她从未这样泄露过自己的心迹。这样的意外不算多，但有那么几次。比如在《丁登寺旁》[1]里的“有物令我惊起，它带来了欢乐”这句诗旁，写着一个珍妮没有擦干净的词，音乐。再往下，有一句“即使我去了不能再听到你的声音的地方，不能再在你那无畏的眼里看见亮光”。她在旁边写道，但寻觅这处佳境何尝不是一种折磨，即使——即使被划掉了——因为——加了下划线——一切如故？

写在同一首诗上的这两处笔记，帮伊丽莎白明白了一些事。琴声不会变，无论是在起居室里，还是在监狱里弹奏的，正如你曾和你的姐妹一起走在河边，如今却一个人漫步河畔，河仍旧是那条河。钢琴之所以会刺痛珍妮，是因为它勾起了某些关于她爱的人的美好回忆，在她过往的生活中，这个人曾为她弹奏钢琴。伊丽莎白也体会过这种痛苦。在这样一个地方遭遇善意会让人心痛。就像珍妮自己记的那些笔记。但愿伊丽莎白能让她停止这沉重的善行，但愿她能让这音乐也一并止息，但愿她们两个能够承认，珍妮对钢琴的感觉，正是伊丽莎白对她的感觉——被一份好到不真实的馈赠羞辱的感觉。她们做了将近半年的狱友，至今没说过一句“谢谢你”“我很抱歉”或“你好”。

但珍妮不知道唤醒那架钢琴的人是伊丽莎白，是她的挑衅让音乐被释放，让西尔维娅的手把它奏响。如果珍妮知道伊丽莎白都做了什么，她是否还会在那些影印件上写个不停？这个真相是否足以为她们打破沉默？

在公共休息室里，另外几个女孩在给钢琴课伴唱。西尔维娅的

①“Tintern Abbey”，英国诗人威廉·华兹华斯创作的浪漫主义长诗。

学生弹的大多是儿歌，而且弹得不怎么好，为了和上音乐的节奏，等待拖沓的音符，歌声缓慢而迟疑，听来简直伤感。

后来，那件事发生了：沉默被打破，不是用话语，而是用眼泪。

那是一个周五的公共休息时间，外面下着雪，走廊那头，西尔维娅在钢琴上弹一首新曲子。

伊丽莎白听过那旋律，但只有依稀的印象。她不知道歌词，但能感觉到它的存在，她几乎能从琴声的起伏中听出文字的形状。那旋律有马戏团的气氛，曲子中带有一种平静而普遍的欢快。它像是八音盒或者旋转木马会放的曲子，或者玩具娃娃不会动的嘴里唱出的歌，那旋律就装在它塑料脑袋里的发条上，只要用那把银色钥匙上好发条，歌声就会响起，钥匙在娃娃的脑后缓缓转动。

伊丽莎白在自己的床上，读着那些她宁愿再也读不到的蓝色字迹，透过这些字母研究着她的室友。在她目不转睛的凝视下，字母在她眼前化成一道模糊的蓝迹，这时，在她床下，珍妮哭了起来。

她的哭泣也几乎是无声的。只有西尔维娅的手在钢琴上停顿的间隙，伊丽莎白才能听见。在那片刻的安静中，夹着泪水，一阵尖利的喘息。

过后，她希望自己当时能爬到下铺，坐在珍妮身边。她希望自己能用手捂住珍妮的耳朵，看着她的眼睛，对她说自己为这一切感到抱歉——被她的挑衅唤醒的钢琴，将课堂带回牢房的重负，还有她在许多个月前说过的那句恶毒的话，她后悔在珍妮去医务室看她的时候，变成了那样的人。

可她没有说这些话，她什么也没说。但那泪水让她心中有什么地方豁然开朗，她知道自己该怎么做了。

接下来的那个周四，伊丽莎白紧张得几乎喘不上气来。珍妮一去教室，她就爬下梯子。她感觉身体沉重，危险，带着磁力。从梯子下到平地的时候，她停了一下才站稳。她闭上眼睛，深吸一口气，把额头靠在梯子的横档上，感受着那冰冷的灼烧感强烈的冲击。

为了这个时刻，她已经等了整整一周，在黑暗的洗衣房里每隔几分钟就看一次表。她被转到了洗衣房，不像在养猪场工作时那样能享受阳光和新鲜空气。她没完没了地叠起和她身上一模一样的衣服，全身被汗水浸透。她因为精神紧张吐过两次，一次是吃午饭的时候，一次是工作的时候。她已经很久没有像这样失控过，也有好些日子没有吐过了。但结果引发的焦虑丝毫不亚于等待所带来的不安。

时间有限。她感觉头晕恶心，浑身发冷，潮湿的皮肤一阵阵痉挛，但她还是在床垫下摸索着，找出了半卷藏了三天的透明胶带。为此她牺牲了自己唯一一双没有洞的袜子。她把胶带撕成段，一排排放在梯子横档上备用。她的手发起抖来。撕开的透明胶带的气味仿佛来自另一世。

她四肢着地，探身到珍妮床底的深处。她的指尖碰到了她两年前放在那里的纸箱。她把纸箱抱到腿上。

残破的边缘，污迹斑斑的光面，无意间压上的折痕，她第一眼看见的只有这些。一道道皱巴巴的色彩。她怎么会留着这些东西。

尽管如此，她还是开始把这些零零碎碎往她那面墙上贴，飞快地，看也不看地贴在墙上，好像它们就是她的生命：

曾经会唱歌的生日卡，从书脊上脱落的破烂封面，铅笔速写，漫画，还带着香味的香水广告，一幅蹩脚的桃子写生，一只用纸餐盘做的老虎面具，一张红桃 Q，一张气泡苹果汁瓶子上的标签，她喜欢过的一件毛衣的袖子，袖子里伸出一只纸手，除了中指以外的手指都向内折着——她把它们折起来的——她母亲寄来的明信片，写在明星脸上的诗，几块布片，笑话和算命的纸条，考古书上撕下的一幅光面照片，上面是一具抱着木乃伊猫的木乃伊，一张占星表，一枝风干的飞燕草，一张她大学时候的宣传单，两张画着青蛙的巧克力包装纸，一本集邮簿，几张印着古树、水车、阿米什人[1]和火星的《国家地理》杂志页。

一张她二十岁时的照片，一张她十七岁时的照片，一张她十岁时的照片，一张她母亲怀孕时的照片。

她不知道过去了多久，但她感觉早就没时间了。走廊那头，钢琴声无休无止。她在裤子上抹了抹手上的汗。她耳朵里嗡嗡作响。她后退几步，脊梁靠在金属门上，透过已经汗湿的衬衫感受着阵阵寒意。她第一次打量着自己的作品。

那一刻，那面墙在她眼中仿佛透过满是雨痕的窗户看到的昏暗街景。膨胀放大的色彩，成片成片的光亮，流泻的光与暗之河。接着，单个物品展开了各自的面孔，它们的色彩和她耳中的嗡嗡声有着些

---

① Amish men，生活在美国和加拿大安大略省的一群基督新教再洗礼派门诺会信徒，以拒绝许多现代技术提供的便利、过着简朴的生活而闻名。

许莫名的关联。她把东西贴得东一片西一片，彼此之间隔着大片光秃秃的墙面。但每一片都无比鲜艳。她看着用十条胶带才勉强粘住的那只毛衣袖子，这时才发现在那只纸手的一根手指上，有她过去画上的五枚花里胡哨的翡翠戒指。那几张《国家地理》杂志页只有柔软的褶皱处没有反光，所以从这个角度她几乎看不到照片，只能看见在纸箱里放了两年的痕迹。

但她还算满意。也许是因为她已筋疲力尽，也许是因为她唯一的支撑只剩身后那扇冰冷的门，在这一刻她觉得足够了，她已经对珍妮说出了这些日子来她想表达的全部：

我是那个住在你房间里的女人。

这句宣言似乎在四壁间回荡。就在这时，她感觉身后的门开了。她挪到一边。只见珍妮抱着影印件站在门口，第一次露出了吃惊的表情。

“我想和你做朋友。”伊丽莎白脱口而出。她说话的语调却在暗示和这句话相反的意思。这是医务室里的那天过后，几个月来她对珍妮说的第一句话。你干吗不拿把斧子，让我们假装我是你的——“朋友。”她又哽住了。她感到头晕目眩，不敢相信自己终于冲破了这层厚重闷热的藏身帘幕。她两腿发软，在珍妮的床上坐了下来。她感觉前额上滑腻的汗水刺痛了毛孔。她模糊地意识到自己身上的气味，鲜明，发酸，像泥土中的落叶。

珍妮什么也没说。

“如果你不喜欢，”伊丽莎白依旧用她那怪异、唐突的口气说，“我就把它撤掉。或者如果你觉得哪一样让你心烦，我就把它扔了。总之那件毛衣迟早会掉下来。我知道这整个丑得要命。”

珍妮把影印件递给伊丽莎白，没有看她，而是盯着那面墙。

“我给你留了空。”伊丽莎白说话时把影印件抱在胸前，她的口气不再唐突，而是带着一丝乞求，一丝急切，“你的东西也可以贴在上面——这才是重点。你生活中的东西。”

但珍妮好像没听见。她一言不发，只是目不转睛地看着。面对自己心中的绝望，伊丽莎白不知该如何解读珍妮的沉默。

“这也是你想要的，是不是？”伊丽莎白用不自然的，乞求的声音说。

“是的。”珍妮唯一的回答，一句耳语。

但这同样已经足够。

听见这两个字，伊丽莎白闭上了眼睛。两颗泪珠在闭眼的瞬间扑簌而下。她感到一种前所未有的释然。泪水直直落在地面上，没有泪痕可擦。伊丽莎白把那摞影印件要多紧有多紧地抱在胸口，紧到无法呼吸。然后她不再屏息，她舒了一口气。

一九八五至一九八六

黄松镇以北五英里的斯皮里特湖小镇，暮雪泛着淡粉色的光。三十一岁的韦德穿着冬衣，沿着公路穿过积雪。他拉着一辆货橇，上面载满补给：蜡烛、食品、维生素、一根新的链锯链条。

四下寂然无声，天寒地冻，镇上没有孩子会冒着这样的酷寒在公园里堆雪人，商店也陆续打烊。雪落在他货橇里的购物袋上，发出极细微的响声，像是刷子扫过。

韦德路过小学，学校在放圣诞假。一辆卡车在他身后减速停了下来。一位老人从驾驶室那头探过身，摇下副驾驶的车窗，他越过身旁那只狗的脑袋，压过发动机的轰鸣声和驾驶室里的圣诞歌喊道："黄松镇？"

"谢了。"

韦德把他的东西装上卡车积满雪的后斗，然后把货橇倒扣在上面。他爬上车，坐在那条老边牧旁边，在出风口前烘着双手。老人头戴一顶毛皮帽，手上一副大黑手套。韦德让老人把他放在鸢尾山脚下，听到这个要求他似乎有些吃惊，但并没有说什么。他们在沉默中向前驶去，老人时不时局促地用一只戴着手套的大手在方向盘上敲打圣诞歌的节拍。暖风吹在他们脸上。韦德闻到了缠结的狗毛上融雪的气味。

韦德说："我养过一条边牧。"

"边牧是好狗。"老人说，他的眼睛盯着此时飞向挡风玻璃的雪花。

"她[①]是我从前老板那儿偷来的。"韦德说。

老人轻笑了两声，他的心思在结冰的路面上。他没有问起故事的来龙去脉，似乎也没有注意到这背后有一个故事。韦德并不介意。温暖、圣诞音乐和老人大衣上的烟味让他感到平静。在酷寒之中，这是多么意想不到的解脱。七个月前，他和珍妮离开北卡马斯草原的老家搬到了山上，他们此刻正驶向那座山的山脚。入冬以来，韦德很少像现在这样平静过。

偏偏是在这里，在一个素不相识的人面前。

"我们没有除雪机。"韦德说，"春天卖地给我们的那个人说鸢尾山山顶住着一个校车司机。他告诉我们整个冬天县里都会给山路除雪，好让校车能把孩子们都接上。"

"好吧，他撒了两个谎。"老人说。

"另一个谎是什么？"

---

① 译文中指代动物的"他""她""它"，均依照原文用词一一对应。

他大笑起来。“山上根本没有孩子。”

的确——韦德从没见过孩子。事实上，他在山上连个人影都没见过。今早他拖着空货橇下山的时候，看见的只有动物的脚印、兔子逃窜的踪迹、几处血迹，还有钉在树上的“禁止闯入”标牌。他无法想象会有人想要闯入这充满恶意的土地。

窗外，雪花急速翻飞。日头西沉。奇怪的是在这一刻，身边的这位老人知道的比韦德的母亲还多。他和珍妮对珍妮的父母也撒了谎。他们说除雪机来了，他们说他们可以开车去上班，所以并没有失业。但事实是，他和珍妮已经一整个冬天没有工作了。

卡车驶过德士古加油站，驶过假山花园，驶过自助洗衣店。韦德看见了黄松镇的路标，上面赫然写着“相信过光明前途的小镇”。相信过，但却是误信？他每次都这么想。这一定是个笑话，他拿不准。再过几英里，韦德就会被放在山林的边界，黑暗的边缘，等待他的是漫长的登山路。磁带唱个不停。韦德任由那条狗舔着他的手。在这辆卡车里，面对一个知道的比任何人都多，却依旧目视前方，不加评判的陌生人，他觉得也许是时候把故事和盘托出，听自己亲口说出这些话了。

韦德深吸一口气。“我们的孩子快出生了。”他说。老人只是点点头。“预产期在三月。”

“要是生的时候雪还没化，你打算怎么办？”

“我们有计划。”韦德说。他希望老人不会问起计划是什么，免得他摇摇欲坠的希望遭受质疑。他给链锯买的新链条是这个计划的一部分。他已经伐倒了十一棵树——还剩九棵。他们把所剩无几的积蓄都花在了直升机保险上。韦德正在以最快的速度清出一块直径一百英尺的空地，但进展依然缓慢。这将是整整四十英亩山林中唯一一片空地，万一他们需要救援，直升机可以降落在这里。

但老人没有问计划是什么。他目不转睛地盯着前方的路。韦德望着窗外漆黑的松林，老人知道了实情后，这件事本身便好像消逝了。他庆幸能沉浸在这熟悉的音乐中。不断吹出的暖风让他嘴唇发干。韦德摘掉了帽子，他在这位老人面前感到平静。老人同样感觉到了闷热，但他没有把暖风调小。挡风玻璃外飞雪连天，老人开车时紧盯着窗外，他用牙咬住手套，先是扯掉了左手的手套，然后扯掉了右手的。

他右手的手背上文着一个卐字符。

“你们会挺过来的，”老人说，“春天总是来得很准时，连山上也一样。”

韦德把目光从那只手上移开，望向窗外，勉强说出一句：“但愿如此。”他心中的遗憾如同他即将踏上的那条穿越荒野的小路，之所以还称得上路，不过是因为他记得有这么一条路。他无论如何也猜不到，这样的危险，这样无声无息的危险竟会无处不在，甚至会藏在一副冬天的手套里。

韦德和珍妮是草原人，他们过去从未发现与自己相比，他们生活的这座山竟是如此巨大。这几十英亩地是仓促之间买下的，因为它便宜，因为它和草原毫无相似之处。何等的狂妄，何等的天真——一场轰然崩塌的梦想。但什么样的人才会明知没有拖拉机或除雪机，他们无疑会被困在积雪的山上，却对他们信口雌黄？即便如此，他们也该质疑，也该求证。但眼下，世上唯一一个知道他们绝望处境的旁人，把自己的仇恨文在了手上。

韦德脚边散落着些残破的塑料儿童玩具。卡车减速时他才注意到。老人拐弯驶进克拉格斯通的时候，玩具叮叮咣咣撞在一起。韦德生怕它们会坏得更厉害，在座位上挪了挪，给它们腾出地来。

“我孙女的。”老人朝那些玩具点点头说，脸上露出了微笑，“她十岁，不过她这个年纪已经不玩这些了。我不是不喜欢把卡车里收拾得干干净净的。留在那儿是因为每次她坐我车的时候，”他说着大笑起来，“都会装出像是不敢相信的样子把它们捡起来，好像捡着了化石。‘瞧瞧这个，爷爷。’一看见她那样儿我就快活得不得了。”卡车停了下来。韦德打开他那边的车门。寒风卷起雪末。老人看着韦德，眼睛闪闪发光。“真不敢相信她还有那么小的时候。”

他们在春天买下那四十英亩陡峭坡地的时候，野草里还开着毛茛花。冬天远在天边，不过是个传言，在他们心里早已被那人承诺县里会派来的除雪机打败。他们一起迅速地建起了一座谷仓，两人就在里面生活，睡在阁楼上。韦德忙活着在山坡上建一座房子，珍妮在普里斯特里弗给兽医当助手。他们三十一岁，渴望要一个孩子。

十年来，他们一直在尝试要孩子。他们在草原上，在家人和朋友中度过了安稳的、还算幸福的十年，但终于有一刻再也无法忍受。搬去山上的决定也是他们渴望的一部分，极大地分散了他们的注意力。

但搬来这里一个月后，珍妮怀孕了。

他们把奇迹归功于这座山。他们选的名字都是在向它致敬。如果是男孩，就叫“亚伦”(Aaron)，意思是“山”；如果是女孩，就叫“百合”(Lily)，鸢尾的伴侣，珍妮从小就喜欢这个名字。他们夜里躺在谷仓的阁楼上，口中冒出的一个个计划在松木椽子间盘旋，仿佛一群梦中的猫头鹰。秋日是温暖的，他们在营火上烧水洗澡。他们能看见山坡上那座建了一半的房子。

在一个炎热的秋日，他们开车到了山顶。在那里，在草地上的杂草丛中，紧靠无线电塔下，他们看见了一辆废弃的校车。“嘿，瞧啊。”珍妮说，“校车司机一定就住在附近。这一定是那辆旧的。”

这是整件事中最奇怪的地方；那辆废弃的校车无意之间证实了他们一直无由质疑的一件事：校车司机，也就是除雪机会来的理由，是存在的。

他们在十一月初建好了房子。在初雪降临前的那周，他们让人把他们的家具从格兰奇维尔运来。但除了八个纸箱和一张新床，所有本该运到的东西——他们的餐桌、沙发、摇椅、韦德的旧婴儿床——都没能赶在下雪前抵达，因此也就再也没能抵达，因为毫无疑问，没有除雪机来。运货卡车上不了山。当他们明白了这一点，当他们终于认识到自己犯下了一个可怕的错误，为时已晚。他们曾经尝试从镇上雇人给山路除雪，但没人干得了。他们住得太远，山路太陡。步行八英里才能到达山谷的黄松镇，而珍妮已经怀孕六个月了。韦德一开始想过，也许他们可以一起慢慢走下山，让她父母在山脚接上他们，送他们回格兰奇维尔，在那儿等孩子出世。但珍妮拒绝了。她生了气——亏他想得出冒这种险：将他们未出世的孩子，他们十年尝试中唯一的机会，置于这片山林，这样的酷寒之中。

于是他们逐渐接受这一困境，开始清点已有的东西。直到这时，在他们新生活的冲击下，两人才又一次想起了那辆废弃的校车。它怎么会停在那个遍地玻璃碴和子弹壳的奇怪的地方？周围怎么好像一座房子也没有，开车到山顶的一路上也不曾见过？他们为什么没想过校车应该停在停车场，而不是居住地？此刻，当韦德试图在脑海中勾画出山顶那辆车隐没在雪中的样子，他不禁自问他们为什么从没想过要核实，要质疑。

但为时已晚。他们审视着几乎空无一物的房子。韦德有一把刀，他割开运来的那八个纸箱。但里面全是他父亲生前留下的文件，在他死后近十三年的时间里，从没有人整理过。韦德的母亲刚刚再婚，这才终于把它们打包从草原寄到了山上，因为她不忍心亲手扔掉。

韦德和珍妮看了一眼里面乱糟糟的文件，又把纸箱重新封了起来。封好的纸箱成了原本空荡荡的房子里一个奇特的元素；它们成了椅子、餐桌、床头柜。在一层又一层的胶带下，一个坚忍的地址在每一处微微反光：黄松镇林务路 7846 号。

当韦德拖着满货橇的食物和日用品回到房里，靴子里的双脚已经冻僵。他看见珍妮坐在火边的纸箱上，一脸倦意，头发打结，身上还穿着前一天的衣服。但她还是朝他微笑着，对他说真高兴他回家了。想起那些字符，想起刚刚深一脚浅一脚穿过的树林，那又陡又滑的山坡，他被她的温暖触动了。此刻在他看来，她是唯一安全的地方。他在她旁边的箱子上坐下，两人背朝炉火，望着飞雪，一条毯子搭在他们肩上，她的手放在他手上，他的手放在他们未出世的孩子上，它正在珍妮肚子里踢着腿。他们的身影几乎填满了整面玻璃，透过窗子，只见黄松的枝干银装素裹，扭叶松抖落积雪，重振身躯，一身轻松地承接更多落雪。

屋外，丛林狼的嚎叫凿穿了冰冻的寂静。树上的渡鸦在为春天预谋，一开春，它们中最弱的那个就会被从巢里推出去，这罪行已在它们心中萌生，无异于已经犯下。袜带蛇深藏地下，保持着冬眠的机警。冰冷的身体一动不动，滚烫的意识辗转不安。无数隐秘卷曲的意志，百万个焦点盘绕伸展，碰撞出此时此刻屋里这声寂静的轰鸣，在这美妙的无意识时刻，他们深爱着彼此。

第十二棵树倒下了。离目标又少了一棵。早晨的天空是明澈的蓝色。霜锁的山谷闪着微光。

很快这块半空的林地就会变成被茫茫白雪填满的一个圆。为了打造这一小片广阔空间，他这辈子从没有这么卖命过。他们夫妻可能有一天要来到这里，等待升空，脱离他们生活的这个梦境，转移到安全的地方让他们的孩子降生。直升机会在这里和他们汇合，卷起这个冬天最后一场他们必须从中幸存的暴风雪。

他回到房里找东西吃的时候，珍妮背靠着墙，交叉着肿胀的脚踝坐在一个装满纸的箱子上。她把电话放在腿上，听筒举在耳边，正在和她母亲说话。她的声音欢快而不自然，强装的笑声包装着每一个字。她告诉母亲，她昨天一整天都在镇上选购婴儿的衣服。“你一定会喜欢的。几双小黄鞋。”说话时，珍妮凝视着窗外灰蒙蒙的雾气，漆黑高耸的松林，将她围困的绵绵无际的积雪，她和任何一家商店、一双婴儿鞋之间，都隔着一英里又一英里的山路。

她的绝望让他心痛。比起他来，她的行动更加受限，因为怕伤到孩子，她不敢在冰天雪地里干活。但她似乎并不感到无聊，恰恰相反，她体内永远奔涌着肾上腺素。她紧张，爱哭，动不动怪这怪那。她在过去三天里摔了三只盘子，然后一边弯身清理瓷片，一边为每只损失了的盘子抹眼泪。她会直接吃下罐头里凝固的冷汤。她会坐在火边的箱子上，恐慌而又无聊地列出婴儿需要的用品，估算每一件的开销。她会计算多长时间才能攒够钱买一辆拖拉机，好在明年冬天给山路除雪。

第二天早上依旧寒冷，但比前一天暖和了许多。雾气笼罩着山谷，他们看不见对面的群山和山下的公路。一头雄驼鹿从雾中现身，用牙从一棵树上扯下灰色的苔藓。除了它的蹄印和山猫的足迹，雪地表面光洁无痕。珍妮站在门廊上往雪里撒葵花籽，不知从哪儿来了一群山雀，叽叽喳喳一番哄抢，刚一吃光，就又消失在了白茫茫的天地中。

只有关上壁橱门，那双小黄鞋才会出现在门后。

一天夜里，躺在床上，珍妮在黑暗中轻声说："你觉得我们错过圣诞节了吗？"

"我想没有。"他轻声回答。

"你不觉得那是昨天吗？"

"不。"

“我有种感觉，就是昨天。”

他笑了起来。

“我敢肯定。”她说，“韦德，我们来庆祝一下吧。”

韦德在床上翻过身，摸索着她的脸，然后用指尖刮过她的鼻子。“那可算不上什么庆祝。我只给你准备了一样东西，而且是吃的东西。”

“说得好像我去买东西了似的。去拿你的礼物来，好不好？快到午夜了。趁现在晚的是一天不是两天，我们来庆祝吧。”

于是他从被子里摸出冷冰冰的手电筒，上一场暴雪过后又停电了。他下了床，在墙上摸索着他挂在钉子上的大衣，然后把手伸进口袋里，掏出一只巧克力橙子。她坐了起来。“是我想的那个吗？”他回到床上，伸手递给她。她接过来。“真的是！”金色的铝箔在光下闪闪发亮。

“把它敲开。”他说着钻回被子里，搂住她。

她把它在窗台上磕了一下，剥开包装纸，黑色的巧克力瓣散开了，那些硬脆的小月牙闻起来像花，而不是巧克力。他们一人吃了一块。

“圣诞快乐。”他说着把铝箔攥成一团，然后把他巧克力味的嘴唇贴在她裸露的肚皮上。

“我们有这么多包裹，”她说，“你妈寄了这么多巨大的礼物来。”

“是啊，说得对。”

她说：“来吧，我们有东西可拆了。拆东西，圣诞节就该做这个。里面是什么不重要。”

“没了纸箱我们坐哪儿？”

“我们早晚都要把它们整理一遍。”

“一定要吗？”

“这是你爸的东西！我去拿把刀。”

“这屋我的大衣里有一把。”

“就让我们假装，”她说，“这些包裹是我们送给彼此的礼物。”

“要我生火吗？”

“我想火还没全灭，我们还能让它再烧起来。”

于是他们像孩子那样溜进起居室，坐在余火的微光中。她把一个他们之前一直坐在上面的箱子拖到身前，用他的刀划开胶带，然后一本正经地把四个箱盖依次翻开，抬起头看着韦德，眼中充满夸张的感激。她低头看着那些纸。“韦德，”她说，“你让我心碎。”

“你也让我心碎。”

他们把他父亲的零碎文件一张张拿出来。优惠券、收据、撕开的信封、二十多年前的续订单。他们轮流把这些废纸扔进余烬，火很快烧了起来。这只箱子里没什么好保留的，全是过期的报价和已付的账单。两人很快就清理完了一箱。谁也没有提他母亲用UPS[①]寄过期的垃圾邮件，简直是白白浪费邮资。他们把箱子踩扁，把箱盖扔进火里。火焰的热气让他们昏昏欲睡，不知不觉爬到了床上。他们无意中把开着的手电筒留在了床上。随着他们在被窝里一阵翻腾，电筒光扫过挂钟，韦德看到第二天已经过去四十分钟了。

① United Parcel Service, Inc.，美国联合包裹运送服务公司。

父亲死的时候韦德只有十九岁，从那以后，他开始相信这片草原——它的开阔和单调——与他父亲的早发型老年痴呆、与他的死有关。或许与他祖父、曾祖父的死也难脱干系。同一座宅院里，同一片和其他家家户户别无二致的平坦土地上，早发型老年痴呆降临在了三代人身上。这片土地上不同的只有颜色。棕色的道路，耕过的黑土，远方农场连成的棋盘，绿色的苜蓿田，红色的麦地。就连农舍看上去都相差无几，砖砌的烟囱一律用石灰水刷白，老式山墙半没在棉白杨树丛中，这些棉白杨是方圆几英里内唯一的树木。但到了冬天，一落雪，这些区别便会消失得无影无踪，没有任何界线能划分出一片地产，一段历史。风无差别地刮过草原，刚留下的足迹马上就会重新被雪填满。

他爸在这样的地方迷路一定是再容易不过了。

但这座山上，已经开始了一段故事。十五棵倒下的树：发生在他的孩子诞生之前的诞生故事。他或她已经带来了改变，从天空俯视可见的改变。即使在他的记忆消失以后，他仍能亲眼看见这片空地。他的孩子，让山林改变了样貌。他在这座山上开出了一片恍若草原老家的小天地——一段历史，一扇通向记忆的后门。

他在耳朵里塞上棉花，发动了链锯。把这棵黄松锯倒并拖走要花去他一整天时间。他把锯刃插进木头，链锯顿时响声大作，这时他用余光看见，在黑与白的天地中，闪出了一点暗红。

珍妮。他关上链锯，从耳朵里取出棉花。她就站在空地边缘，用手捂着耳朵挡住链锯的轰鸣，口鼻裹在砖红色的羊毛围巾里。发现他在看着自己，她放下了捂着耳朵的手。

“怎么了？”他喊道。他把链锯放在树枝上，朝她赶过去，他的心在狂跳。穿过厚厚的积雪从房子走到这里并不轻松，只有在紧急情况下他才会带珍妮来，来也是为了转移，为了获救。

“珍妮,怎么了？”他叫道。但她没有回答。她拉下盖住嘴的围巾，把它用手按在颈前,好像要说什么。他走到她跟前。“一切还好吗？”

“都好。”

“孩子呢？”

“抱歉，没事，我们很好。”

“你干吗来这儿？”

“昨天是圣诞节。”她说，声音听起来心不在焉。他不敢相信她来就是为了说这个。他等待着真正的原因。“我妈刚才问我们圣诞节过得怎么样。我们要是再等十分钟，”她气喘吁吁,恍恍惚惚地说，“就错过了。”

他来了气。“你都没戴手套。”

“我是想说……”她把通红的手伸进肥大外衣的口袋里，掏出一张照片，“看。”

照片上的男孩是韦德的父亲，亚当。

他看了一眼，又递给了珍妮。“你出来干什么？”

“你走以后我一直在清理剩下的箱子，”她说，“我发现……”说到一半，她摇了摇头，好像不敢相信自己要说的话。

韦德又是迷惑，又是恼怒，气珍妮让他虚惊一场。他又看了看她手里那张照片，他父亲年幼的脸上带着微笑，身后是绵延的草原。

背景里有一个女孩，刚巧在照片的最边上。

“你知道她是谁吗？”珍妮问。她用指尖点了点女孩的脸。

“问这个干吗？”

“就看她一下嘛。”于是他仔细看了看那女孩。她穿着一件脏兮兮的连衣裙，看起来有十岁出头，和韦德的父亲差不多大。她肩上垂着两条细长的辫子，双手抓着身后的栅栏，俯身向前，使劲咧着嘴，那表情不像是微笑，更像是龇牙。她的眼睛因为笑得太用力合上了，她向天空仰起脸，不遗余力地炫耀着自己的欢乐，伸长的脖子亮闪闪的。

“你从来没见过这女孩？”珍妮问。

“她可能是哪个邻居家的女孩，或者哪个表亲，”韦德说，“这是我爸的照片，不是我的。我为什么会认识她？你以为这是我的照片吗？”他的口气里还带着火气，他希望她能听出来。

珍妮把照片翻过来。背面用颤颤巍巍的笔迹写着两个名字，名字上方是一个日期：一九二八年八月。

“她的名字是琼·贝莉·罗，”珍妮说，“她欠我们差不多一万美元。”

日子从那以后变了样。雪下得一如既往地猛烈。韦德铲下屋顶上的雪，砍下屋檐上的冰溜。他站在自己开出的那片空地中央，抬头望着天空，想象着直升机向他飞来。他想象飞行员注视着漫天遍地的白雪中的自己，就像注视着一只眼睛的瞳孔。

但最后一棵树倒下后一切并没有多大的改变。山依旧是那副老样子，广大、茂密、死寂而又遍地生机。除此之外，唯一的变化只有那些低语。急促的低语，仿佛永远在一层床罩之下，像一个悬浮在颤抖的手电筒灯光中的秘密。这些低语基本上来自珍妮。她会不知不觉地陷入这种有声的沉默，有时说到激愤之处，超过了低语的范围，这时她才意识到自己的语气好像在说什么不可告人的秘密，然后哈哈大笑起来。有时他也会跟着笑，但他的笑声是紧张的。他感觉好像有人能听见他们的话，好像冬天不再是那个无处不在的秘密（尽管如此，他们还是在对两家人保密），而他们要做的，是对冬天保守他们的秘密。

韦德的父亲亚当十岁那年，琼·贝莉·罗十一岁。

那唯一一张照片是他们共度的童年仅有的记录，现在，它躺在空荡荡的起居室中央那一小摞文件上。草原寄来的八个纸箱都化了灰。床成了唯一能坐的地方，他们坐在床上，把盘子放在腿上吃饭。那几大箱东西，只剩这一小摞文件。珍妮把韦德的一把刀压在上面，免得它们开门的时候飞走。

可用的证据不多，但足够了。

一九六八年，韦德的父亲给琼·贝莉·罗开出了第一张支票，面额两千美元，那年他五十岁，她五十一岁。在他因疾病而昏乱的头脑中，那张支票是送给她的十四岁生日礼物。

珍妮发现的这些信都是亚当的草稿，同样几句话翻来覆去地写，措辞几经修改，有几处写得过于动情，笔迹常常难以辨识。大部分信上的回形针什么也没别。许多内容被涂掉了。有谁知道哪些话保留到了终稿？只有琼·贝莉·罗。珍妮从这些草稿里读出的是歉疚的承诺，混沌的爱的幻觉：在他病中的孤寂里，亚当以为照片上那个小女孩是他的私生女，韦德同父异母的姐妹，仍旧只有十四岁。

这个想法是哪儿来的？韦德想不出。珍妮给他看那些证据的时候，他点点头，但他试图让目光从上面飘过，试图不去看那些柔情的文字，那些歉疚的言辞。难道亚当把自己十岁时的那张照片当成了韦德的照片？那么在他心里，这张照片是否证明了他对儿子的偏爱和他对失落女儿的不公？即便在影像定格的片刻，她都不得不为了入镜而卖力，而争取。瞧那伸长的脖子，那狰狞的笑容。

那张照片让他心里不是滋味。比起信的内容，更让他难过的是那些没完没了的修改，好像没有一封信能配得上她。

他深深地感受到了丧父之痛。这个小女孩竟如此牢固地扎根在了他父亲心里，这让韦德心里翻江倒海，因为作为亚当的儿子，他却没能做到同样的事，没能留在自己父亲的记忆里。

但他没有告诉珍妮这些。他让她继续沉浸在她奇异的兴奋中。有时她的低语会变成长久的沉默，任韦德怎样都无法打破，直到他能说动她出去走走。冷空气会让她健谈起来。他知道她的身体烁烁发烫，手套里的手却冷得像冰。她呼出的气在头发上结了冰，她两条黑色的法式辫子中间挂着一绺绺白。自从那天她在火里烧掉了所有的箱子，她就开始每天梳头、编辫子。她新事业的火光，她的追讨计划，消弭了她眼中的寒冬。她怒不可遏。她激动不已。她觉得他们得救了，拯救他们的不是韦德辛苦开辟的那片空地，而是她计划从小偷，从那个没良心的老太太，那个小丫头那儿讨回的一万美元。他甚至无意间听见她用“那个小丫头”这个词，好像那个年近七十，如果亚当活着还比她小一岁的老太太，真会是亚当不曾示人的骨肉似的。

盘曲、积雪的灌木丛上挂满腐烂的白色浆果，他们的脚步惊起了里面的松鸡。在冰冷的空气里，他们闻到了苔藓发霉的气味。珍妮说得兴高采烈，她指着房子周围的各个位置，对韦德讲着她对他们土地的规划——反正他们要有钱了。

“雪一化我们就买一台拖拉机。我想清出几条路来。我想在地界边上安几把长椅。我还在想，在你给直升机清出的那片空地上，我们可以建一座凉亭，不急，但迟早要建，它可以作秘密婚礼的场地。”

“你说的是谁的秘密婚礼？”

她摸着肚子大笑起来。“疯了！我已经疯了！”她的眼睛闪闪发光。

晚上，韦德坐在床上，按照珍妮的口述写下一封封恐吓信。她边说边在屋里走来走去，改个不停，双手每时每刻都在询问他们的孩子在她身上隆起的那座小山，仿佛她是从她宠爱的、惧怕的这座小山里吸取了这两个字：还钱。

换作别人，也许会随着时间的流逝走出丧父的阴霾。换作别人，悲伤也许会弥散为某种朦胧的情绪，像智慧一样沉淀下来，像手电筒的光柱一样散入雾中。

但韦德不同。他虽然早已走出了悲伤，却发现自己如今陷入了那片雾中，看不穿那道雾障。有一天他也会患上痴呆，但多年来，他能一直无视这种恐惧。这恐惧只有在他情绪大起大落的时候才会浮上心头，但他通常能够克制住它。但现在，看着他父亲写给琼·贝莉·罗的这些信，看着自己的父亲对一个并不真实的人——一个他从未有过的女儿痛苦的付出，韦德无法再抑制自己的恐惧。那些慈爱，那些柔情，那些煎熬，全都系于虚无，系于一场可怕的、变幻的混沌。日后的失智成了他生活的新预设，他已经感觉到他所爱的东西在流失，感觉自己在努力寻找某种其他方式把它们留住。

这些他也没有告诉珍妮。也许有一天他会告诉她，但不是现在，现在她需要有所寄托。愤怒让她感到解脱、振奋、精神焕发，她在自己言辞激烈的威胁中得到满足，韦德任由她去。一个月过去了，这整整一个月里，有时正聊着别的，珍妮就开始了对“那个小丫头”的指责。

“谁会要一个痴呆老人的钱？比他还大一岁！他的私生女！我知道你觉得这笔钱应该给你妈，但知道这件事只会让她伤心。她现在已经有了新丈夫。我们要有宝宝了。”

末一句是她最常念叨的话，是她能想到的这笔钱应该归他们而不是琼·贝莉·罗最好的证明。宝宝——那个他们用维生素喂养的梦，她身上的那座山。

韦德无法反驳这些。所以他只管照她说的写，在每封信末尾签上他的名字。但手只是机械地写着，他很少关注文字本身。他的头脑中浮现的是琼·贝莉·罗所有可能在的地方，如今六十八岁的她，是经历过他父亲老年痴呆的幸存者。

他怎么可能向珍妮承认他开始生出这种奇怪的感觉？

在痛苦的正中心，他感到的是对琼·贝莉·罗的敬意。她像是他父亲记忆中的一道裂痕，直到他死的那天依旧鲜活而柔嫩，而韦德却早已被遗忘，在他的记忆中愈合得不留一丝疤痕。

那笔钱是琼·贝莉·罗应得的，因为她能不让自己淡去。

但韦德每周一次穿过积雪下山，去斯比里特湖的米勒杂货店买东西的时候，他的口袋里都会揣着一封信。他把信投进那里的信箱。有些信是恐吓，他手写的珍妮的话。有些则拼命试图唤起琼·贝莉·罗的同情。每封信都会告诉她该把欠他们的钱寄到哪里。

他们只有大约十六年前她在凯彻姆的地址。

珍妮像在做一场游戏似的乐此不疲。

“就写，‘我们现在请律师了’。”

他从记事本上抬起头看着她。

“真的，就这么写。”然后她看向雪花，仿佛她的目光能止住落雪，“写，‘这是你最后的机会’。”

她看见了一幅他们人生的幻景。

但没有回信，也没有支票寄来。不过春天来了，在它应许的时候，如约而至。处处都能听见树木滴水的声音。暗流在积雪下淌过长长的一段，在泥路上钻出来，把路面冲出道道沟痕。韦德和珍妮一起爬进卡车。珍妮坐在副驾驶座上。她深红色的围巾盖住了头发，她的头发重又变得乱蓬蓬的，而且他从没见它这么长过。她嘴唇干裂，目光温柔，脸上是无所顾忌、满心情愿的期待。韦德发动了引擎。轮胎搅起的泥雪溅到轮胎下他垫着以防陷的树枝上，尾气混合着融雪的苔藓味飘浮在空气中。经过一番摇晃和百般尝试，他们终于让卡车挣脱了出来。

第二周，他们的女儿莉莉在医院里平安降生。没有叫直升机的必要。那二十棵树还不如留着不砍。

就在一年多前他们买下这座山，如今几个月过去了，它又恢复了当时的模样。草地里开着毛茛花。鸟儿的歌声飘进婴儿房开着的窗户，珍妮在房里抱着莉莉，他们难以置信的幸福之源。

家具运到了，他们有了工作。珍妮回到了兽医的办公室；路通了，韦德能买到他建好工作室需要的材料，这样一来他就可以像在格兰奇维尔一样，继续制刀、卖刀。

珍妮几乎像是把冬天忘了个一干二净。她把全部精力倾注在了宝宝身上。她买了那双小黄鞋，那个昔日帮她熬过冬天的梦想，而如今冬天又成了一场梦，一场邈远的梦，幻想中那台未来的除雪机已经将它扫除。信不再写了。所有她写那些信时的热情，韦德那一次次堪比折磨的邮局之行，整个让人身心俱疲的计划，一下子消失了。他的肩头卸下了一副重担。

但他们的确需要再多攒下一些钱来买拖拉机，所以他开始在拉斯德拉姆草原的田里打工，干搬运灌溉管的活。自高中以后，他已经很久没干过这份活了，不过他并不介意。十三年前他第一次遇到珍妮的时候，干的就是这个，那时他们都是十九岁。现在，他搬水管的时候把孩子背在背上。珍妮不上班的时候也到田里和韦德一起干，他们轮流背着孩子，一边干活一边给她唱歌。

在一个温和的夏日，韦德和珍妮搬水管搬得浑身酸痛，兴致却很高。他们决定开车去山顶。一路上，莉莉安静地躺在珍妮怀里。

他们并没真指望找到那辆校车。但它就在远处，停在杂草里。

他们停下卡车，穿过没有路的荒地朝它走去，凹凸不平的土地上停着几辆越野摩托和四驱车。地上长着紫色和银色的矢车菊，花茎上趴着会咬人的树蚤。

校车的四个轮胎都泄了气，被子弹打穿了。两边的后视镜也被掰掉，连接它们的金属在阳光下闪着光。韦德和珍妮小心翼翼地爬上台阶，他们的重量让车身吱嘎作响。一阵急促的振翅声过后，再没有一丝声响。

他们没有直接爬进去。珍妮站在顶层台阶上，抱着莉莉。韦德紧挨着站在她身后。破碎的挡风玻璃散落在驾驶座和仪表板上，过道满是亮晶晶的玻璃碴。珍妮不想冒险从上面跨过去，所以他们隔着扶手望了望座椅，好几张被划了口子，还有几张被拆走了。蚱蜢趴在热烘烘的帆布上晒太阳。几片灰色的羽毛从驾驶座上的洞里钻出来，像刚被扰动过似的在空中翻飞。

“珍妮，”他说话时目光越过那些座椅，嗅着烤热的帆布、灰尘和外面干枯花朵的气息，“我想和你谈谈她的名字。”

尘埃和细小的羽毛在斜射进破碎挡风玻璃的阳光中升腾。

珍妮回过头，看着他。“什么意思？”

珍妮一脸茫然，然后她看回校车，看回那一张张空座椅。她什么也没说，只是出神地盯着那些亮晶晶的尘埃。过了许久，韦德抚上她的胳膊，把她转向自己。他轻声说：“下半辈子我想把一切都给她。我永远都不想忘了她是我的挚爱。”

“你是说琼。”她说，声音仿佛从远处传来。她的平静反而让他吃了一惊。

“是的，给她起这个名字。”

半晌谁也没有说话。接着，她像刚从恍惚中回过神来似的摇了摇头，用清晰的声音说：“就这么随随便便改名，你不觉得会把孩子搞糊涂吗？”

韦德轻声笑了起来。“有的是东西能把孩子搞糊涂。这个不会。她连记都记不住。”

“我都不确定我喜不喜欢琼这个名字。”

“我不喜欢带给她这个名字的那个女人。但我佩服她。她身上有种东西顽强地幸存了下来。”

“琼，”她说，“给孩子起谁的名字不好……”她的声音变得飘忽，然后听不见了。两人都低头看着珍妮怀里的宝宝，她吸吮着自己的手指，带着一种无动于衷的好奇望着亮晶晶的玻璃。韦德和珍妮就这样又站了一会儿，感觉夜色在校车里沉淀了下来。车外，蟋蟀在歌唱。不一会儿，校车里也充斥着歌声。他们这才发现周围都是蟋蟀。小心翼翼的低吟过后，便是旁若无人的高歌。

一九九五

琼的房门关着。珍妮能感觉到这意味着什么：梅伤透了心。

“有一天你也会想那样的，”珍妮对梅说，“想关上门。”她确保自己的口吻轻快、理性、给人安慰，但六岁的梅绷起脸，不肯接受她母亲的慰藉——她母亲的责备。

她们两个坐在厨房的餐桌边，给盘子里的松果裹上花生酱。珍妮动作麻利，兴致高涨，一边干一边哼着歌，像是有首歌在她头脑里萦绕不去（并没有），还不时吮干手指上面的花生酱，珍妮知道梅心里清楚，她那副陶醉忘形的样子当然是装的。

因为梅知道，所以她干活的时候一声不吭，连手都不怎么动，一边心不在焉地把松果在盘子里滚来滚去，一边一脸怀疑地观察着她母亲，甚至没有发现花生酱已经用光了。珍妮知道梅正在她的脸上搜寻一种承认——承认这一切，就连松果，就连鸟食和假装在她母亲头脑里回旋的那首歌，都是一场谎言。当她姐姐用一扇紧闭的门将她驱逐，这些东西怎么可能会是真的？她母亲怎么可能感受不到？

珍妮恨不得把她的小女儿搂在怀里，对她可爱的金发小脑袋柔声说：是的，她感受得到，那就像是她的心被剖开了。但这对琼不公平，她才刚过九岁，应该有权抛开别人对她的看法。珍妮努力想要补偿梅——比如这些松果鸟食器，她今天其实没有时间做这个——但梅不肯领情。

于是珍妮撒上鸟食，把铁丝捆在松果顶上，弯成一个挂钩。她把它举起来。微笑着。“好了。”

“好极了。”梅说。梅几时学会了讽刺？过去几周里，她两个女儿的变化都让她惊讶。琼，脾气火爆、性急好斗、嫉妒心强的小丫头琼，近来对妹妹挑衅之举的回应是多么温和。当梅抛出一连串口齿不清的指责，琼只是越过梅的肩头望向母亲，一脸同情和迷惑。没有还击，没有又打又挠，这简直不像琼。珍妮不得不出来调停。

但琼对梅说的话比指甲尖利得多。珍妮能想象出琼的样子——对她妹妹同情地耸耸肩说：“那只是一个阶段，梅。我很抱歉。”

这是梅声嘶力竭地指责琼冷落她们的娃娃之后，琼的回应。

“阶段。”她指的是和娃娃玩。她指的是她九年人生中的九个年头。多么成人化的一个词，现在被她用作了自己童年的注脚。他们对琼的一切认识，都被她当成是幼稚的、暂时的而一笔勾销，仿佛她整个的人生只是一场转瞬即逝的痴迷。阶段。不知为什么，梅以为这个词是“静电”的意思。她脑海里浮现的是电视屏幕上的雪花。梅又是踢，又是叫，又是哭喊，珍妮一开始不明白她在说什么。你说静电是什么意思？你说这不管用是什么意思？琼弄坏了电视？最后，她终于明白了梅的意思。梅无法接受的是，她自己和姐妹两人共同的生活都被姐姐用白噪音一并屏蔽。梅拿起她最爱的娃娃，把它柔软的塑料脑袋狠狠地往钢琴凳角上砸，直到珍妮把她抱起来，像抚平自己起静电的乱发那样，安抚下她乱舞的胳膊，告诉她："不，一个阶段就像一个地方。你会在那儿待一阵子，但过后就离开了。"

"像她的房间？"小姑娘嘶吼道，她脸上泪痕斑斑，表情狰狞。

外面大雨滂沱。韦德在新火炉里生起了火。现在是春天，但炉火的烟气和声响与外面的暴雨一道，将房子笼罩在了错误的季节里。那感觉像是秋天，像是他们刚刚挨过的漫长冬日，它们从反方向袭来，逆着时间之流，即将从他们身上碾过。就连她们正在做的鸟食器都让珍妮联想到了圣诞，而不是春天。她猜是因为那些绿铁丝，那些小挂钩。这一切让韦德也陷入了一种忧郁的心境。珍妮望了望他。他看起来似乎没听见桌边发生了什么，但娃娃世界的失落也影响了他。他在办公室工作的时候，常常会带着一种近乎学术的兴趣，听他的女儿们玩游戏。他和珍妮都知道那些相对重要的娃娃的名字，知道谁在和谁约会。韦德在他的办公室里能听见两个女孩在琼的房间里说话，她的房门总是开着。梅和琼会给娃娃配音，既有女声，也有男声。男声讲得更慢些。梅和琼没法控制自己的声音低沉到让对方入戏，于是她们靠压低音量来弥补：不寻常的是，男声反而更像耳语。

有时珍妮和韦德会在床上拿这些游戏打趣。

你听说了吗？维罗妮卡瘫痪了。

你是说，动不了了？

她的腿不能动了，是种罕见病。乔发现她就那么躺在床上。

乔？乔在她床上干什么？

会心大笑，眉毛高挑，一脸夸张的得意，韦德和珍妮无奈地为对方还蒙在鼓里摇摇头。

老天，你错过的可太多了。

这些娃娃和芭比娃娃差不多，但没那么贵，个头更小，塑料的材质更柔软。它们四肢可以弯曲，面无表情，两只眼睛离得老远。娃娃买来的时候穿着冬装：可以穿脱的靴子、朴素的毛衣。特别款有配套的棉布狗、棉布猫，或者像糖果卷一样结结实实卷在白毛毡里的没有身子的婴儿。总共有二十二只娃娃，过去琼和梅开始游戏之前会先数数，点名，确保没有娃娃从各自的生活中缺席。

直到不久前，所有的游戏还都在琼的房间里，在她的橱子里进行。里面没有琼的衣服，只有四层木头搁板，梅和琼用一块块硬纸板把它们隔成不同的房间，纸板上裁出了门洞，这样就成了一座五层小楼，女孩们的手引着娃娃在里面往来穿梭。男人和女人把脸贴在一起表示接吻。妈妈们摔伤了宝宝，急忙把他们送到房间另一头的医院。他们会说谎，他们会吐露禁忌之爱，他们会坦白骇人听闻的秘密。有时他们还会遭遇抢劫和绑架。

纸板屋里布置着同样用纸板做成的家具，纸板墙上贴着真的宝丽来照片，是珍妮给娃娃们拍的家庭照和情侣照。家庭破裂，妻子再婚，或者有人死去的时候，照片还要更新。他们的确会——死亡，精心策划的那种，不是因为哪只娃娃不知丢到哪儿去了所以梅和琼需要找个借口，而是因为有时候，故事的转折值得做这样的牺牲。就珍妮所知，他们也从来不会复活。

自从琼退出了她们的游戏，梅试图自己一个人玩。娃娃中有四个是她的。她不肯放下面子问琼要其余的娃娃，就算它们不过是坐在橱子里落灰。珍妮见过里面的娃娃，同一个男人倚在同一座灶台边，到现在已经好几周了。一对对夫妻照旧睡在他们的硬纸板上。孩子被摆在婴儿房里，一动不动。

最近，梅总是拿着那四只珍贵的娃娃在房子里走来走去，徒劳地尝试新的布景，一个人包揽所有的交谈和低语。但她放不开；没有琼引导她把故事讲下去，她不知道让娃娃对彼此说些什么。她只是在假装演戏。有两次，梅发现她母亲在偷听她可悲的小游戏，两次梅都羞愤地大发雷霆。她像是换了一个人；动不动就暴跳如雷，完全不符合她的性子。连续几天，她闷闷不乐地在房子里转来转去，找借口敲琼的房门。借口多半带些刻薄；她曾经用棍子从浴室柜子后面挑出一双琼的脏袜子，只是为了推开琼的门把它们扔进去。“你又脏又恶心的旧袜子！”

但即便是琼也知道这一切意味着什么。她知道没有了她，梅迷失了。也许她还会感到抱歉。珍妮觉得她多半会这样。

“你知道，她也许只是在看书。”珍妮对梅说，“我打赌要是你也进去看书，她不会介意的。”

“我讨厌看书。”梅说。珍妮只好微笑着。

她们收拾起松果和花生酱。韦德已经出门去工作室了。虽然时间是中午，珍妮还是放了一部电影，这让梅妥协了一些。打破规矩在白天放电影对梅来说算是一种承认。终于，她认可了母亲的努力，但也不过是让表情略微缓和。她胳膊紧紧环抱双腿，装作没有在看，实际上却为了看见荧幕而把目光稍稍抬过膝盖。

没多久，梅就睡着了，如珍妮所料。珍妮一直在等一个机会，好瞒着梅去琼的房里。珍妮还记得多年前的情形。从来都不是娃娃的问题，琼在意的不是这样看得见摸得着的东西。更多的是一种感觉。在她生命的前几年中，她仿佛对万物都有着某种关注和了解。篱笆桩、墙纸、一天中特定时刻的草坪。这些东西对她怒目而视，或笑脸相迎。就连她父亲办公室里的蓝色转椅这样寻常的东西，对她都有着某种分量，她的拳头在坐垫上锤起的阵阵灰尘轻声呼唤着一个全新的维度。万物都有一种内在的强烈感情，直到有一天，它突然消失了。她推动那把蓝色转椅的时候，轮子会载着它滑向窗边。升腾的灰尘就是升腾的灰尘。在它消失以后，她内心深处的某个地方只会留下一个渴望的心结，一种空洞的痛感：青春期。百无聊赖。

这就是为什么我们会恋爱，珍妮会这样告诉琼。

我们恋爱是为了重温那个维度，那种惊奇。

她来到洗衣房，从一堆干净的衣服里挑出几件琼的叠好。然后走上楼，准备敲敲女儿的房门，告诉她这些，这个失落的娃娃世界，正是爱存在的理由。

但来到琼的门前，她根本不用敲门。门开着。只有一条缝，一定是不小心开的，但珍妮能透过门缝看见里面。

琼坐在地上，面朝橱子，珍妮能看见她大半张脸。她看见了那瘦小、僵直的后背。琼紧攥的双手放在大腿上，她的双肩轻轻颤动，好像是在做梦。但她没有。珍妮看得更仔细了些，几乎有些害怕：琼大睁着双眼，目不转睛地往橱子里看，她的嘴唇张开了片刻，然后合上了。

珍妮僵在了门廊里，尽管她知道自己不该看琼的房间里发生的事。她抱紧那些冰凉的、叠好的衣服。说话啊，不说就快走！她催促自己，但她办不到。她被定在了原地。她开口要叫琼，这时发生了什么。琼的表情发生了变化。一抹并不属于她的笑意亮起，那是别人的欢快表情。珍妮马上认出那表情属于架子上的一个人。一个叫凯蒂的女娃娃。琼过去每次让这个女娃娃——她的最爱——说话的时候，都会换上这副表情。颤动的，深思的表情。

她在玩儿他们。珍妮不敢相信。琼正在自己的头脑中移动这些娃娃。她在让他们相互交谈。她只需要看着这座房子就能集中注意力。所以即使他的身体还倚在灶台边，那个男人其实已经不在那了。他早已脱离了珍妮眼前的那个他，可能自己都忘了曾经站在那里，也许那时是在为如今早已成为前任的妻子做饭。所有人在一个个房间来来去去，上演着各自的戏份，衣服穿上又脱下，男人们不必再低语，他们可以在琼的头脑里放声说话。大笑的，叫嚷的男人。她无须触碰他们就能做到这一切。因为触碰就意味着玩，而九岁大的人不该再玩娃娃了。

珍妮转身离开。她的眼中盈满了泪水。想都没想，她不由自主地奔下楼梯，把那一小叠衣服拥在怀里。她不确定自己感觉到了什么——释然，是的，但还有别的。恐惧。恐惧她竟被如此彻底地逐出了她女儿的生活。纸板墙在她女儿的脑海中拔地而起，四壁之间填满了童年。琼的童年在它鲜活的静止中欣欣向荣。整个娃娃世界现已对琼之外的所有人封闭。是的，就是这种感觉。让她胸口发紧的感觉是悲伤。

珍妮下到楼梯底，看着沙发背和闪烁的电视机，看着梅垂在沙发一边的胳膊，她被触动了：小姑娘在睡眠的保护下是多么安全，她所以为的失落无法再伤害她。虽然那失落其实不过是没有了她，某个世界仍能照常运转的事实。

珍妮走过去，唤醒她，把她抱起来，紧紧搂在怀里。

狱警也是女人。她们也许还是母亲。她们掀开被褥，从枕套里抖出枕芯，倒空珍妮的盒子，里面的东西撒在地面和她蜷伏的身体上。

地面在珍妮的手掌中冷冰冰的。另外三个女人跪在她旁边，手撑着同一片地面，她们都是刚来圣人山。这是一间拘留室，一周前，她在判决结束后被转到了圣人山，之后一直临时关押在这里。她真正的牢房还没有准备好。但明天就会好的。明天，她真正的刑期即将开始，在一个叫禁闭室的地方。

明天。

多么奇异，时间曾经是能够衡量的——小时，天，星期。能感知到一天的逝去，那是一种多么难以追忆的体验。

四名囚犯盯着面前的门。那扇门相当结实，漆成绿色，疯人院的颜色。绿色，疯狂的镇静剂。

“站起来。”一位狱警说。

于是珍妮和其他人举起双臂，双手放在脑后，她们的胳膊肘紧挨着，珍妮能感觉到她狱友的热气，她们猛烈灼热的怒火。现在，是姐妹了。

她们遵守同样的命令。她们听着同样的声音。

狱警们在找什么东西。

“没有。”珍妮和其他人齐声说，珍妮不确定她们回答的这个问题是否问过。

而狱警们似乎相信了，但是是在胳膊横扫搁架，就为了听她们可怜的几样东西摔在地上之后；是在手指捅进床垫底面的小针脚里之后；是在提起马桶背后的水箱盖，手伸进水里，四处摸索那个谎言之后。

狱警们在枕套上擦干手指，然后把它们再次扔到地上。

“收拾干净。”她们说完就离开了。

于是她们照做。木然，仿佛四肢被别人的目光操纵，她们在这间拘留室里默默走动，把枕芯塞回枕套，把粗糙扎人的毯子铺回薄床垫上。

等她们收拾好，一个女孩的声音通过扩音器传进了她们的牢房，那声音异常年轻，伴着吱吱啦啦的噪声。“两分钟后开始点名。”

那是谁的声音？几乎像个孩子。它发号施令的语气好像在做某个游戏，“妈妈我可以吗”“西蒙说”[1]。在这声音中——难道是她的

① 两种问答式幼儿互动游戏。

想象？——有一丝天真和几分惊讶的意味，仿佛它讶异于如此幼小的声音也有听众。

“一分钟后开始第一次点名。囚犯在门口站好。”

接着门锁自动滑开，门自动开启。她们走出来，站在门前走廊上的铁笼里。她看见在她对面，她两边，其他囚犯站成一排，垂着胳膊，对彼此微微点头致意，但神色收敛，笑容微涉。

她们都在等待着这个声音将她们释放，这个扬声器里的奇异童声。此刻，她感觉像一周前在法庭上一样。让双腿支撑她站起的不只是法官的命令，还有与之同时的另一声命令，一个女孩的声音。她不知道那个声音来自何处，只觉得它将她从内到刻外包围，她的话与其说是一句命令，不如说是一种创造。

法官的声音并不比耳语声高多少。判决从他口中发出，却莫名脱离了他，仿佛那个童声也在替他发言。*终身*，他说，仿佛是在赏赐某种恩惠，*终身*。

就好像这个词能创造一生似的。

女人们的名字被一一叫到，仍旧是那个女孩的声音，那个扬声器里吱吱啦啦的声音，回声响彻这座绿色的混凝土建筑。

她的生活现在仿佛被缩小了，有个孩子透过天空之窗向下望着她，自己不动嘴唇，让珍妮开口说话。珍妮的双唇围成别人话语的形状。

她的名字被点到了。在荒野中的某个角落，琼正注视着她。

“米切尔。”

女孩的声音在噪声中颤抖着。当她叫到她的名字时，珍妮的回应是一个形状，一个无声的形状，那形状就是四壁间的空间。

“在。”

在。她在这儿。

一九九五

在一年中最热的那天，梅来到晾衣绳边的阴凉里，掀开一只垃圾桶的盖子。垃圾桶和她一样高，装满了水。她一只手仍旧扶着盖子，空着的那只手的指尖在水面上划来划去，感受着水温。温的。她把盖子狠狠扔到一边，希望那样子像极了发狠，好向任何可能看见的人表明她是多么铁了心要达成目的，她现在是多么决绝地摒弃了任何跟盖子沾边的东西。盖子在尘土里打着转，口朝上像个茶托，然后停了下来。

她穿着条纹薄连衣裙，没有穿鞋，凉鞋被她在山下踢掉了。她踩在垃圾桶边一块晒热的煤渣砖上，用手扫掉脚上的尘土。垃圾桶是蓝色的，里面的水投在她胳膊上颤抖的倒影也是蓝色的。现在她俯身在桶边，闻着热烘烘的塑料气味，手指划过水面，不时碰破一层薄薄的油膜，她知道那是她自己皮肤上的油脂。她两腿一前一后爬进水里，好像水太凉似的吸了口气。水并不凉。自从昨天下午，她用水管把桶灌满，在里面发了一会儿抖之后，它上面就一直盖着晒热的盖子。现在她感觉水爬上了她的腿肚子，爬到她的裙子下，淹没了她的整个身体，甚至爬上了她的发梢；水将她吞没了。她扯下裙子，让它漂在水里。她发现自己的视线和水面平齐，晒伤的肩膀没在水中。她膝盖弯着，有那么一会儿，她抱住双腿，把自己团紧，这样她便悬浮在水里，身上没有任何一个地方和垃圾桶接触。她在那个蓝圈里浮浮沉沉，不时用脚趾蹬一下桶底，大张着双臂跃起，水滴纷飞，溅落在地面上，像卵石那样掀起阵阵烟尘。尘土就有这么微细。

从这里，她能看见山下她家浅黄色房子的背面。她能看见近处的草地，看见马儿嚼着干热的野草。在她的垃圾桶几英尺外，她能看见她姐姐的，上面还盖着盖子。还有琼的单车，它从复活节就靠在那棵树上，链条生了锈，车座被松鼠啃了个口子。

梅一直在找罗克耶特①，她的橘色虎斑猫。他是今天十一点前后不见的。她冒着酷暑把罗克耶特常去的地方找了两遍，低声叫着他的名字，因为放声大喊会让他的走失变成板上钉钉的事实。现在，她抬头望着松树参差丑陋的树顶，轻声叫道，“罗克耶特”，声音几乎听不见。随着她的一声声低语，那个名字越发成了她身体的一种动作，“罗克”（rock）是她在水中的晃动，“耶特”（it）则是她自己。水从桶口溢了出来。

这时她看见了琼，九岁的琼正爬上山坡。她穿着她的蓝色泳衣，

① Rocket，意为“火箭”，发音同“rock it”（摇晃它）。

外面套了一条沾满尘土的白色短裤，戴着母亲的遮阳帽。她把那顶草帽系在下巴底下。梅紧盯着琼的脸，但帽檐的阴影模糊了她脸上的表情。她想要预知她的行动。但琼低着头；她看着地面，胳膊下夹着一条毛巾。

梅飞快地爬出来，从尘土里捡起盖子。她有个主意。现在脚上沾满了泥土和松果鳞片，她擦都忘了擦就沉进水里，合上盖子，就好像她根本没来。她把头向后仰，只让嘴唇、鼻子和眼睛露出水面。她浮在水里，竖着耳朵听。没人能看见她。她听不见琼的声音，没在水下的耳鼓里，只有她自己的心脏在怦怦狂跳。

不只是她的心跳——还有琼的手指敲在塑料桶上的声音。

“我知道你在里面。”琼干巴巴地说。

梅用头顶开盖子。她看见琼已经脱掉了短裤，细心地把它放在一根树桩上。琼掀开她自己垃圾桶的盖子，用手指试了试水温，脚上还穿着凉鞋。琼喜欢凉水。她马上把一只提前准备好的咖啡罐伸进桶里，开始往外舀水。

梅重新没入水中，她恼怒地发现因为自己没擦干净脚，水现在变浑了。水面上漂浮着松果鳞片。她吹着它们从面前漂远。

琼拧开水龙头，水管里喷出冷水。她把现在已空了四分之一的垃圾桶灌满，最后找出她裹在毛巾里的那本书，拿着下了水，然后猛吸了一口气，肋骨都突了出来。

下到满意的深度，她缓缓地、惬意地叹了口气，梅觉得她好像是在炫耀冷水不知道要好多少。为了不打湿书，她把两只胳膊肘搭在垃圾桶边，下巴搁在桶沿上看起书来，那顶丑帽子的帽檐遮住了她的脸。

“那是讲什么的？”梅说。

“今天的一个女孩和俄勒冈之路[①]上的一个女孩心灵相通。”琼翻着书页飞快地说。

“好看吗？”

“好看极了。”

接下来，两人都沉默了。梅把视线从姐姐身上移开，望着山下的房子和房子后的群山。

梅觉得现在似乎存在两个琼，这两个琼如何看待彼此，她不得而知。但梅清楚自己把她们看作什么：一个是她爱的人，一个是她恨的人。她爱的那个，她很少去想，那是原来的琼，玩娃娃的那个。原来的琼在身边的时候，梅只不过感觉一切如常；她不会仰视原来的琼，不会寻求她的认可，或者渴望她的陪伴。

但另外的这一个，她恨的这个——梅一天天从早到晚地荒废生命，只为了招惹这个新的琼。梅既想讨好她，又想惹恼她；既想屈服，又想反叛；她想成为这个琼，仰慕她，又恨不得用尖利的指甲狠狠地挠她，挠得她一下子跌回原来那个琼。她的指甲尖得就像狐狸的牙。就在上周，她还把它们扎进了新琼的胳膊。

她沉向深处，让嘴唇没入水下，在这里，她暗自露出一个小小的微笑。不管是新的琼还是老的琼，不变的是那股气味；她的自我一直都在。梅现在就闻到了，水里烤热的塑料气味，树木和太阳晒

---

① Oregon Trail，从密苏里州通往俄勒冈州的一条三千多千米长的迁徙路线，十九世纪中期美国西进运动期间，曾有成百上千名美国拓荒者沿这条路线向西迁徙。

干的毛巾的气味，还有姐姐身上一些寻常的气味，而在这些气味之下，涌动着一股气味的暗流。

那气味是琼。

琼似乎扩散了出来；她的自我化作那股几乎带电的气息，悬浮在皮肤上方的空气中。那不是她脏兮兮的皮肤，油乎乎的头发，或者汗水的气味，不是晚上她呼出的热牛奶的气味，而是某种深处的东西。一种暗示。这个词描述它正合适，暗示，梅心想，因为那气味似乎只是一个线索。在此之外梅和它的遭遇只有一次。他们都在父亲朋友的房子里，刚刚吃过一顿无聊的晚饭。外面在打闪电。窗户开着。父亲的朋友提前在地上支起了电风扇，让它吹过餐桌下所有人的腿，一条紧张兮兮的老狗也蜷缩在餐桌下，雷声让它害怕。梅和姐姐坐在餐桌旁的地板上，没注意到那条狗，直到电风扇把狗的气息吹到了她脸上。梅抬起头来，接近那股气味的真相让她突然忘乎所以，她扯着嗓子，恶狠狠地，几乎颤抖着问道："那是什么气味？"这让她的话更像是一句宣告，而不是一个问题。她嗓门大得让所有人都中断了谈话，低头看着她。

"那是只受惊的动物，梅。"她父亲温和地说，同时用目光向故事被梅打断的那个男人表示歉意。但梅不在乎。她张大眼睛看着那条羞愧的狗，然后张大眼睛看着琼。

琼知道她有气味吗？梅一个字都没对她提过。迄今为止，一次也没有。她怀疑琼自己也怀疑，因为琼在洗澡上格外讲究。她在商店里央求买成瓶的香体乳，她给自己搓澡用力到身上起了红疹，她似乎会故意在身上留下肥皂，所以在那股暗示之上，还有股肥皂味。

梅身上没有这种气味，她自己知道。有一次跟她母亲提起过这个话题。“我闻起来像琼吗？”她母亲迅速扭头往后看，确保琼没听见，压低声音说：“不像。那只是神经紧张，会过去的。我以前也像这样过。她自己控制不住，所以拜托你，梅，没必要告诉她。说了只会更严重。”

神经紧张。这个词本身就有一股气味。

梅早已知道要保守这个秘密，这样的请求让她成长了一些。她发现了自己内心深处，封存在她寻常的爱之下的某种东西，陈腐、刺鼻、微甜、转瞬即逝，就像打开了一只遗忘已久的罐子，里面养的蚱蜢早已在枯草里死去多日。厌恶：那是一种比她年长的感觉。不是厌恶本身，而是她的超脱其上，不加表露。于是她对琼爱得更深了，因为琼让她学会了克制的本领，学会了不动用她拥有的那唯一一件武器，学会了控制自己，靠得更近，贴在她姐姐耳边一边说悄悄话，一边品味那受惊的动物温和、发霉的气味。那气味并不会让她屏住呼吸，她几乎算得上喜欢它。而姐姐，如果她实际上不知道，如果她实际上活在那样一种无知中，就会变得年幼——甚至比梅还年幼。

琼又翻过一页。她干燥的手指和干燥的书页摩擦的声音让梅打了个哆嗦。

“你看见罗克耶特了吗？”梅尽可能若无其事地问，两条胳膊软软地垂在桶边。

“没。”琼说。但她的语气中有什么让梅不由得想仔细瞧瞧她。她突然起了疑心。但琼依旧没有露出脸来。它被那顶帽子和书封面上女孩的脸遮住了。书上的这个女孩离梅只有一英尺左右，就在她眼睛的高度。梅趴近了些。这女孩看起来有点像琼，梅心想，只不过她眼睛里反光的形状像一辆篷车。琼所有的书都差不多，那些女孩除了发色和反光的形状全都一样。

“另一本书上的那个女孩怎么样了？眼睛里有船的那个。”梅问道。

琼的眼睛不可思议地飞快移动着。她只是在假装看书。“她和古代一个被海盗捉走的女孩灵魂纠缠在一起。”她回答，只是为了显示自己的耐心。

“是的，可是后来怎么样了？”梅强硬的口气本该足以让琼抬起头来。但她没有。

“后来我看完了。”

“哦。”梅说。她的火气开始成形——她感觉琼体味的秘密翻卷着涌出她的喉咙，涌进她的嘴里，只要她张开嘴，那个问题就会脱口而出：“你知道你闻起来像条紧张兮兮的狗吗？”然后这个新的琼就会缩回去，投进原来那个琼的怀抱，让原来的琼安慰她这不是真的。但原来的琼通情达理，并不高看自己，她会知道这就是真的，她会现身，现身在水中，用胳膊抱住自己，虚弱地颤抖。“梅，是真的吗？”

“不是，”梅可以说，“只不过是我编的。”

但覆水难收，她用了就不能再用第二次。不仅如此，它还会把她姐姐击垮。梅是如此珍视她唯一的力量，所以当那个秘密到了她嘴边，就像现在这样，她必须做点什么把它憋回去。她咬紧了牙关。

然后她一把抓过琼的书，把它扔向一棵树。

琼惊叫一声。梅已经开始往垃圾桶外爬，现在她用琼的毛巾擦干身子，把毛巾扔进土里，在上面蹭了蹭脚。

“停下！”琼叫着，张牙舞爪地从桶里爬出来，水溅得到处都是。现在她的声音里出现了原来那个熟悉的琼。以新琼的镇定，爆发不出这等喷薄颤抖的怒火。她喷出的话语仿佛在热泪里滚过。

这正是梅所期待的全部。她并不后悔，但她也没有从中得到任何乐趣。她是不得已而为之，是为了避免用语言承认那股气味。干完这些，她马上把整件事忘了个一干二净。而在背景中，琼还在跌跌撞撞地跑来跑去，抖着她的书，嚷嚷着她老一套的威胁话。梅离开了晾衣绳边的阴凉，再一次，她猫咪的名字在轻语声中从几乎不动的嘴唇里缓缓流出。

罗克耶特。

二〇〇六

九月一个阴雨的下午，安开车驶进华盛顿州肯纳威克市一家商店的停车场。这天是周日，商店关着门。暖风把落叶扫进倾斜人行道上蓄起的水洼。安推了推上锁的门。她透过“停止营业”标牌上方的窗户看了看里面黑漆漆的屋子。

她敲了敲窗户，等待着，但没有人来。

她不知道还能做什么，紧绷的神经已经让她筋疲力尽。她靠在玻璃上，在屋檐下避雨，然后闭上了眼睛。她迟到了半个小时，汤姆也许以为她不会来了，就像过去一年里的其他几次那样：每次她试图和韦德一起来，他都会情绪失控，他们又不得不掉头回去。现在韦德一个人在家。来这里的漫长路途中，她两次掉转车头回去找他，但又重新掉转回来。这就是她迟到的原因，她满心不决和恐惧。

有人敲了敲窗户。她转过身，汤姆打开了门。他可能比她大几岁，四十出头，高个子，瘦长脸，深金色的头发在脑后梳成一个马尾。“很抱歉我来晚了。”她说。

“见到你很高兴。”他的声音温和，平静。

她说：“我很高兴你改变了主意。”

“我几年前就改变主意了，但我没法告诉你。我不确定这对不对。韦德在家没事吧？”

“没事，他不会有事的。”他帮她脱下滴水的雨衣，挂了起来。“我不知道我究竟能帮上什么忙，”她加了一句，“你知道我从来不熟悉她们。”

“但你见过她。”

“就一次。”

“那也许比一百次还有用。”他说。

他领着安穿过狭窄的店铺，一家单车店，来到最后面的一扇门前，门框里透出后面房间的灯光。开门前，他停了一下。“我得告诉你，我心里没底。作为高中生，我画得还不错，但我想那时候我就到顶了。我会继续画，但除了印刷和邮寄的花销，我一分钱也不要。”

“不行，”她说，“我们要付给你，这没什么可商量的。”

他摇摇头，看样子还想再说些什么，但没有说。

房间里杂乱不堪，闻起来像陈咖啡、铅笔屑和单车润滑油。墙面大部分裸露着，其中一面墙上有水渍的痕迹。一座大得和房间不相称的书架上摆着一罐罐彩色铅笔，插颜料刷的罐子周围塞满不同面孔的石膏模型。地上堆着和设计图一样大的画纸，身体部位的铅笔素描——一个肩膀、一只手，还有盖在床单下的一摞什么东西。

“这是我唯一能干这个的地方。”他抱歉地说。

但桌子是整洁的。一本合着的速写本上放着一杯水。桌子上方的墙用图钉钉着三排照片，一排高过一排。最上排的第一张照片上是一个她似曾相识的小男孩，小男孩一脸雀斑，坐在高而金黄的草丛中。在之后的每一张照片中，这男孩都会长大一点，脸上的雀斑渐渐消失，直到安的目光落在一个倚在车上的羞涩少年身上，她才恍悟了显而易见的事实：那个小男孩是韦德。这些小男孩都是不同时间点上的韦德。安没想到她竟会在这里找到他——他，还有他的童年。

紧挨着在韦德下面，珍妮也在一张张照片中长大。

这些照片安从没见过，但她一直在寻找它们，这种寻找似乎贯穿了她的整个婚姻。漫长的岁月中，她在山上遍寻珍妮的痕迹——多年前从珍妮的马尾辫上滑脱的皮筋，夹克口袋里掉落的唇膏。像这样看着她，她尘封的人生按时间顺序明明白白地排列在墙上，安惊惧于那过往中幽暗的简单性。珍妮。她是个微笑的，缺了门牙的小女孩。她转眼间长出了新牙，再一转眼，她把牙齿全都藏在闭拢的嘴唇后，露出一个安静的微笑。她留了长发，然后又剪短。她的肩膀晒得黢黑，接着又白得刺眼。在一张标着“16”的照片中，珍妮穿着一件蓝色无袖短衫，她注视着相机的眼神是如此坦诚，安不由得移开了目光。

就在珍妮下方，还有短得多的一排照片，这些是琼的。

“你从来没见过这些。”汤姆说，不像是在提问。

“它们为什么会在这儿？”

“韦德几年前拿给我的。它们帮我了解她的遗传情况，比如哪些特征显现得晚。她小时候看起来更像爸爸，对吧？”安没有回答。她的头脑混乱极了。如此多的细节一股脑涌来：珍妮还是小女孩时穿的那只粘着布基胶带的扣带鞋，轻咬她头发的那匹花斑马，她坐在池塘边，双手交叠在大腿上的姿势。珍妮从未像现在这样虚无缥缈，难以捉摸。安从一只唇膏管残留的标签中猜到的，要远比这多。“但我想她也许会越长越像妈妈。今年她二十岁。”汤姆说，“我会给你看看我画好的，但我不能保证它们有什么用。”

“你说她二十岁。”安轻声说。

“什么意思？”

“不是她该二十岁了——她二十岁。连韦德都没这么说过。”

九年前，一九九七年，安和韦德结婚后一年，她走进黄松镇的邮局，看见了国家失踪和受剥削儿童中心为琼制作的第一张增龄肖像。传单上并排印着两张图片。九岁的琼——她失踪时的年纪；十一岁的琼——她如果还活着应该是这个年纪。

第一张图片是琼九岁时的一张照片，是在安教合唱团的海登特许学校专门拍摄的。琼坐在翠绿色幕布前的凳子上，安想起自己也曾在那里坐过。琼露出微弱的笑容，双肩略微前倾，仿佛是本应在别处的时候，被人在凳子上捉了个现行。她温和的脸上还有一分不安，仿佛是害怕相机的闪光灯。尽管如此，她还是为拍这张学生照做足了准备，知道把头偏向侧面一点，许多小女孩在拍照时都会这么做，好像偏偏脑袋就代表“好看”。她的黑色直发看起来像刚修剪过。她穿着一件朴素的白色有领衬衫。

旁边那张肖像是计算机合成的，但看起来像照片。图片中，十一岁的琼穿着同一件衬衫，表情几乎没变，只不过眼睛睁大了些。尽管睁大了眼睛，她看起来却好像昏昏欲睡。她的表情中有种心不在焉，或者近乎心不在焉的意味，但的确，她第一眼看上去就像那个九岁大的女孩长大一点后的样子。只不过她没有前倾，没有偏头。她看起来并不害怕，只是在静静等待一件她生来就知道会在不久后到来的事情。那张脸上没有焦虑。第一张照片中她垂到下颌的头发留到了前胸中间，剪出了层次。她两颊上有两片栩栩如生的红晕，笑容中透着坚定。她的一切都逼真极了。

看到贴在邮局公告板上的那张计算机生成的肖像，安心绪难平。它再真实也只是一种预测，一种对她真人的推断，一张用爱她的人的面容加工成的脸。

除了失踪者，永远没有人会被这样加以估测，安那时想。除了失踪者，没有人会被如此精心，如此慷慨地赋予祖母的微笑，父亲的下颌，别人的每一丝痕迹都是一声值得相信的呼喊，一次信念的测试，一份家族的证言；这些特征是显示屏上层层叠叠的像素。一位母亲会在母女失散已久后出现在女儿的脸上。即便一个杀过人的母亲，她的容貌也会得到应有的呈现；这种相似不会因为母亲的所作所为而被弱化。即使在来生，女儿也无法摆脱母亲的鼻子。毕竟那鼻子的细节也许会救了她，让她从这些模拟照片揭开的黑暗中现身，让她重新变得真实，让她——即便希望渺茫——被认出。被找到。

安和韦德每两年就收到一张增龄照片。但现在琼该二十岁了，以后他们会每五年收到一张。琼会被定格在这些时刻，在假想的未来露出安详的笑容。她会从百货商店的墙上，从卷在邮箱里的房地产宣传册末页向外望着，勉强而感激。被公之于世的这些表情耐心、疲惫，试图掩饰她被迫承受的这份体面的沉重，也试图假装她还在真实人生的界线之外，继续生活、成长。

雨水从野草中冲出的骸骨：这个猜测要贴切得多，但却显见到让人无法相信。

安和韦德没有谈起黄松镇邮局公告板上的那第一张传单，但她感觉在之后的几周里，韦德心中有一种不满，一桩让他烦乱的心事。一天早上她醒来，韦德已经出了门。那是在那张增龄照片出现几个月后。桌子上，韦德留下了一个没封口的信封，上面写着安的名字。

信封里是一张报纸文章的影印件，上面的日期是一九八一年九月，接近十六年前。

> 一九七八年，十四岁的阿兰娜·昂布鲁克从内兹佩尔塞居留地的住所离家出走，本周二上午，十七岁的她在斯波坎市一家汽车旅馆被陌生人认出后，与家人重新团聚。
>
> 认出昂布鲁克并报警的是西雅图居民吉姆·李。据他说，他曾在西雅图一家加油站的窗户上见过一张“失踪人员”传单。他说这张传单之所以引起他的注意，是因为不同于政府发布的体现失踪儿童年龄增长的一般传单，它并非计算机生成，而是一幅绘制的全彩肖像。
>
> 不同寻常的还有，李说，那张传单上不仅有昂布鲁克的脸，

还描绘了她的全身，并且包含诸多细节，比如她穿一件乐队 T 恤，指间夹着一支香烟，背后的墙上有可辨认的西雅图涂鸦，落叶和垃圾被吹过人行道，落在她光着的脚上。“甚至还有一枚趾戒。”李回忆道。

当局于周三得知，这幅肖像的作者是昂布鲁克的表兄汤姆·克拉克，今年十八岁。他在十七岁时制作了这些传单，并把它们发往全国各主要城市。

“那是我的高中毕业项目。”克拉克在周三说，“我和所有人一样震惊。”

作为他在肯纳威克高中的毕业项目，克拉克为他当年应满十六岁的失踪表妹绘制了二十幅她在全国各地的不同情景。他画过她在一片苹果园中工作、她无家可归地站在一处街角、她在一条乡道上抚摸一只美洲驼，还有许多其他情景，他说。

克拉克说，他是在肯纳威克一家邮局的公告板上第一次见到国家失踪和受剥削儿童中心为他表妹制作的增龄图像时，产生了做这个项目的想法。克拉克使用了国家失踪和受剥削儿童中心预测的面部结构，同时增加了自己的修饰。

他的美术老师和导师戴安娜·西戈指导了这一项目。她说这些画让她深受感动，所以她向克拉克提供了三百美元用于印刷和邮寄。克拉克用这笔钱将传单寄往超过十五座美国城市中多家他从未到访过的商铺。

据国家失踪和受剥削儿童中心公布，在失踪的前三天，找到失踪儿童的可能性每小时大幅递减。“我们很清楚自己有多幸运。”昂布鲁克的母亲特雷西说，“多亏了汤姆，我们的家庭终于能修复了。”

在肯纳威克的这家单车店里，二十岁的琼站在一幅水彩画中，身处的院子里散落着小孩的玩具、废弃的单车，还有一面撕烂的美国国旗。

在肯纳威克的这家单车店里，二十岁的琼在一家加油站给她坑坑洼洼的蓝色尼桑加油，加油站的窗户上贴着啤酒和渔具广告。

在肯纳威克的这家单车店里，二十岁的琼靠在一面砖墙上，举着一张纸板牌——你看见我了吗？——她肥大的外套上用布基胶带打着补丁，头发缠结，双脚裹在一条围巾里，人行道上横着一道雪痕。

在肯纳威克的这家单车店里，二十岁的琼站在公路的排水沟里，把手伸过一道带刺铁丝栅栏，抚摸着一匹红马。

在肯纳威克的这家单车店里，二十岁的琼浓妆艳抹，穿着短裙站在城市的街道上；她戴着眼镜，身穿一件黄色短衫坐在公园的长椅上；在一条河的码头上，她抱着一个金发孩子，孩子把脸藏在她的肩头；她坐在一家破败汽车旅馆的双人床上，表情恐惧而顺从，眼眶黑紫。

安闭上了眼睛。她坐在一把木头凳子上，汤姆坐在她旁边的一张椅子上。敲打屋顶的雨声停了。一束清亮的黄色光线穿过铺面，一直照进他们所在的这间后屋里，安能感觉到光落在她合着的眼皮上。她睁开眼睛。“你画这些花了多长时间？”

画布铺满了整个桌面。坐在那把办公椅上，汤姆说：“我总也忘不了你丈夫。虽然一九九七年他来找我的时候，我告诉他不干，但是我差不多马上就开始画她了。过去九年我一直画画停停，直到我最终决定给他打电话。”

“为什么是现在？”

“因为我看见了最近一张琼的传单。我就是觉得它不对。”

“九年。”安重复道，看着那些画。安的确看出了汤姆对自己水平的那句评价是什么意思；他的画给人一种未经训练的感觉，略显稚拙。他的确有才华，但画面的透视别扭，又或者是阴影有问题。尽管如此，他捕捉到了琼脸上相机和计算机无法捕捉的某种东西，安唯一见到琼的那次在她脸上看到的东西。

她拿起一张画。琼的眼睛神采奕奕，仿佛她刚刚在大笑。她在一片垃圾场里，坐在一架蹦床边上，穿着黄色比基尼上衣和牛仔短裤，一本杂志在她腿上闪闪发光。她胸前有黑色的雀斑。

“一定还有其他人来找你帮忙吧？”安说。

“还有另外二十三个家庭，多数是在八十年代初，阿兰娜刚找着的时候。我告诉他们找到我表妹是侥幸。我没这个本事。”

“也许那不是侥幸。”

“我姨妈觉得我是在利用阿兰娜，利用她做艺术项目。她是对的。我当时没意识到。可是她被人认出来的时候，我简直震惊了，那时我才知道我其实没相信过这会有用。”他摇摇头，“关于我的那篇文章被美联社转载了。很快就有一个男人找上门来，告诉我他儿子十年前被人从爱荷华州的一个街边集市上拐走了。他把钱硬塞进我手里，我又硬塞回去。一个女人八年前被人从车座上偷走了一个婴儿。

她想让我画出婴儿八岁大的样子。她不停地朝我晃那张照片，最后我几乎把门摔在她脸上了。”他低头看着那些画。“九年前你丈夫来找我的时候，已经很久没人来过了。我那时措手不及。”他指了指桌子上方，墙上那些珍妮、韦德、琼的老照片，“你丈夫把这些照片留在了我的邮箱里。”

有那么一会儿，他们望着墙上韦德、珍妮、琼的照片。安凝视着站在草丛中的小男孩韦德的双眼，心里想着所有他那时不知道的事。

接着，仿佛一直在纠结提还是不提，他说：“他还在我邮箱里留了一把刀。”安感觉自己的心跳猛地一顿。“一开始我以为那是威胁。后来我也不知道自己是怎么以为的了。如果他留了钱，我一定会给别人，我一定会气得要命。但我保留着那把刀。”

汤姆拉开桌子的抽屉，安现在能看见里面的那只小包裹，它外面裹着一层又松又薄的皮子。汤姆把包裹递给安。安展开皮子，它掉到了地上。

这把刀正是她曾经存放在自己桌子抽屉里的那把，琼留给艾略特的那把。

一座雕出来的房子。一把骨制的刀柄。

韦德九年前从肯纳威克回到家里的时候，他只对安说：“我尽力了，但他说不。”她帮他脱下外套。他们一起坐在床上。

两个人都沉默了一会儿，然后她说：“你是从哪儿找到那篇文章的？”

“琼原来的一位老师寄来的。”

“我认识她吗？”

“不认识，不是你学校的，是她的一年级老师。他和我联系过几次。他看见了邮局里琼的那张新图片，然后记起来读到过汤姆的事。”

“你觉得怎么样？”

“本来就希望渺茫。”他说。

她感觉那由来已久的危险有所平息，于是丢开她一贯的谨慎，她说：“你不喜欢邮局里的那张传单。”

“我没有不喜欢。她现在好像的确应该是这样。”

“但你还有别的感觉。”

他握住她的双手放在自己腿上，低头看着它们。然后他说：“她看起来很疲惫。”

“是的。”

“她看起来还这么小，不该这么疲惫。”

“是的。”

“它缺乏希望。我想要希望。”

在那过后两年，一九九九年，国家失踪和受剥削儿童中心又寄来了一张传单，安再一次在黄松镇的公告板上看见了它。琼，假定年龄十三岁。她的面容略微成熟了一些，她微笑的嘴唇上涂了唇膏。她的马球衫下隐约显出胸部的轮廓。但神情仍是同样的平静，她的眼中照旧是让人不寒而栗的安详。

官方更新的图像在二〇〇一年再次到来，然后是在二〇〇三年。十五岁，十七岁。她的神情越发疏离，现在已经近乎空洞，一张幽灵的面孔。十九岁，绿色马球衫，天蓝色背景，唇膏换成了口红——二〇〇五年的肖像出现在公告板上没几天，汤姆·克拉克终于给韦德打来了电话。

但那时，才五十一岁的韦德已经开始变样。他耗费大把大把的精力掩盖自己记忆力衰退的事实，假装知道发生了什么。但安看得清清楚楚，他已经不记得那位肯纳威克画师，也许还间歇性地忘记自己的女儿失踪了，只当她是在别的地方，没有联系罢了。

那年，前后四次，她试图开车带他去肯纳威克见那位和她通过电话的画师。但每次一到梅迪克尔莱克附近，韦德就对她发起脾气来。他责怪她没有用心地找。

“没有用心找什么？”她问。

但除此之外，他不知道自己还感觉到了什么，只觉得她在骗他，她在假装搜寻一样她并不想找到的东西。

他那焦躁不安的样子让她担心他会犯心脏病，或者如果他们继续往前开，他会心烦意乱到像以前一样夺她的方向盘，造成交通事故。所以今天，经过了整整一年带韦德来的尝试，她一个人开车来到了这里，来到了肯纳威克。

这把刀让安得以触及她几乎失之交臂的一种印象，一种对偷走它的小女孩完整而牢固的印象，一种对琼新的认识。它其实并不新，只不过长久处于所有其他印象的中心，所以当剥去外壳只剩下它本身的时候，它仿佛是新的。

因为桌子上的这样东西，安得以拿出惊人的自信，告诉汤姆他需要知道的事。这就是她来的原因——帮他获得足够的了解，把琼画好。“她在这里看起来太顺从了。”她说着把一幅画拿远，以便更好地审视它，“让她的眉毛略微上扬，好像怕自己落了什么东西一样，怎么样？”汤姆点点头。他做了一条记录。“在这儿，她的手给人一种传神的感觉。这双手就是她的。不只是手的样子，还有她手的姿势，她如果有个孩子一定会这么抱。”

然后，关于另一幅画：“我不知道她在这张蹦床上是不是应该看起来更自信些，就好像终于得到了一件她盼了好久，想要极了的东西。”

“比如什么？”汤姆问。安看出她的自信让他不解，他从没想到她能给出如此多的建议。

“成为女人。”

他拿不准地看着她。

“她崭新的身体。”安不好意思地说。

在他们谈话中的某个时候，汤姆打开门，让雨后的新鲜空气吹进来。已经是晚上了，鸟儿在外面歌唱，歌声飘送进了店里。

“她穿着黄衣服，”安说，她第一次意识到这一点，“在所有这些画里都是。我之前没注意。甚至缠在她脚上的围巾也是黄色。”

“是的，我——是的。”汤姆说，他的表情有些异样。

“她还是小女孩的时候喜欢粉红色。”安说，她回忆起那双野玫瑰色的鞋子和那件破旧的花瓣色毛衣，还有她包在盒子外的那层绵纸，盒子里装过的那把刀正在他们面前的桌面上闪闪发光。关于颜色汤姆没有再说什么，只是做了些记录。

他们像这样谈了很久很久，讨论决定哪些画应该寄到哪座城市，印多少份。

“我想把这张贴在我们住的黄松镇的公告板上。”安指着琼隔着带刺铁丝栅栏伸手抚摸一匹马的那幅画说，“这张最有希望。我想让韦德在我们去取邮件的时候能看见这幅画。”

“我同意。”汤姆说，“我想把这些全都给他看没什么好处。有几幅让人看了难过。”

“每幅都是。”安说。

“是啊，”汤姆说，“每幅都是。”

晚些时候，在漆黑的、弥漫着浓郁落叶和雨水气息的停车场里，安在她的车边犹豫了片刻。汤姆出来送她。想到要走，她满心的不情愿。她说：“我知道别人看来她们不是我的家人，但她们是。我想让他们都在这里团聚。”她从钱包里拿出她保存在里面多年的那张宝丽来照片，她的扫帚从冰箱底下扫出来的那张，照片里，梅抱着她的布娃娃坐在一根树桩上。

她把它递给汤姆。她已经把那张脸熟记于心，不需要再看它了。她说：“你会把它放在你那面墙上吗？这是我唯一的一张。”

“你确定吗？”

“她应该和他们在一起。和他们所有人。”

“我会把她放在那儿的。”

她点点头，然后上了车。

安穿过黑暗往家驶去，在三个小时车程中，她一直在想那两姐妹，一个她只见过一小会儿，一个她从没见过，而且刚刚把她的照片交到一个自己可能再也不会见面的人手上。琼的生命会在汤姆·克拉克的墙上继续延长，岁岁年年，她的假想人生将在无尽的推测、在一幅接一幅的画中度过。但梅的生命止步于那张照片。没有人会为她做这些推测。没有人会问如果她活到十七岁，会是什么样子。如果——她姐姐则是可能。这样的差距让人无从理解。生命骤然而止，所有画面归于骇人的终结。梅，在她死的那一刻成了以前从未成为，而她姐姐以后也永远不会成为的那样——绝对。

安驶过一程又一程，那些小镇在黑暗中几乎提供不了照明。她知道自己、韦德和汤姆在做的是无用功，整个计划是一场绝望之举。汤姆画的每一幅情景在被他画下的那一刻，便成了无数情景中最不可能的一种，只因为这一种被他猜过了。琼坐在一张蹦床上。琼抚摸着那匹马。这些可能性一被想到便没有了可能。世界不是这样运转的。

可是——可是——阿兰娜被找到了。阿兰娜怎么就被找到了？

自从安嫁给韦德，到如今十年来，她的生活一直追循着这条或真实或想象的失落画面的密径。冰箱底下的一张照片，装进她的钱包，交到一个陌生人手里，挂在一家单车店的墙上。安从没给韦德看过那张梅的照片，她从没告诉过他琼去过艾略特储物柜的事。她的印象和关联是如此脆弱，然而与之相反，她的婚姻不是。她和韦德的婚姻是稳固而坚实的，它由无数粉碎的瞬间层层叠叠堆砌而成，其间再也没有可以溜走的缝隙。她爱他。噢，她是多么爱他。而且她怕有一天他会再一次自问，珍妮为什么会那么做。安害怕他会在答案中发现她；她也害怕答案并不存在；她怕的还有，答案存在但他很快就会忘记那个答案，忘记那个他不知道会要了他命的关联。

请让他永远不要问起，请让他永远不要疑惑，请让他永远不要将心牵扯进所发生的事，就像她让自己的心牵扯其中那样。安永远不会问韦德她的最后一个问题。

梅那天唱的是什么？隔着卡车的车窗，你能听见那首歌的歌词吗？

每当这样的时刻，她独处的时刻，那个问题便会重回她的脑海。距离她站在那片山林间的雪地里，望着地上的一把扶手椅和一盏台灯，已经过去了两年，那是她迄今唯一一次逃离与韦德相伴的生活。正是在两年前的那片山林中，那个问题在她头脑里成了形：不是为了寻求答案——正因如此，她才能不断返回那片山林，才能一次次探寻其中的逻辑和可能性，才能为一种虚幻的可能性赋予形象，就像汤姆给琼以形象。一开始她也许会问自己，既然知道你在那辆卡车里，既然知道你是这一切的起因，你怎么还能继续下去？接着，她会明白那是多么的以自我为中心，是多么具有毁灭性而且毫无意义。一个人不仅能知道几千首歌，还能记起其他上万个不太熟悉的歌曲片段。哪怕是个孩子。几千首歌，还有无数种用胡诌的话、唱歌人身边事物即兴编成的小曲，在所有这些歌曲之中，梅凭什么一定要唱安教给韦德的那一首？

毫无意义的推测。

这是一切可能中最不可能的一种，因为这是她猜到的那一种。

可是——可是。

汤姆看她的眼神，就好像他能明明白白看到她惧怕的那种关联。一想到现在有别人在追循她走的这条路，她就心痛不已。她拾取了韦德的过去，把它在自己的前方展开，她的未来是一串倒退的足迹，即便它正渐行消失。那缓慢的擦除，那条穿过他记忆中一切黑暗的白线，她将终生追随。而毫无疑问，它会将她引向她自己的秘密监狱，将她径直引向它的大门。

一九九九

一阵敲门声——这样的善意在圣人山是如此格格不入，以致珍妮没有理解它的意思。她没有说，“请进。”这敲门声在她头脑中已经转换为另一个声音的记忆，她今天早些时候用额头撞击窗户的咚咚声。她故意把额头往窗户上撞，力气大得足以在头上留下一片紫色的瘀血，于是在窗子上的倒影中有了新的东西可看。除此之外，窗外只有另一面令人作呕的墙，她已将墙上错综的裂纹描画得如此细致入微，它们化作了她视野中纤如发丝的裂痕，里面渗出偏头痛的黑影。她一英寸厚的床垫闻起来像尿和泪水。高高挂在房间墙角的电视机总是关着，它让她感觉不自在，好像它是在盯着她看。毯子糙得像粗麻布，眼下她正拿它搓着大腿止痒，皮疹正在她大腿和后腰上蔓延。

她四十五岁。从四十一岁那年，她就一个人住在这间牢房里。

又一阵敲门声。这一次，她转过了身。

门开了，一位约莫和她同龄的女狱警走了进来。“我收到消息有人找你。我有电话号码，你可以打过去。”

“谁？”她尝到了血腥味。

“我不知道。”

“我丈夫？”

“我不知道。”

“我做不到。”

“你不来？”

“我不知道。”

那女人来到她床边，轻轻摸着珍妮的胳膊。“坐起来。”珍妮看见了她的脸，直率而干练的双眼。“跟我来。”

珍妮赤着的脚在牢房的地面上踩得黢黑，感染腐蚀了她的脚趾甲，她不让人看见她的感染，因为她没心思治好它。衣服松松垮垮地挂在她身上。她想让韦德看见她遭受的苦难，这样他便能得到安宁。她想让韦德闻到她苦难的气息，这样他便会转身离去。她感觉这样的情景正在迫近，但那个女人领她来到的这个房间里，只有一把固定在地上的金属椅和椅子前长桌上的一台电话。女人把那张纸条递给她。珍妮不认识那个电话号码。那不是爱达荷的区号。韦德搬家了吗？四年过去了，多少事都会改变。

就连对他电话号码的不确定都会将她刺痛；它成为一个契机，引她在脑中描画出她这些年来一直如此留心避免再现的场景。韦德的生活，他的形貌，他的衣着，他的动作。他在哪里？

珍妮用手捂着嘴用力咳嗽，清了清嗓子。她感觉头晕目眩，但还是把听筒举到耳边。她拨了那个号码。电话响了两声。一名接线员让她报自己的名字。

“珍妮·米切尔。”她艰难地说。

过了片刻，一个男声说：“米切尔太太？”

但电话那头的男人不是韦德。她是如此释然，同时又是如此失望，她把听筒贴在耳边，无声地抽泣起来。

“是米切尔太太吗？”

“我离婚了。”她嗓音沙哑。

“但你前夫是韦德·米切尔？”

她全身颤抖。泪水从她眼中滚滚落下，灼痛了她干裂的嘴唇。“出什么事了？”

“我叫汤姆。我在——”

“韦德还好吧？”

“我想是的。我两年前见过他。”

“在哪儿？”她的脑袋嗡嗡作响。

他飞快地说：“我是个画师，我在绘制你女儿的增龄图像。”

“你是失踪儿童中心的？”

“不是。请你不要告诉韦德我在做这件事。”他说。

“但是他让你做的？”

“但我拒绝了。我斩钉截铁地拒绝了。可是她在我脑子里扎了根。我想试着帮忙，但我得先看看我能做到什么样。”

“从来没有人给我寄过那些传单。我不知道你要的是什么。”

“要弄清楚挺难的，真的。”他说。然后他试着轻笑了一声，但那声音听起来不太自然。“这都不一定是真的。我读过些关于增龄图像的文章，关于它们是怎么绘制的。我读到有些母亲能知道它们没办法知道的东西。”

她感觉她的心跳在加速。

“所以我想问，”他继续说，“我想问问你都知道些什么。关于琼。我画里能用的。关于琼的一些东西。”

她耗尽整只手的力气才能把电话举在耳边。她的双手在黄光下显得陌生，就像一双老太太的手。她的确知道些事，是的，琼以前喜欢读书——书的封面上印着脸，小女孩的脸——琼让一只苹果在雨衣的口袋里烂了一整个夏天，她的房间闻起来像苹果酒。苹果变成了泥，棕褐、腐烂、冰冷、甘甜的泥。寻找被琼偷走的一把刀的时候，珍妮把手插进那只口袋里，那摊泥让她失声惊叫——琼坐在橱子前，那双颤动的手——他们把一团缠结的乱发从琼头上剪下来的时候，它有地上那只小猫那么大，琼逗弄的、给系上一条绳子、放上一碗牛奶的那只小猫——她有过另一个名字——在你的画里加上她过去的名字——

“米切尔太太？”

“我离婚了。”她说，火气涌了上来。泪水依旧如注。腐烂苹果的气味，那双手颤动的想象——怎么把它们放进一张图片里？

她感觉恐慌，眩晕。“我想到了一些。”她说。但她不知道自己想到的是什么，然后她开始哭泣，这次是放声哭泣。

“你愿意给我打回来吗？等你先花点时间想想，然后再告诉我如何？”

“明天，”她说，“我明天打给你。”

她回到牢房，觉得喘不过气来，她死盯着窗外那面墙，浑身颤抖，发疯似的想要让目光越过那些开裂的灰色石块。

但那座监狱的高墙单调得如同在荒野中挨过的凛冬，你对它根本毫无影响。而且那里本来就没有什么东西可看。如今阻挡她视野的是这道灰墙。那时则是白雪、树林、鸟兽，它们带着和冬天一样的表情，冷漠、坦诚、残酷。它现在对她视而不见，它们那时也对她视而不见。那座山抑或这座监狱，都不曾流露出她有任何影响的迹象。

那冬天何苦不敞开心扉，让她知道它也是脆弱的。冰层下深处的水流声。秘密蛰伏着，等待着。令人惊奇。正如在一副新生儿的面容中，她本以为只有柔软，只有一个人模糊的雏形，不料却发现一双大睁的眼睛里，透着对生命的狂热声明。

她失踪的女儿，琼。

这些墙带来的最大的折磨，是阻止了她的搜寻。倘若能够，她一定踏遍荒野，日夜不休，呼喊着她女儿的名字，直到她的声音油尽灯枯。她会不眠不休地走下去，一直走到她倒在因她而变得可怖的那座山上。那时她会把自己蜷缩进一个让人半信半疑的脚印里，然后她会在那里死去。搜寻。丛林狼会从她身体里吞下她女儿的名字。

她就这样想下去，一小时又一小时，极尽目力想要看到那座灰墙之外，透过墙缝望见她女儿奔跑、她追逐的这另一种未来。她犯了头痛。她没有吃一点钟时从抽格里塞进来的食物。她很少吃，只是把它倒进垃圾桶里，好让他们以为她吃了。

五点钟，门口来了两个男人，就像往常一样。他们为给她一小时活动时间而来。就像往常一样，她盯着窗外，张开了她干涩的嘴。

但这一次，她说：“好。”

她和他们一样吃惊。这是她至今唯一一次同意出去放风。他们没有问为什么。他们打开了门。

外面空气柔滑。她的皮肤已经有四年没有感受过阳光。人行道是湿的——下雨了吗？她走在那条黄线，那条她不得偏离的涂刷的小径上。阳光让她战栗，那令人讶异的热度，落在她胳膊上的黄油色光芒。

在山下，在围栏外，她能望见圣人镇。她看见了一座钟塔在阳光下熠熠闪光的钟面，看见了麦当劳的“M”。这一切刺痛了她的双眼。两个男人毫不费力地架着她，好像她是个孩子。她看起来是怎样一副样子？苍白，青肿，身上的衣服过于宽大。有时她抬不动脚，所以两个男人几乎是在拖着她走，一人夹住她的一条手臂。

一摊摊湿漉漉的阳光仿佛听诊器凉爽、断续的声响。一串串脚印，她们尚未出生的双脚曾在她体内踏出的伤痕。她们夜间的踢动是多么黑暗，同时又是多么明亮。

她吸吮着顺滑的、热乎乎的空气。围栏脚下开满了一丛丛蒲公英花，它们从一圈圈铁丝里探出脑袋。她闭上眼睛。夏日的夕阳映在她眼皮上。

她在一间厨房里。她在做柠檬蛋白酥。琼和梅在厨房里打架。

不是打着玩。梅用汤匙敲琼的太阳穴，琼尖叫着要杀了梅。谁也不肯停手，因为谁也不肯停手。珍妮被夹在这一切中间，试图称些糖。梅撞上了她的腿，她把那一量杯糖全都洒在了琼的头顶上。袋子里一点糖没剩，两个姑娘都在叫嚷。她忍不住要发火，忍不住要尖叫。她把双手伸向离得最近的东西。那样最近的东西。她的手从台面上开着的纸箱里抓起两只鸡蛋。“拿着，”她说，“去孵蛋。你们两个都是。”

静下来了。

两个姑娘都伸出双手，各自把一只鸡蛋捧在手心，已然开始隔着蛋壳喃喃低语，宣告着她们的疼爱，小宝贝，小鸡仔。她们匆匆走出两扇不同的门，穿过两片不同的草地，来到这片土地不同的角落。在那之后几小时，几天，她们都小心翼翼，兴奋不安，心中暗自焦灼。她们知道母鸡的事，知道要保温。她们在稻草里做窝，在抽屉里做窝。她们把蛋贴在自己的肚皮上。她们找到对方，把两只蛋挨在一起，对着它们吹热气。把它们放在枕头上在阳光下晒。

珍妮睁开眼睛。告诉他，把它画进画里，那色彩，正中放着那颗蛋的白色枕套，蛋椭圆形的影子，它和如此贴近它的那只弯曲的手的影子叠在一起，一片暗黄的月牙形阴影，因为那个房间里有被人笃信的东西——

哪怕这全是骗人的把戏。里面除了冰冷的蛋黄什么都没有。

骗人的把戏。蒲公英。妈妈生了个宝宝，她的脑袋掉了！[①]它

① 原句为“Mama had a baby and his head popped off ”（妈妈生了个宝宝，他的脑袋掉了），出自同名英语童谣游戏，参加游戏的儿童一边唱歌一边根据歌词做动作。

本来是什么意思？妈妈的脑袋还是宝宝的？她一定是记错了。围栏边的草散发着香甜的气息。那些欢快的花朵跃向天空，死亡骤然而至，孩子们哈哈大笑。或者是另一个游戏，一种爱情测试。把花朵在手腕上揉搓，有没有留下印迹？又或者——把一朵毛茛花放在一个人的下巴下，看下巴会不会映出黄色的光。它应该会揭示关于这个人的某些事，应该会透露一个她不希望被透露的秘密。

下巴总会泛出黄光。这才是窍门所在：秘密永远存在。每个人都有她不愿向人透露的东西。琼下巴底下的黄色阴影。她害怕被人看见，她害怕没人看见。她担心这窍门在她身上——全世界只在她身上——不起作用，那黄色唯独在她身上不会出现。她害怕与众不同，哪怕这让她免于暴露秘密。

把那片黄色阴影加在她的颈前。把它加进画里。

她已经尽了全力。十五分钟过去，两个男人几乎得把她抬回去。回到牢房，她半梦半醒地爬到床垫上，如释重负，感觉好像已经告诉了画师该怎么做，该把什么画进画里才能救她女儿：给她穿黄色。

“她余下的一生。”她在床上喃喃道。

醒来的时候，她发现手里握着一只金色的苹果，一定是他们好心给她的，可能是因为她比他们以为的还要虚弱。她把它捧在下巴底下，贴在胸前，重新望向窗外的墙。

一九七三

农场主门廊上的那条狗没有像往常韦德来工作时那样奔向他。她用尾巴敲了敲地，仅此而已。连头都没抬。

韦德从远处望见了她，但只看见她趴在门廊上的轮廓。他十九岁，刚刚把他的卡车停在一片牧场上，他在牧场的干草地上打工，搬运灌溉水管。他和那条狗很熟，一条黑白花的边境牧羊犬，少了一只右眼。他干活的时候她经常跟在身后。

他从卡车上下来对她叫道："来啊，来这儿。"

她来了。她摇着尾巴，她似乎没事，但看起来好像有什么东西缠在了脖子上。他逆着阳光朝她走去，眯起眼睛试图看清楚些，然后他看见了。

一只鸡。

一只鸡？

他又走近几步。

一只死鸡被用绳子紧紧捆在狗项圈上，紧到让狗呼吸困难。她步履艰难地走向韦德，每迈一步都气喘吁吁，那只死母鸡重重地坠在脖子上。

他们在尘土飞扬的车道上相遇。韦德蹲下来。他确信是这条狗咬死了这只母鸡。他确信是他的老板，农场主格兰特，把母鸡捆在狗脖子上的。看来这就是格兰特对驯狗的理解。韦德以前见过这类惩罚。让母鸡或者鹅或者鸭子——管它是什么——在那儿挂到腐烂，让它的臭味在狗的脑子里跟饥饿、恶心和一顿打的记忆混合在一起。让它在狗的脖子上坠上几个星期，这样狗就能从那重量和凝血的气味中学到不听话的后果。

韦德摸索着他的小刀。狗不是这么教训的。的确，她也许再也不会杀母鸡了，但那是另一种“不杀”。那会是出于恐惧，对你的恐惧。

但如果让一条狗从爱中学习，那么它学会的“不杀”同样也是出于爱。把它的嘴和鼻子按进羽毛里一次，说“不行”，然后放它走。这就可以了。教训是它从释放中学到的。你的手突然压下的重量，你沉重的失望，然后是突然的轻盈，宽恕。

在农舍前，韦德对绳子动起了刀。绕着项圈打了好几个结的绳子被割断，滑落下来。死母鸡掉在车道上，掀起一阵尘土。狗抬起头看着韦德，舌头耷拉在外面，尾巴敲打着地面。他把手放在她面前，她温柔地舔着它，像在清洁伤口。

韦德二话不说弃了这份工作。他用手拍拍卡车的座椅，狗跳了上去。

自几个月前他父亲去世以来，她是发生在他身上的唯一一件好事。看着那条滑稽的小狗扑苍蝇扑反了方向，看着她隔着窗户朝田鼠狂吠，自那个可怕的日子以来，他第一次感觉他的生活也许还能继续。

他给她取名玫瑰，玫瑰罗盘[①]的玫瑰，因为夜晚他会坐在她身边，从他卡马夏草原上童年的家透过窗户向外望，望向北方，望向群山。她的黑鼻头指向那个方向。

他在另一片地里又找了一份工作。这次是薄荷地。他干活的时候，这条狗和韦德的母亲莎拉一起待在家里。他一整天都在期待她赞许的欢叫，任何得到践行的承诺仿佛都能给她持续的惊喜。玫瑰一天中多数时候都在门廊上等他。她在他的被子上睡觉，把脑袋枕在他的胳膊上。夜里她闷闷不乐地转来转去，不是因为无聊，而是因为如此饥渴的顺从太过沉重。她爱得那么深，即便韦德就在那里，她都不知道该向何处倾泻那满腔忠诚。她看他的时候会扬起两边的眉毛，尽管一边的眉毛下面没有眼睛，无法闪烁出她简单的问题。

几个月来他教给她的东西，似乎都是她用那只忧郁的黄色眼睛，求他教给自己的。

后来七月的一天清晨，田里太阳刚刚升起，但热气已经压下来，灌溉管像一条条细得不可思议的光道均匀地铺在绿野上，这时他看见远处出现了一个女人的轮廓。

---

① Compass rose，又称罗针图、罗盘方位图，是一种常出现于罗盘、地图、海图、气象图之上的图案，用于指示方位。

越过田野，他看见她迈过还没搬的灌溉管，一只手提起连衣裙的下摆，另一只手朝外伸着，像是在保持平衡。她笔直地朝他走来。

他没有停下手里的活，但一瞬间他感到一阵希望伴随的剧痛。他以前从没跟女人在一起过，所以他的希望是不确切的，由来已久的，悲哀的，他只是希望她能靠近他。但在下一个瞬间，她，她走路的动作，让他又有了另一种感觉。那是一种可怕的感觉，一种他无法理解的恐惧。他试图摆脱它，但她走得越近，他就越是接近理解。

他母亲。她那样走路只有一次，是在一个冬天的清晨。他从卧室的窗户里看见了她。她当时正往家走，抱着双臂，神情坚定，带着一种异样的激动朝韦德的方向走来，浑然不知他正从窗口望着她。她也不知道他刚刚接到一通邻居打来的电话，得知他爸夜里冻死了。要不是那通电话，韦德一定会把他妈那种不寻常的走路姿态当成是在掩饰某种了不起的惊喜。但他母亲脚步中的欢快，或者韦德所以为的欢快，不过是她身体中对某些时刻的觉察，那些暂停在时光之中的时刻，虚幻，无踪，存在于她的旧生活和她的新生活之间。好像在她告诉韦德他爸死了之前，他还没死。

她怎么能以那样的姿态向他走来，来告诉他他失去了什么？

此刻韦德在这个女人身上看到了同样沉着而可怕的坚定，他想不通这是为什么。甚至当她近到他足以听见她叫——“韦德？”——他还是假装没看见她。

不一会儿，离他几英尺远的时候，她已经喊了起来。“嘿！”

他停了下来。他用衬衫擦干前额上的汗。“你是韦德·米切尔吗？”她没好气地问。她和他差不多大。她棕色的眼睛里透着强硬，但还有一丝恐惧，她挺直身子站在他面前，极力想要掩饰它。为了不挡住脸，她用一条黄色头巾箍住棕色的头发，茶香味的热风吹起一绺绺发丝。她的前额上长着雀斑，上半截成了粉色，晒脱了皮。

她松开那条棉布长裙的裙摆，双臂在胸前交叉。

“我能为你做点什么？”他说。

“我一直在到处找你。”她说，“我的狗在你那儿。”

就是这么简单，她想要的东西比他以为的要少得多——他还能以为是什么？——所以一开始他感觉如释重负。但下一刻，失去玫瑰似乎成了最糟糕的一件事。

“不在我这儿。”他搬起脚边的管子。

“在你那儿。你从格兰特·沃纳那儿把她偷走了。”

他双手拿着那根长管，水从两头冒了出来。“你知道你男朋友对那条狗做了什么吗？”

她看起来吃了一惊。“他是我表哥。不管他做了什么都不该，因为她是我的狗，我没同意过让他做任何事。”

“如果她是你的狗，她怎么不和你在一起？”

“我在惠特曼[①]上学。我没法带她去学校。”

“这么说你放暑假回家了，就想把她要回去。之后怎么办？你又走了，然后再把她留在他那儿？”

她这会儿好像生气了。“我以前是住宿舍，但明年我会搬到一座带院子的房子里。再说我没必要在你面前为自己辩解。”

① 即惠特曼学院（Whitman College），一所位于华盛顿州沃拉沃拉的私立文理学院。

“把狗留给那样的人可不成。”韦德说着转过身，手里拿着那根管子，“我不管她是不是你的，他把那‘横斑石’[1]挂在她脖子上的时候你就失去优先权了。”

“石头的事我一点也不知道，”她说，“但如果真有这事，他不该那么干，我同意。”

韦德笑了起来，嘲讽的笑。“横斑石。”他告诉她，说着放下那根管子。但她还是不明白。“鸡，”他说，“那是一种鸡。”

“鸡？”

“死鸡。”

这似乎让她措手不及，但她很快回过神来。“我很抱歉发生了那样的事。我会告诉格兰特我不赞同这事。格兰特休想再靠近她。”

“去告诉他你不赞同吧。”韦德冷冷地说。然后他转身继续往前走。

“我等着你，”她叫道，“在你的卡车那儿。我不耽误你干活，但干完你得带我去领我的狗。”

说完她猛地转过身去，免得他争辩，然后开始穿过田地向农舍走去。

他本不需要干到这么晚，但他在试图跟她拖延时间。自始至终他都注意着她停在农舍边的那辆轿车。每隔一会儿她就发动引擎，把车子挪到新的阴凉下。

---

① Barred rock，芦花鸡的一种，美国常见家养蛋鸡和肉食鸡品种，体型大而椭圆，羽毛黑白相间。

农场主的儿子雅各布也注意到了她，而且对她怀着一种莫名其妙的妒意和报复欲。十岁大的他对韦德死心塌地，一下午一下午地在他干活的时候跟在身后，问他关于狗、关于死亡的问题，而问得最多的，是关于他老师提过的一个叫加拉帕戈斯[1]的地方，他对这个话题痴迷到了近乎痛苦的地步。

在谷仓里，雅各布告诉韦德："我讨厌她。"

韦德叹了口气。"你也许不该那么说。"他说。

"可我讨厌她。"

"你想怎么感觉随你。"

于是雅各布回到农舍，过了几分钟又出来了，为的是把两只肉桂卷扔在她挡风玻璃上。

"你干了什么？"韦德大笑着说。

"我扔得要多狠有多狠。"然后，他压低声音说，"不过，我想她后来吃了一个。"

"从她挡风玻璃上捡起来的？"

男孩笑了。"不，是从土里捡的。"

当夜色降临，再也无事可干，韦德回到他的卡车上。路上，他看见她在她的车里蜷在驾驶座上睡着了，旁边的座椅上摊着一本翻开的书。在夜晚宜人的凉意中，她在自己身上盖了件夹克。

他上了卡车，发动引擎。他从后视镜里看见她突然惊醒，抓住

① Galápagos，厄瓜多尔的一处群岛，位于东太平洋和三大洋流的交汇处，以拥有巨龟等珍奇动植物而闻名。

了方向盘。

开车到他家不远，她紧紧跟在后面。

“进来吧。”他们开到住处的时候，韦德无奈地说。他打开前门，玫瑰欢叫起来。

“噢，佩吉。”女孩叫道，好像那叫声是叫给她听的。她跪下来，拍拍地面。狗朝她走来，一副羞怯的模样，低着头把整个身子摆来摆去，抬起眼睛迷惑地看着韦德。

“她不认识你。”韦德说。

“不，她认识。”女孩用快活但又恼怒的声音说，用力朝着狗微笑。“嘿，姑娘，”她说，“你是我的狗！你是我的好姑娘！”然后她站起来。“我可以付你替我照顾她的钱。我之前一直付格兰特钱。”她打开钱包想拿些钱，但韦德摇摇头。他的拒绝让她面露愧色，她在起居室里逗留了片刻，目光搜索着光秃秃的高墙，试图找到一句善意的话来说。

“那么，谢谢你了。”最后她飞快地说了这么一句，然后走出敞开的门，向狗招呼了一声。玫瑰不肯走，于是韦德也走了出去，玫瑰这才跟上。到了她的车边，她拍拍车座，狗看了看韦德，韦德说声“上去”，狗便跳了上去。

一上车，女孩就摇下车窗。“是我让人把那只眼睛摘掉的。”她说，现在换了一种声音，恳求的声音。“我那时候只有十四岁，我是花自己的钱做的。我所有的积蓄。那只眼癌变了需要摘除，别人都不管。她是我从小养大的。”

“你叫什么名字？”韦德语气有些冰冷地对她说，俯身透过半开的窗户看着她。

“珍妮。”

“好吧，珍妮，你不必说服我。她是你的狗。她现在在你车里，不是吗？”

她看向前方，现在她的脸色变了。她的嗓音里带着哭腔。“我不知道那只横斑石的事。”她执意辩解道。

“我知道。”他说，语气温和了些。

她转动钥匙，引擎发动了。她直视着前方停顿了一会儿，等待着自己再想出些话来对他说，但什么也没有。

她开走了。

她走以后，韦德在他家房前的青草地里站了很久很久，他望着栅栏外空旷的田野，心中所感甚至比他父亲去世时还要沉重。对自己承认这个事实可谓残酷。但此刻的伤痛不单单是因为失去了玫瑰。他第一次看见珍妮朝他走来时的那种感觉——让他回忆起他爸去世那天，他妈欢快中透着阴郁的脚步的那种感觉——是对的。珍妮穿越那片田地带来的，无疑是死亡的消息。他在那脚步中看到的是自己人生破碎的承诺：总有一天他会忘记她，甚至忘记阳光落在她发丝上的样子，忘记她脸上的浅棕色雀斑之间，那副倔强、强硬的表情。

初秋时节，农场主们放火烧田。韦德干活的时候，浓烟刺痛了他的双眼。他现在多数时间在驯马，也在做越冬的准备。玫瑰的离去让他变得沉默、消沉，而雅各布明白这一点。他也几乎一言不发地跟着韦德。他把韦德的悲伤当作自己的悲伤承受着。

韦德他妈试过劝他再养一条狗。他告诉她他没事，因为在许多方面，他的确没事。田野燃烧的气息对他来说是种奇特的慰藉。这是他开始上学以来第一年不再去学校。他和着烟气吸入的是一种不同的，并不那么令人排斥的悲伤。它不是如今他已经感受了几个月的那种钻心的悲痛，而是一种宁静、熟悉、由来已久的心碎，较之他爸，较之玫瑰，与它更为相关的是渐变的树林、初降的寒意、烧焦的土壤，它们所昭示的规律任凭世事无常，年复一年，周而复始。

一个周六，韦德和雅各布一起走在烧过的田里，寻找着从农场主拖拉机后斗上敞开的工具箱里掉出来的工具。目前为止，韦德在这片黑土里一共没找到几件。雅各布扫视地面，搜寻着不寻常的金属闪光，想要帮他的忙。

“在那儿。”雅各布兴奋地说，然后跑向不远处地面上一个发光的东西。

但发光的不过是包了些牛肉干的锡纸，也许这也是农场主放在敞开的工具箱里的。雅各布打开牛肉干，拿了一块啃起来。他给了韦德一块。

但当韦德伸手去接的时候，越过雅各布的肩头，他看见还在很远的地方，有个人正朝他们走来。一开始他以为那是农场主，但接着他发现，不远处还跟着一条狗。

珍妮低着头，走在黑色的土地上。

“她抢了你的狗。”男孩一看见她就大声嚷道。然后他换成低语：“别看她，别和她说话。”但韦德只是呆呆地望着。他再一次感觉到了从前体验过的那种希望和恐惧。雅各布又扯了扯他的袖子，但那一刻，狗似乎已经在焦土的气味之上嗅出了韦德的气息，因为玫瑰越过珍妮全力飞奔起来。

韦德跪了下来。狗径直奔向他，一头扎进他弯曲的两腿之间，他把鼻子埋进她缠结的毛，双手揉捏着她的两只耳朵。雅各布也跪在地上，入迷地用手指捋着她的毛，然后，当狗转向他的时候，给了她一小块牛肉干。

但珍妮一走近，雅各布就又站了起来，像是准备防御。这次她穿着牛仔裤和夹克衫，两只手插在口袋里。她站在那儿微微低着头，头发披散在肩膀上。

“我觉得你也许想见见她。”她说。

“你要把她还回来？”雅各布不客气地问，感觉自己扮演着大使的角色。

“只是拜访。我从学校回家过周末了。”

韦德什么也没说，只是念叨着“你好啊，你好啊”——不是对珍妮，而是对狗。他想不出他还能做什么，所以他一遍遍重复着这句话，仿佛没有注意到珍妮就站在那儿，等待着他的回应。

“这是你的小帮手吗？”珍妮朝雅各布点点头问道，这侮辱让他不由得皱眉。

韦德终于站了起来，玫瑰在扒他的腿。“你听说过加拉帕戈斯群岛吗？”韦德对珍妮说。珍妮笑起来，迷惑不解。“你眼前这位是专家。告诉她。”他说着对雅各布点点头。

“只不过是学校的东西。”他咕哝道。

“就是那个有海龟的地方。”珍妮说，试图鼓励他。

雅各布摆出一副不屑的样子。“那儿可不只有海龟。”

“还有什么？”她在努力引他说话。他看得出来，这反而让他更加讨厌她。

“反正没有狗，如果你想问这个的话。”

雅各布的愤怒让韦德如此惊诧，如此感动，他忍不住笑起来。雅各布也吃了一惊，吃惊的是韦德竟然会笑，他认定——韦德从那张受伤的小脸上看出——那笑声是针对他的。那孩子看看韦德，然后看看珍妮，就那么站在他们两个旁边，伤心而愤怒。泪水在他眼里打转。韦德伸出手去向雅各布道歉，但这时那孩子用尽全力推了韦德一把。为什么？为他背叛了雅各布和狗，为他输给了站在田里的这个女人？这一推并不重，尽管如此，韦德还是因为雅各布出其不意的发力向前踉跄了一步。然后韦德看着雅各布奔下山，奔向马路，农场主的拖拉机正从路上经过。

韦德短暂地看向地面，看见了自己的靴子，也看见了珍妮的鞋。这时他意识到在被雅各布推出那一步的时候，他也迈向了珍妮。他抬起头，看见她站在那儿。她面向公路，伤感地微笑着，目光追随着那奔跑的孩子。然后，带着同样的微笑，但不知怎的没有了伤感，她看着韦德。

一九九五

在罗艾尔山脚下，在它的阴影中，威廉和贝斯在夜晚昏暗的光线中坐在床沿上。“我们本该——”他听见她说，但没有说完。她沉默了许久，他也是。最后，她说：“我能说吗？拜托。”

但威廉看似抱着贝斯，实则是在用双臂将她未说出口的话圈在她身体里。距离那辆卡车停在路上已经过去了两天，他试图用自己的拥抱表达的，是两天还不够久。

别说出来，拜托——他把她搂紧。

他依旧穿着把那个年轻人拥在怀里的时候穿的那件衬衫。就在那儿，房前的那片花园旁。那天早些时候他发了一通小脾气，向他妻子宣布花园“毁了”，因为她强加给它的完美对称消除了其中的自然之美——这才是花园的意义所在，不是吗？自然之美。他妻子当时正在后院给衣柜刷白漆，收音机唠叨不停的说话声从那儿一直传到房前。在那说话声中，威廉和那年轻人站在那儿。两人素不相识。

韦德把话说了两遍。如果不是威廉后来告诉他自己听懂了，他还会一遍一遍地说下去。

韦德——那是那个年轻人的名字。

贝斯一定会觉得韦德说话方式冷漠——如果她听见了他的话——那简短、平铺直叙的语句，洪亮但未及喊叫的声音。

没有颤抖。

她一定会留意这一点。她一定会寻找足以符合她标准的受苦证据。她在寻找颤抖的迹象？好吧，在这儿，就在他的身体里，当他在床沿上抱着她的时候。威廉确信他妻子请求告诉他的那句话是一种总结，总结了他们——或者他——如何处处辜负了来向他们求助的那两个绝望的人。他从她脸上看得出。他在她的请求中听出了四十年前她宣布不想要孩子时的那种肯定。为什么？因为她听见他呵斥两个小男孩，听见他无缘无故地发脾气。四十年前。他不是故意的，那是个意外，但当时还年轻的妻子认定她已经发现了关于丈夫是什么人的决定性证据。

紧紧地，他紧紧地搂着她。

我妻子在卡车里杀了我女儿。我另一个女儿吓坏了，我得去找她。

让威廉慌乱的是这措辞的准确性。他在这几句话里找不出一丝空隙。韦德的脸让他感到无地自容，它不允许自己闭上眼睛，让泪水落下，除非该做的事已经做完。但时候还不到，威廉还没有听懂。其实他听懂了，只是那张真挚的脸对他的触动让他一时语塞。

于是韦德又试了一遍。“我妻子杀了我女儿。”

当他准备说第三遍的时候，威廉才挤出一句回答。太迟太迟了，他的第一处失败。现在在他妻子的臂弯里，他感到羞愧，羞愧那么久才拼凑出那句话。“我听懂了。你已经告诉过我出什么事了。”

那一刻那个年轻人才垂下头。只有那么一小会儿。那一刻那潮湿的前额和他的前额相触，只有那么一小会儿。那一刻那个年轻人伸手抓住老人的手肘，免得自己瘫倒在地上，只有那么一小会儿。

他把头顶抵在威廉胸口，左右摇了两下头，不，不。而威廉所能想到的全部，是我不能让他的膝盖着地。当时那似乎是他唯一的责任，哪怕那辆卡车还停在马路中央。

而整个过程中，他妻子都在后院给衣柜刷白漆。

我本该，我本该，我本该。他的思绪在他妻子声音留下的虚空中填满了他失败的方方面面。她是如何能够在他们的整个婚姻中，感知到他心中那种不曾示人的羞愧，那些在将近五十年前，她似乎一眼就能看穿的弱点？

那个年轻人的膝盖着地了。

我们本该——

但她不能说出剩下的话，丈夫环抱她的双臂是如此有力，她无法假装误解他的请求。

但贝斯在房子里全都看见了。整整两天她等待着告诉他自己看见了什么，但他在别处度过了那两天。他把那两天耗在了和他们土地接壤的那座山上，开着车上上下下，没有带她。

一阵微风吹进敞开的窗户，没有接触到她丈夫身体的每一寸皮肤都感到一阵凉意。衣柜立在院子里，奇异而明亮，漆刷了一半。两天前他们把衣柜拖进院子里的时候，她其实并不在意它是不是白色。她只是需要找一个可以倾注几小时精力的地方，一项能让她感到坚定的工程。

但她并没有感到坚定。她感觉疲惫极了。他抱怨花园的那些话伤了她的心。下一步你是不是打算给家具罩上塑料罩子？他以前从没说过这样的话，但他们一直在向那个临界点逼近。最近这几年，她开始感到害怕。比如说，那些马。她开始买一些小马把它们摆在家里，玉石马，石英马，陶瓷马，脸上画着花的瑞典马[①]，成群成群木雕的、刺绣的马。她曾经是个爱马的人，那一度构成了她的整个身份。那不重要吗？不应该在什么地方让人看见吗？有一天她意识到那个爱马的女孩已经荡然无存，这把她吓到了。怎么会有人记得她曾经骑过它们，爱过它们？除非房子里有什么东西让她能够指出来——看见这些了吗？

当然，那一堆精心布置的廉价装饰品带来的结果，是他们宽敞舒适的房子一点一点变成了一座老人房。她意识到这让威廉感到压抑，感到排斥。浴室里的那只陶瓷小矮马，刷着睫毛膏，涂着口红，帽子耷拉下来盖住一只眼睛，交叉着蹄子，多么令人作呕。她干吗要把这些东西带进他们的房子，让它们像疾病一样蔓延？但她无法停止收集、整理、强加、控制。看见了吗？看见了吗？花园就是这其中的一部分。它严谨无瑕的美向世界宣称她还能做孰取孰舍的选

① 即达拉木马（Dala horse），一种起源于瑞典达拉纳省的纯手工打磨与绘制的小木马，被誉为瑞典的象征。

择。看啊，她把它打理得多有生气，一切都各得其所，各安其位。

她在后院给衣柜刷漆的时候想的就是这些，丈夫对她的花园那通没头没脑的抱怨让所有这些思绪浮上了她的心头。扼杀自然。她把收音机音量调高是因为她觉得自己快哭了。

然后她进了屋，手里拿着她的刷子，感觉泪水恣意滚落。但她走进起居室的时候，却发现前门开着，从敞开的门里，她看见了威廉和那个年轻人。

在那块长方形的光亮中，威廉支撑着他们，那个年轻人和他自己。她从没见过她丈夫像那样抱着任何人。他们从没有过孩子。威廉一只手放在年轻人的后领上，年轻人的头顶抵着威廉的胸膛。这姿势持续了那么久，两个男人一起，她感觉自己也和他们一样被久久定在了原地。她丈夫一开始闭着眼睛，他低垂的头和年轻人的后脑相触，于是年老的鼻子停留在年轻的棕发里，呼吸着它的气息，恍若父与子。

那一幕改变了她。威廉抱着那个男人的那一会儿工夫，左右了她从那以后的一言一行。

“我们本该……”她在床上说，泪水充满了她的眼眶。尽管威廉没有动，尽管环抱她的双臂没有收紧，但他仍在抗拒。她嫁给他快五十年了。她对他的身体了如指掌，即使一动不动，她也可以破译其中的含义。

两天前，她在威廉之前离开了警察局。到家以后，她从满满一抽屉叠好的纸袋里拿出一只，把它铺平，抖开。她走遍这座房子，一间屋又一间屋，缓慢、细致地清理着，袋子里装满了那些马。玉石的，水晶的，陶瓷的，布艺的。

然后她走进她的房间，把那只袋子放在床底下。躺在窗户照进的那片光里，她想的不是那个被杀的孩子，而是她丈夫在院子里抱着孩子父亲的情形。她站在厨房里的时候，看见了五十年共同生活的另一种可能，另一种爱情。她在石子路上抱着那个年轻女人，是试图在向那种生活、那种爱情看齐。她不顾一切，无条件地抱着她，但那只是因为她丈夫教会了她这么做，只是因为她丈夫抱着那个男人。

现在她紧紧抱着他，把脸颊贴在他的脸颊上，感受着扎人的灰色胡须。

他忍了她一辈子，那么她就为他忍这一次，这一次不说出自己的感受。她并不为自己的错误感到悔恨，她只是为发现自己错了而惊愕，为不必再错下去而释然。多少年过去了，忽然之间，她感觉心门就这样洞开，感觉他进入了自己的心，大得超出了自己的心。这让她感到爱得疼痛，让她惊奇于自己的肯定，让她感觉一个更好的自我，唯一曾了解这个男人的自我，终于姗姗来迟，感觉——

我们本该

我们本该

我们本该

我们本该

我们本该

要个孩子。

二〇〇七

安和韦德已经把他们的小船从马路上沿着一条小道抬到了潘德耳河畔，身后跟着韦德无论走到哪儿都离不了的那六条猎犬。他们试着把船放在水边的阴影里，拴在一棵树上，这时才意识到小船不适合这条河，他们应该租一条划艇，或者开车到湖边。

但安还是提着野餐篮，跨进了船里。她笑着。但还没等她坐下，韦德就把船推出沙地，然后自己跳了进来，混乱之中溅了安一身水。他们漂到绳子的最远端，绳子拉紧的时候船被轻扯了一下。两个人都半立在停下的小船里，紧抓对方以保持平衡，眼睛盯着岸边。狗在岸上站成一排，扬起脑袋直嗅，令人眼花缭乱。河水从船底下、船两边流过。慢慢地，船重又漂回岸边，往狗的下游方向一直漂到绳子所能及的最远处，然后他们发现自己再一次楔进了沙地里，忍冬树丛被推开的枝杈刮擦着船帮。

狗找到了他们，横冲直撞地穿过树丛，包围了小船，把它们沾满泥的爪子搭在船边，汪汪叫着。

那是炎热的一天。他们置身于这个隐秘的所在，坐在金属座位上吃起了三明治。他们把船桨留在了上船的上游处，现在看不到了。除了那条河，那片树丛，那六条耷拉着舌头乞食的狗，他们什么也看不见。安和韦德在心满意足的沉默中喝着保温杯里的咖啡，用手抓起挖好的西瓜球送进嘴里，汁水滴在他们的大腿上。吃饱喝足，他们在河水里洗净黏糊糊的手，然后安把脚伸进水里，那无法将他们载往任何地方的浅浅的水流。他们就这样坐着——安面对着河，脚浸在水里，韦德坐在金属座位上，面对着她——就在这时，他开口了："也许我们该要个孩子。"

她吃惊得几乎笑了出来。他感觉到了她的笑意，看起来无地自容，他看向别处，目光越过水面落在对岸，想找一个地方掩饰内心的受伤。

"哦，韦德。"她说。她握住他的手，她在她丈夫脸上搜寻着，试图弄清这是他病中的发问，还是他，韦德的真心话。

她四十一岁，他五十三岁。也许是感觉到了她头脑中的这些数字，他神色尴尬地说："我知道我们这个年纪有风险。"

那么这是韦德。她的韦德。那么这是一句并不否认风险的温和请求。绝不是出于他的病。

她一辈子都不曾被这样打动过。她感觉她的话哽在心里，她的整个人生既漂泊又有所牵绊，一声延长音，一只拴在树上的小船。

"我很抱歉拖了这么久。"他轻柔地说，握住她的另一只手，于是她从水里抬起脚，好和他面对面坐在小船里。他们端详着对方的脸。她感觉一颗泪珠落下。她露出了微笑。

而当她微笑的时候，他脸上有什么起了变化。他也笑了，但笑得伤感。他注意到了什么。他用手指轻轻碰了碰她嘴唇上的疤痕，她从他的表情中看出，他知道这道疤是自己不久前给她的。她微笑中这小小的不同,就是他现在问她的问题的答案,而且向来都是。不。不。那不合适。那不可能。

但答案无关紧要。只要他问过她，就够了。

他们都觉得有必要让自己脱离这个问题，脱离他们刚刚触及的深度，于是他站了起来。“我们下水吧。”他说。

“不！”她笑着说，紧紧抓住了船帮。

但他下了船，站在深及小腿的水里。他把她也拉了下来。她尖叫着，但他把她抱起来扛在肩上。她假装反抗，但他只管涉过河水，斜穿过水流，越走越深，直到水没过他的腰。他把她扔进水里，她沉了下去。有一阵他们分开了，但因为河水把两个人都冲向下游，她又被冲到了他身边。他搂住她,亲吻着她,他们的脚拖过岩石河底，磕磕绊绊，打着旋儿。她尝到了他嘴唇上河水的味道。狗紧随其后，用它们的大脚爪拍击着水面，奋力赶上他们。

一个又一个星期过去了，季节从初秋转入暮秋，在这奇异而崭新的幸福之中，韦德的问题始终萦绕在她心头。她被它触动了。它驻留在她心里，像爱情一样美丽，一样危险。她几乎像呵护、恐惧、试图理解一个孩子一样，呵护、恐惧、试图理解要一个孩子的可能性。

她从来无法正视他的病，它永远在她的余光中，拉扯着她意识的边角。她从来无法找到正确的问题，从而用一种她能理解的方式定义他的病。那几个老问题再次浮现：他知不知道自己已经把两个小姑娘带到了世上？他是不是像失去他的女儿一样彻底失去了人父的身份？她不知道。再次回到这个问题让她痛苦，但韦德的问题让她惶惶不安。有时她想给他一个刺激，让他重新陷入他的痛苦之中，痛苦总好过——永远好过——遗忘。有时候，为了他好，她想用手按下他的头，按进他的爱里，让他重新看个清楚。

他的家人。

距梅死去、琼失踪已经过去了十二年。从那以后他在这片土地上再没有见过一个孩子。安和韦德结婚后没多久，曾经有一家人来敲门。耶和华见证会的。妈妈、爸爸，还有两个胳膊上有雀斑的红发小女孩。她们穿着浅粉色连衣裙，戴着与之相称的扎着丝带的白色太阳帽。他们来的时候韦德在工作室里，但要是他听见了他们车驶近的声音怎么办？要是他进来喝水怎么办？她让他们逗留得越久，他就越有可能看见他们，越有可能被迫回忆起他生活原本可能的模样。

耶和华见证会的那一家子美极了。她的心都碎了，因为她不得不用那样的方式让他们离开。“别再回来。”无疑他们已经听过许多次，无疑他们已经习惯了嘲弄，习惯被人当面摔门。面对他们眼中她的无礼，他们礼貌地点点头。他们无从知晓这次拒绝和其他任何一次有何不同。但她怎么可能让那些孩子留下？

她现在希望自己能让她们回来。她们一点也没长大，一点也没变样。两个女孩把她们的《圣经》抱在胸前的样子，堪比一人擎着一枝玫瑰花站在照片里，固执地保持着优雅。韦德会打开门，而看见她们的第一眼，他必然会回忆起来。就算疾病也无法减损她们那温婉动人的笑容，任凭身后那一整片群山如何丑陋，她们的笑容依旧光芒四射。

安和韦德一起坐在琴凳上。她翻着书页，书页上的东西一周比一周简单。这一周，他双手协奏。下一周，一首童谣他都弹得吃力，而且只用右手。慢慢地，一周周过去，随着天气转凉，她把书从后向前翻。他们回到了两人相遇时的位置，他不知道任何一个音符的名字，他在费力学习它们的过程中表现出了满足。他在大腿上打着拍子，1—2—3，1—2—3。但到了最后连这也变得艰难。最终，她收起了节拍器。

安是黄松镇上唯一的钢琴教师，所以她的学生愿意一年三季开上漫长的山路，只为在梅曾经弹奏过的那同一架漂亮钢琴上和她学琴，现在安为了维护好它费了不少力气。这一年，有三位学生——一位老妇人、一位老先生，还有一位叫乔的年轻母亲——想在冬天继续学琴。韦德会替他们清出山路，尽管每场雪过后他都要花上几个小时除雪，并且上课挣的钱只勉强够贴补油费。但这些课早就不是为钱而上的了。

最近这几年，安总是陪着他除雪，和狗一起走在路边。这是为了确保他不会出事，不会突然发病伤到自己。现在一切都不确定，他能做什么，不能做什么，两者之间似乎没有清晰的界线。他的技术水平似乎完全不受影响，他可以毫不费力地开拖拉机、干他的本行。她放心他开车、用链锯、点柴炉、操作研磨机，但不放心他洗澡、洗衣服、接打电话。他失去了夜里和她缠绵的技巧。他失去了她教给他的关于她和她快感的一切，变得笨手笨脚，好像他是第一次一样。

他不知道她在除雪的时候跟来是为了监视他的情况，他以为她只是想和他一起，这让他高兴。这漫长的徒步总能让她受益。除此之外，她还在学习除雪。她会观察他干活，仔细留意拖拉机是如何操纵的，这样在她不得不接手的时候，马上就能接替他的工作。她可以自己推开积雪。

到了山路最低处，他一除完雪就停下车挥手让她过来，于是她就可以爬进铲斗，双腿垂在斗边，双手扶在身后。她一坐进去，他就拉动操纵杆，让拖拉机把她升起来。一幅滑稽的画面，她知道。每次她回头看韦德，他都被自己运输妻子的方式逗笑了。她也会微笑。她就像这样一路坐回家，狗漫不经心地在她两边追赶，咬着她荡来荡去的鞋子玩。

在一个冬日的下午，安在等待学生的时候一边弹，一边唱。

我不愿目睹夏日终结

这是首简单的旋律，但她即兴加入了复杂的变化。这是许多年来在她人生中萦绕不去的那首歌，它的简单之中承载着无尽的问题，无法言说的感受。韦德在他的工作室里，他听不见。自他们恋爱初期以来他就再没听过这首歌。

她的手指自己飞快移动着，不受控制，无拘无束。她一个音符也不能想，否则音乐就会从她手中溜走，那音乐已不再是一种记忆，而是她指尖的一种感觉，她身体中的一种存在，一旦被观察到，就会消失无踪。

仿佛它未曾来过

她想到了韦德。

他失去了他的女儿，但他也失去了失去她们的记忆。然而他没有失去那种空虚感。痛苦存在于他的身体里，正如签名存在于他的手中。他可以完美地签下自己的名字，却无法一笔一画地拼写出来。W，他试着写下。但 a 一定会带有草写体的倾斜，前一个字母留在记忆中的动势。他知道自己的名字，却看不到，感觉不到每一部分，它们只有通过他手的惯性才能实现。他也知道自己的悲伤，但这悲伤找不到动力，同样失去了源头。它是一种停滞的东西，面目模糊，凌乱不堪。

所以他误以为自己的悲伤是对某种事物的渴望，他不知道他曾拥有过。一个孩子。他想知道把自己的孩子抱在怀里是怎样一种体验。他想体验做父亲的感觉。体验，不是重温。他以为自己没有这种经历，好像他只是太晚才想要个孩子，而且想要的愿望不够强。

他怪他自己。他怪她。尽管从河上的那天起他们两个谁也没有提过这件事，但有时她能感觉到他的责备，一种冷淡。他提过几次要是有个男孩该多好。但他们的最佳时刻即将过去，他似乎感觉到人生的重负正向他压来。

不过一阵风以前

当你爱着一个死去的人，而她的死因为你无法记起而消失，那么你只剩某种一厢情愿的付出留下的痛。她知道在他较为平静的时刻，他会寻找这痛的源头。他在安身上寻找，他在这座山里寻找。不知何处，爱没有被回应，这像心碎一样折磨着他。他在睡梦中抱着安，但他抱着的不是她，而是希望的幻影，是他们之间的孩子，它永远不会出世，永远不会失踪，不会被企盼，不会被遗忘后又重新渴望。比记起他的女儿更痛苦的，也许就是相信他可以有女儿却想要得太迟。对他来说与其如此，也许还不如知道自己曾经拥抱过她们，曾经以自己想要爱的方式爱过。

我的墙上有了你的照片

有人拍了拍安的肩膀。

安唱到一半戛然而止，手从琴键上弹了起来。

“抱歉，我自己进来了。”她的学生乔笑着说，“以前不知道你还会唱歌。”

乔学得很用功。她活泼，丰满，三十出头，脸上挂着酒窝，头发编成一条金色的粗辫子。在她的后颈上，挨着毛衣领口上沿，用蓝色圆珠笔写着爱丽丝这个名字，是一个孩子的笔迹。

乔弹琴的时候，安的目光一直落在那几个蓝字上。从这行字与毛衣凹陷领口的完美贴合来看，它们也许是今早才写上的。听着琴声，安抬头望向窗外，阳光冲破雪云间的一处空隙倾泻下来。那是隆冬时节错置的一束春日阳光，闪烁着粉色和金色，因为乌云而更显柔和明亮。

“怎么了？”乔问。安意识到琴声已经停了，而在这小小的寂静谷地中，安感觉到一种从未有过的镇定。她知道自己要做什么了。小心翼翼地，她用指尖碰了碰乔后颈上的笔迹。

“你有新文身了。”安轻声说。

乔笑起来。“是啊，她占有欲可强了。”

“乔，”安说着从笔迹上抬起指尖，“我一直在想着爱丽丝。一年前的事我很过意不去，那时候我说我不能给她上课。”

乔耸耸肩。“别放在心上。你的日程满了。”

“是啊。不过……”安说。这时候，她重新抬起头望着窗外，远处韦德的身影刚刚移进了窗框。“她多大了？”安问。

“七岁。”

“我想知道，”安说，目光依旧在韦德身上，他停下来望着山谷对面的远山，狗挤在周围，“她还想学识谱吗？”

爱丽丝要来的那天早上，安在床上从卧室敞开的门里看见的第一件事物，是钢琴上的日出。那橙黄色的光移过琴键，慢慢地，随着房间一点一点亮起，一级一级爬上音阶，一路到达紧挨着节疤松木高墙的那最后一个清脆的高音，玎玲。她已然感觉事情变得不同了。她不确定会发生什么，但她确定自己必须尽一切努力帮韦德记起他的女儿。一个小女孩在梅的钢琴上弹奏，这也许是唯一能唤起他记忆的办法。当然，她知道那记忆会给他痛苦。但她宁愿给他真真切切的痛苦，也好过他现在感到的这种人生无法解释的空虚，这种彻骨的、未曾将他的孩子带入世界怀抱的悔恨。她想让他知道她们曾被世界拥抱过，她们仍旧在他心里。心里的某个地方。

晚些时候，爱丽丝拉着她母亲的手出现在洒满阳光的院子里。她穿着一双黄靴子，戴着淡紫色手套和蓝帽子。“你一定是爱丽丝。”安站在门口说。

“你的口音为什么是那样的？”爱丽丝说。

“我在别处住过很长一阵子。你能猜到是哪儿吗？”

但爱丽丝没有听见她的话。她跺掉靴子上的雪进了屋。身上还穿着外套，她径直走向钢琴，用手指缓缓划过每一个琴键，像今晨的阳光一样。

那节课大半时间，韦德根本没出现在视野里，安从钢琴上方的窗户里能看见他的工作室，他在里面。他开过两次工作室的门，但目前还没有朝房子望过一眼。

安讲课的时候，乔坐在房间角落的一把摇椅里读书。那孩子很有礼貌。安的口音让她不时分神。她在研究安说话时嘴的动作，安看出她根本没有在听。爱丽丝的目光落在钢琴顶板上的一个相框上，里面是一张幼鹿的照片。

爱丽丝抬起头看着安。“你摸过他吗？”

“谁？”安说。

爱丽丝指了指那张幼鹿的照片。

“哦，小鹿是不能摸的。”安说。

“可你摸了吗？”

出于某种原因，这个问题让安感到不知所措。“好吧——来，给你看看。我们把这个拿下来。”说着她把照片放在地上，以便把琴盖掀起来，“过来看。”爱丽丝起身站在她旁边，望着钢琴里面的弦。“这儿有个小戏法。”安说，“我会踩下踏板。”她站着踩了下去，“看见所有琴槌都抬起来了吗？琴弦被放开了。现在你要对它们唱歌。”

“对它们唱歌？”

“对琴弦，是的。”

“唱什么？”女孩半信半疑。

“一个音，哪个音都行。趴在钢琴上尽全力唱出来，然后停下。”

爱丽丝扬起眉毛，好像这是她听过的最疯狂的事。安微笑着：“深吸一口气。”

那孩子照做了。

但就在她的肺吸足空气的时候，她们身后的门开了，安听见韦德跺了跺靴子，听见外面的积雪吹过雪地，这时她突然意识到自己都做了些什么，一时间她甚至无法转身面对她一直在等待的丈夫。她感觉他的目光落在这小女孩身上，感觉它落在她可爱动人的金发上，这孩子在他眼中的模样想必正如她所见的那样，他们悲剧的锥心之痛一股脑向她袭来。

她的脚踩在踏板上，眼睛盯着小女孩的脸，突然，女孩睁大眼睛，一口气吐出一串高音“噢————！”她把脸俯向钢琴深处，略微侧转脑袋，这样她仍旧能看着安。

“噢————————！”

然后她停下来。她站直了身子。

钢琴延续着她的歌声。这就是那个戏法，那个魔术。同一个音，在几个共鸣音朦朦胧胧的环绕中唱啊，唱啊，唱啊，轻得只有安和爱丽丝能听见，她的声音缠绕在琴弦上，像一个幽灵在吟唱。

安惊恐地从踏板上抬起脚，落下的琴槌让那声音沉默下来。她怎么会做出如此愚蠢、如此危险的事？她在拿韦德的记忆冒险，不只是他对梅的记忆，还有他记忆中梅和音乐的关联，也就是和安的关联。她还把这孩子置于险境。如果说之前，韦德的病已经让他做出暴力的举动，那么现在如此直接地面对自己的伤痛，他的病又会让他做出什么样的事来？

她转身面向他。

门还开着，韦德站在那儿看着她们两个。她无法从他脸上读出他的感受。他好像是在倾听钢琴戛然而止的歌声，梅突然的沉默。

“韦德。”她开了个头，她的心在狂跳。

可让她吃惊的是，他露出了笑容。他关上门。“你一定就是那个新学生。”他说。

“我是爱丽丝。”

“很高兴见到你，爱丽丝。”韦德说。他朝她礼貌地点点头，然后在门边的一把椅子上坐下，开始脱他的靴子。乔没有从她的小说中抬起头来。

“我从四岁就开始弹琴了。”女孩说。

“四岁！”韦德摇摇头，“我现在还不怎么会识谱呢，我都是个老头了。”

“她不会识谱。”乔说，依旧没有抬头。

“好吧。”韦德说。小女孩又看了看他。他眨了一下眼。会意，顽皮。“好吧，我打赌你知道的还是比我多。”他把靴子放在门边。“很高兴见到你，爱丽丝。”他说，然后再无他话，只是礼貌地点点头，上楼去了。

安感到如释重负，是的，但她也震惊不已。从那放松的姿态，从他单纯的笑容，无影无踪的痛苦中，她知道如今她已完全从他那里继承了他的家人，再没什么能将她们唤回了。

时至今日，第一次，她确信她们只在她心中活着了。

就在几年前，安见到了那只幼鹿。她发现它趴在谷仓后高高的草丛里，比猫大不了多少。它醒着，并不怕人。她蹲在它旁边，轻声问好。她盯着它看了很久，它伏在地上睡着了，鼻子埋到腿弯里。她走了，然后拿着相机回来。它听见闪光灯的声音又醒了过来。

当她那样轻柔地只将一根手指的指尖伸向它时，她知道那会害了它吗？后来韦德告诉她的时候，口吻中只有一丝责备的暗示，但安什么也没有承认。他没有直接问她是不是摸了它。

“因为在那么小的时候，”韦德说，“它们还是隐形的。它们身上没有气味。整个林子里不管有生命还是没生命的，它们是唯一没有气味的东西。所以如果有什么东西或者什么人碰了它，它就会沾上他们的气味，就是这样。”

就是这样。于是她想到用一块湿布把那只幼鹿擦干净。但布也有气味，洗涤剂的气味。她什么也做不了。她几小时后回到那里，它已经离开了。那晚每隔一会儿她会把它忘记，再想起来的时候，记忆中的那块白斑像薄荷一般，让她指尖微微刺痛。她想象着夜间的这片山林。韦德以前提到曾经见过一只山狮，不是在山上，而是在山下的河里，它从水中一跃而起。这么说它们就在附近。郊狼、灰狼。在那漫山漆黑的树枝和漆黑的树干之间，那只幼鹿在漆黑中移动。无踪无迹——除了那一个地方，那一块白斑：安的指尖像一点亮光在树林间穿行。我在这里！

她把那只幼鹿的照片从钢琴顶板上拿下来。她把它收进厨房抽屉里的黑暗中。

她从没问过韦德在家里看见那个金发女孩是否有所感触，是否听见了钢琴应答爱丽丝的歌声。那声音几乎是爱丽丝的，但却来自别处，来自他们生命中所有其他音乐的废墟深处，一声着魔的、近乎欢快的高叫缠绕在旧琴弦上，庆幸受到了召唤，庆幸被忆起，被恢复。

那晚她上床以后，他抱着她的姿势照旧，他爱意深沉的双臂紧紧搂住她，一如既往地搜寻着她身体里的什么东西。他们的身体周围萦绕着一种感觉，仿佛那些琴弦无休无止的吟唱，仿佛在婴儿大哭前的那一刻，父母对孩子已经醒来的感知。

一九九五

梅在垃圾桶里游泳弄湿的裙子差不多干了。她坐在那片倾斜的草地上，她的四只娃娃睡在一根腐烂树桩的潮湿床褥上，朽烂的木头软得像泥。它们从周六起就睡在那儿了。它们睡过了那场雨。下雨的那天晚上，她知道它们躺在这野外的黑暗里。她知道雨水会毁了它们的衣服，会冲掉它们眼睛的颜色，颜料会把它们的头发和裙子浸透、染花。但她什么也没做。它们就那么躺在这儿。现在她几乎看都不看它们一眼。

在树桩边，她抱膝而坐。她顺着这片草坡向下望去。脚上什么也没穿。

“罗克耶特。”她轻声说。这样轻的声音让她想起琼搁架上的那些娃娃，不是那些女娃娃，是男的，你只有贴近琼才能听到他们的声音，只有近得几乎能闻见琼的气味才能了解他们。

远处，犬吠声。她父亲一定是在给它们丢球。他喜欢把球尽可能远地往山下扔，这样即使远在山下或森林深处的某个地方，球落了地，它还会滚啊，滚啊，在野草里一路留下它气味的痕迹。然后她父亲养的那六只猎犬会在他身边等候着，只待他一声令下，“去吧”，它们便会像火箭一样蹿出去。

她父亲有他的狗做伴，她母亲有她的马做伴，她姐姐有她的书做伴，而罗克耶特不见了。有一两次，她在这些事情中瞥见了一丝逻辑，他们其余人能够打开这逻辑的一扇扇门，自如地穿梭其中。他们全都抛下了她。一想到这里她就伤透了心——琼迷失在书里，可是明明还有那么多其他的事，那么多危险在她们身边，明明只要她们愿意，她们可以一起生活在里面，她和琼。事情明明可以回到过去，回到她们两个人还一样的时候。

梅①。琼②。梅在月份时序中靠前，但年长的是琼。琼是夏季之始，而梅只是春天。她合上眼睛。暖风拂过她的头发，现在她脑海中浮起一幅画面，画面中琼哀伤地看着梅。没开口，没睁眼，梅在对她姐姐的幻象说话。她允许她姐姐继续向前，把她抛在后面。

因为这就是爱的含义。那是她的气味，她身体里受惊的狗，梅为她保守的秘密。那是失去的东西几乎让梅无法承受时，涌上喉咙的威胁。她指甲上月牙形的咬痕。那是这个可怕的秘密——她不是随琼而至的那个夏天之后，第二年的春天，而是前一个春天，在另一端与琼相会，她是先到的、年长的那个，而且早早开始让位了。

她睁开眼睛。琼不在这里。梅在草地里紧紧抱住自己。

---

① May，在英文月份中代表五月。

② June，在英文月份中代表六月。

二〇〇八至二〇〇九

现在是深夜。珍妮听见伊丽莎白在她上铺均匀的呼吸声，她的熟睡绵延不绝。距离伊丽莎白把她的拼贴画粘在墙上已经过去了整整一周。在那儿，在那些纸片、剪下的杂志页和照片之间，在那一片晦暗、褶皱的渴望之中，珍妮看见了一样属于她的东西：一个签名。只有她的名，字迹模糊，用铅笔胡乱写在她不记得画过的一张素描的角落。

她担心这幻觉——她以为这签名一定是幻觉——是她能把握的最后一丝自我开始流失的迹象。她看那幅素描的时候感到一阵巨大的痛苦，但还有一种新的东西，一种生命从体内向外蔓延的感觉。

韦德在哪儿找到的它，他为什么要把它寄来，她不知道。把一样东西归结于韦德的意志，哪怕是误会，哪怕是作为幻觉，这能提醒她她的某个部分仍旧活着，那便是她爱过的那个男人，他仍旧在外面的世界里。

此刻在黑暗中，她极力想要看清那画了一半的女人额头轻浅的铅笔笔触，铅笔描画的黑色发卷。那女人神色羞怯，好像耻于自己没有擦净的错误，耻于自己每个失误的步骤都来自格子的辅助。她无法掩藏自己出自什么图形。颤抖的线条，没融合到位的圆圈，她的嘴唇端端正正地画在一个画她的人本该擦去的方框里。

如此多的问题。但一个星期前，凝视着那面混凝土墙，她唯一能够问出的问题只有："这个是哪儿来的？"

"哦，那个？"伊丽莎白说。她已不是前一天那个哭泣的女人，现在的她鲁莽、唐突，嶙峋的肩膀随着她释然的笑声颤抖着，珍妮无论彼时还是此时都无法猜透那释然的源头。"我几年前发现的，在图书馆的一本指导书里。后面有几张纸，有人在上面画过画。"

"那个呢？"珍妮指着另一张纸片，尽可能随意地问，努力装出漫不经心的样子，为伊丽莎白没有留意那小小的签名松了口气——

"那个呢？"

可那是多么艰难，她简直快要无法呼吸。

但珍妮第二天在图书馆找到的那本书，《画脸》，并无特别之处。又厚又软，边角残破。也许她对它有印象，她不确定。里面没有她过去的痕迹。甚至没有那张素描从练习纸间撕下的痕迹。这本书，她心想，不是我的。那张素描上的签名是我幻想出来的。

可是每一天，那同一个签名从她的手中流出。它出现在课程签到簿上，杂物间的设备借出单上。那同样的草写体 J——高扬的一个圈，短小的尾巴——那同样倾斜的 e，那两个 n 有着多余的拱形，拱形的一半形成了后面字母的第一个卷曲，那个老式的，代表结尾的 y：如果有人把她自己的供词放在她面前，她会看见那些字母就是那样连在一起的。

很久以前，她生命中曾有一小段时间尝试过学习绘画。她早已忘了那段时间，直到素描的出现重启了那段记忆。她对绘画的兴趣没有维持多久，那是在他们被困在山上的第一个、无尽的冬天期间，在绝望之中萌发的。也许它完全始于圣诞节想为韦德做点什么的愿望。她差不多记起来了。她不能去购物，只有几张纸，也许还有那本绘画书。也许。不过当然,一看见画笔下的成果,她一定就放弃了。她一定是把它收起来了，而她无疑也忘记了自己的初衷。那之后那本书去哪儿了？她永远也不会知道。也许根本没有书。

在狱中的前几年，她是如此确信韦德会来，她甚至没想到要惧怕他不来，或者不惧怕他来。这种确信是唯一支撑她活下去的东西。在她住单人牢房的那前五年，她之所以能活着，是因为每一天她都确信，他会来的。

她为什么想让他来？她明明是绝不想让他来的。毕竟她连自己的母亲都拒绝了。她不忍让她母亲一年年承受探监的痛苦。她不忍让她母亲在女儿的脸上认出自己的面容。

她闭上了眼睛。黑暗中耸立着两座山。鸢尾山和罗艾尔山。她不会犯这种错误，不会相信自己发现了某种未曾发现的东西，比如他的爱的些许残余，某种近似原谅的假象。她不会假装这其中存在意义，以此淡化自己的所作所为。

在她上方的黑暗中，伊丽莎白呼吸着。

又一个月过去了。

她们开始结伴在院子里散步。肩并肩，一开始没多少话。天又冷了起来。她们住在一起快半年了。有时伊丽莎白会问问题。

“你对我有印象吗，以前的时候？”

“我不确定你想问什么。”

“就是，你搬进来以前。”

珍妮露出了微笑。“我见过你好多次。”

“我做什么的时候？”

“那可多了。有一次你刚进厨房，正在跟别人说你打算怎么把头发剃光。”

伊丽莎白哈哈大笑，被自己逗得拍起手来。“我都忘干净了。”但当她从大笑中平静下来，她的表情变得十分严肃。“不过，还有别的吗？”

珍妮不确定伊丽莎白在寻找什么。她常看见她和西尔维娅一起，但她不能提这个眼下如此令人痛苦的话题。她还记得看见伊丽莎白在图书馆里学习。她会摊开她的课本，读书的时候身子尽可能贴近桌面，眼睛飞速浏览，欢快得近乎恐慌。“没想起来。”珍妮说。

她知道她应该在墙上贴点什么，但她做不到。她的素描，她的秘密，是她唯一能忍受的一丝自我。这彼时的遗物想必是韦德给她寄来的，彼时他还爱她，她的孩子还在她的身体里，此后注定发生的一切无法伤害她：伊丽莎白给了她这段记忆，她寻获了那个冬天，从余下的所有冬天之中将它拯救出来。她毫不知情地把它挂在了墙上。

于是她们开始结伴吃饭，有时一起度过公共休息时间。房间里，她们之间维持着一种舒适的平静。有时当伊丽莎白打开电视，她们会一起看，伊丽莎白在上铺，珍妮在下铺。珍妮并不关注节目里发生了什么，但有时伊丽莎白会问她关于里面角色的问题，问她的看法，所以她学着更用心地看，尽可能回答她的问题。

后来有一天，监狱里散播着有人自杀的消息。

贝尔，一个曾经和伊丽莎白一起在猪圈工作过的女人，上吊了。这消息刺痛了珍妮。她感到一种可耻的渴望，倒不是因为她和贝尔打过交道，而是因为她忍不住希望她能准许自己寻求同样的解脱。这种感觉让她陷入对女儿的悲痛，她一心渴望能摆脱这悲痛。她双手和膝盖撑在地上，擦洗着地面，了结生命的渴望再度袭来，这时她听见走廊那头，伊丽莎白对她之前的管理员说："好的。可是贝尔走了，坦纳又受了打击，我在外面那儿需要帮手。我想请求让我带米切尔去。"

珍妮擦到一半停住了，她面颊滚烫。

"米切尔可以去——没问题。"她听见管理员毫不在乎地说，"告诉她她可以去牲口棚干活，之后你会帮她打扫浴室。仅限今天。这不是对你的永久调动。等坦纳好了你马上回洗衣房去。"

"我明白。"伊丽莎白说。

共处的一天。户外的一天。

珍妮对这件事感到不安，不知这将对她的精神有何影响。过去她们曾经试过让她轮换工作，但她一远离这些地面，偏头痛就会重新发作，恐慌感和求死欲一起卷土重来。她无法对伊丽莎白坦白这一隐情，她还以为自己为珍妮做了件好事。又能在户外度过一天，伊丽莎白看起来满足、坚定、兴致高涨。她给珍妮讲了要干的活。她们一起在沉默中把锅刮净，把一桶桶剩菜从厨房拖到监狱农场。农场紧邻监狱，但与之独立，这意味着她们往来都要有一名武装警卫看护。农场也被围墙环绕，墙头是一圈圈带刺铁丝。她们每次进出主监狱都要经过搜查，但只是拍摸一遍，省时的例行公事。在农场里，有人给了她们铲子，让她们清理一个猪圈。警卫迎着阳光眯起眼睛，拿着枪站在不远处。

在她们打扫的猪圈隔壁，一只母猪在生小猪。雇来的农夫在那儿一只接一只地接生猪崽儿，但出了问题。他咒骂着“该死，该死，该死”，那语气让伊丽莎白看了看珍妮，好像是在问，你觉得他想让我们回答吗？她们工作时不能和对方说工作以外的话题，但她们尤其不能和这农夫说话，除非他先向她们开口。但伊丽莎白决定把他的嘟囔当作是在对她说话，于是她说：“我们能做什么吗？”他看了看她，又看了看珍妮，然后想到了什么。“你，”他说着对珍妮点点头，“过来。蹲下。看见这条胳膊了吗？”他的袖子卷着，胳膊活动了一下，“这个怎么也进不去。不过你的胳膊？让我看看。”她撸起她的袖子。她的胳膊精瘦。“你来行吗？”他问。

“我不知道要做什么。”

“我会一步一步教你。你就把手伸进去。告诉我你摸到了什么。”

缓缓地，农夫把珍妮的手向里推，她的手指为了便于塞入并在一起。她感觉到了温热的血，她感觉到了颤抖的肌肉。她抬头看了一眼伊丽莎白，伊丽莎白正大睁着双眼，一脸兴奋。“再深点儿。”农夫催促道，“时间不多了。”于是她惊奇地发现，自己把胳膊从手肘以下全部伸进了母猪体内。

“你摸到了什么？”

她感觉她的指尖碰到了薄薄一层有弹性的橡胶，紧绷，光滑。

“像个气球。”她告诉他。

“那就对了。”他说，“它的确像个气球。现在捅破它。”

“不。”她吃惊地说，用目光向伊丽莎白求助。

“用不着使多大劲，”农夫说，“用你的手指就行。捅。”

她闭上眼睛，然后用食指按了下去。气球突然之间无声地爆了，伴随着破裂泄出一股奔涌的热流。

“后面有什么？”他急切地问。

“我不知道。”

“是个死胎。就是那东西。你摸到它的鼻子或者尾巴了吗？”

“鼻子，”她说，“还有蹄子。”

“抓住蹄子，把它拉出来，轻轻地。”

于是她照做了。她接生出了那只胎死腹中的猪崽儿。它出来的时候，攥在她手里的蹄子软塌塌的，像深紫色郁金香。她马上把它丢开。它一从母体里出来，又有四只活猪崽儿毫不费力地降生在珍妮膝边。

农夫站起来。“你救了这只母猪，还救了那四只。”他说，“而且因为它们现在有妈了，你也算救了那四只。”他对先前那几只自己降生的猪崽儿点了下头。

她很高兴救了那些猪崽儿，但她不敢相信伊丽莎白对这件事的反应。她们一离开农夫的视线，伊丽莎白就拍打着大腿，乐得双眼圆睁。她大声耳语道："你接生了猪崽儿！"然后，瞥了一眼带枪的警卫，鼓起勇气，她把一切都抛到了九霄云外。她大喊一声："我们他妈的接生了猪崽儿！"然后她一把捂住嘴。其中一名警卫看了她一眼，决定不予追究。

那天以后，伊丽莎白变得更加能量充沛。她两次因为在工作时间和珍妮说话惹了麻烦。珍妮又回去擦地了，重回她封闭而平静的工作让她松了口气，但伊丽莎白谈起她们在农场的那天时，就好像那一天在日复一日地上演。有时她会谈论各种轻松愉快的话题直到深夜，珍妮说得不多，不知如何回应，她不许自己放声大笑，但在下方的黑暗中，她会允许自己露出笑意。

几周后，珍妮用胶带把一小张纸片贴在墙上，紧挨着她的素描，重叠的部分刚好够遮住她的签名。纸上只写了一句话："我们接生了猪崽儿。"

二〇〇九

安瑟瑟发抖，身上衬衫的扣子只系了一半，她搀着韦德的胳膊，和他一起走上铺满松针的陡峭山路。她洗澡的时候拉开帘子查看韦德的情况，发现他不见了，于是她披上这件衬衫就冲出了浴室。

此时，在她身边，他僵在了路上。他站住了，因为忘记抬脚，险些绊倒。她扶住了他。“抬脚，韦德。”她说，语气坚决。

“我在抬。”

“一次一只脚。”她说。

能找到他让她松了口气。从浴室出来的时候，她站在门廊上，能听见他就在远处的路上呼唤：“乌鸦！乌鸦！”呼唤的根本不是乌鸦，而是一只宠物渡鸦，他忘记渡鸦早已死去，因而唯恐死亡即将降临。他告诉安，他担心别的鸟已经察觉到这只宠物鸟是家养的，把她吓走了。

但那只渡鸦在草原上的某个地方，和他经年来爱过的其他宠物埋在一起。她一度学会了说话，学会了模仿韦德的声音，她用一种挖苦责备的语调呼唤他女儿的名字，仿佛在为她们的想法斥责她们。这些他以前都告诉过安。他还告诉安女儿们走后，他不得不射杀那只鸟，因为他无法忍受她声音所唤起的记忆。他出于无法想象的内心痛苦射杀了自己的渡鸦，这幅画面总是在她心中挥之不去。

“她也许吓得躲起来了。”他说。为了说这句话停下了脚步。他看起来异样愉快，好像相信渡鸦很快就能找到。

“继续走，亲爱的。我冷。”安说。

“你不该湿着头发出来。”

韦德五十五岁了，已经比他父亲多活了几个月，但就在这几个月里，他的身体开始发生变化。他的眼中很少再有过去那种平静，而是常常透着一种水汪汪的恐惧，或者一种空虚的、梦游般的呆滞。除了眼睛周围，他脸上并没有皱纹，但他下颌松弛，前额紧绷，二者组合让他显得比实际年龄更老。他开始拖着脚走路。她纠正他，因为她担心让他悄悄溜走的会是这些小事。对可能发生的事她已经有了心理准备。有时候，他失去了对咽喉肌肉的控制。他会忘记咀嚼，让食物碎块掉进肺里。他已经因为肺炎住过一次院。他能活下来是他俩走运，很多老年痴呆症患者会因此丧命。那些食物碎块能害死他们。现在她把他的食物全都搅打成糊，但想办法让他喝下去却让人精疲力竭。

他又呼唤起了那只渡鸦。

“把你的脚提起来，韦德。”她责备道。她不会假装寻找那只渡鸦，但他呼唤她的时候她也并不纠正。她很高兴他愿意走走，很高兴看到他似乎心情不错。他已经很久没有像今天这样了。大多数日子里他都待在床上，要求电视机必须一直放在他身边的被子上，近到他能随时摸着，即使在关着的时候也要如此。有时他还会用一只胳膊抱着它。如果他睡着了，手从电视机上滑下来，它会面朝下倒在他胸上，压得不重，但他会尖叫着醒来。

可是今天，她感觉他们两个都像是从一场梦中醒来。现在是十一月，阳光明媚。猎犬们在路上找到了他们，在后面远远地跟着，用倔强的鼻子翻起落叶，对着松鼠留下的旧痕吠叫。

“你想去兜兜风吗？”一进院子她就问。

“想。”他说。他对她微笑着，拉起了她的手。

“我们可以去山顶。也许他们还在建那座无线电塔。”

“好啊。”

“让我先把头上的洗发水冲掉。我洗澡的时候你要坐在那儿和我说话。你要把手放在浴缸边上，让我一直能看见它。”

“好的。”他说。

“抬脚，把脚高高地抬起来。”

安缓缓开上漫长的盘山路，韦德坐在旁边的副驾驶座上。他们上一次开过这条山路还是在两星期前，如今白杨的叶子已经落尽，它们在东一摊西一摊的冰泥里闪着微光。公路两边的树木大多四季常青。

初雪可能在任何一天降下。那时她将不得不带韦德离开这里。他还不知道这个打算。如果她说了，他不会理解的。但他们不能在山上再过一个冬天了。一旦大雪封山，韦德又出了什么事——她做不到。去年，她自己给整条路除了两遍雪，她已经靠观察学会了操纵拖拉机，他不知道她看得有多仔细。但她担心会出什么岔子。初雪一降，她就送他去住院，他会在那儿住着，直到她在城里找到地方安顿下来，在科达伦[①]，也可能在海登[②]。她感到他体内有一股黑暗降临，渐渐迫近。

但不是今天。今天是个少有的日子，韦德似乎记得某件重要的事，或者如果不记得，那么也感觉到了它的存在。他似乎心情平静，好像熟悉这条路，习惯于路上的沟沟坎坎，在凉爽的秋日气息中怡然自得。他们驶过洛奇波尔松笔直修长的影子时，他脸上露出淡淡的微笑。那是个邈远、漫不经心的微笑，但无比真实，不是假装的。

在韦德的坚持下，六条猎犬全都挤进了这辆小车，五条在后座，还有一条叫小豆的，在前座，他的脑袋放在韦德的腿上。拥挤的车里充满了它们潮湿皮毛和鼻息的气味。安摇下窗户，冷风刮过她的侧脸。

“我们不在家的时候猫想进屋怎么办？”他问。没有什么猫，就像没有渡鸦，没有独眼的狗一样。但她知道正确的回答。

“你给他锯了个门。”

“在哪儿？”

“到处都是。”

他的病是个谜。他一次也没有忘记过她的名字。当她为他刷牙，

---

① Coeur d’Alene，爱达荷州库特耐县县城，是爱达荷北部最大的城市。

② Hayden，科达伦附近的一座城市。

泡沫从他嘴里流下来；当她在马桶前为他解开腰带，哪怕为时已晚；当她尖叫着让他不要尖叫着让她找到手电筒的电池，因为他手里就亮着灯光，光柱抽打着深夜漆黑的四壁，她不知道自己怎么还能坚持下去。

可是另一方面，偶尔在他最脆弱、最不体面的时刻，她会突然感觉到他人生中的那些事并没有完全消逝，在他内心，将他填满的，仍旧是他无法记起的那个不寻常的下午。已然消失无踪的，是他记忆的纹理，而非触感。一种缓慢的融合，界线的模糊，没有印迹的预设。但仍旧存在着一个中心，一个周围汇聚着所有模糊碎片的日期和时间。有时候，他什么都知道。他知道梅和琼的名字，他知道木柴和卡车的事。有时那段记忆像一柄惊现的锋刃，如此锐利，如此醒目，以至于他以为是昨天发生的。这时她会面临一项让人不知所措的任务——安慰他他的女儿们早就不在了，他什么也做不了，能找琼的地方全都找遍了。那些日子是最难熬的，在那时，她也感受到了那把斧子突如其来的打击，彻彻底底的惊骇，而且比以往任何时候都要强烈。

在他们床边的窗台上，他保留着一把没来得及制作刀刃的刀柄。它美极了。光洁如铜，洪都拉斯红木质地，切割打磨得和他的手相贴合。他似乎知道这件东西对他很重要，而且和她一样，他似乎着迷于它的完美，但他不知道它是做什么用的。他把那块打磨光滑的木头攥在手里，手掌和拇指嵌进他之前雕出的精准凹槽。这块木头里有关于他的手的记忆，有对它的期望。这块木头似乎认识他，这让他不安。她发现他在窗台边缘磨这块木头，试图改变它的形状，磨去它对自己手的了解。

天长日久，窗台被磨坏了。那块节疤松木上多了一道木刺横出的毛糙沟槽，但她没有要求他停止在上面磨那把刀柄。这似乎能让他平静下来。他会一边看电视一边磨。然后到了晚上，在他睡觉的时候，她会躺在他身边，手摸着窗台上的伤痕，尽可能读遍一切她还该做好心理准备的事。"也许有一天你爱的人会记不起你是谁。"

爱的人。她在这类书里常常读到这个词，甚至是旨在告知而非慰藉的，科学性很强的书里。安总会被这温情的模糊指代所触动。爱的人，没有面孔，没有性别，绝望无助的心的焦点：爱的人是你将失去的那个人。

和他并肩坐在车里，她看向他的脸，她看出这个词的描述是多么贴切：一切都离奇缺失，只剩她确凿的爱，那是唯一可靠的事实，平凡但却完整。

他们离鸢尾山的山顶越来越近。

二〇〇九

不是此时——是过往。韦德三十二岁。在这片田里，在这片山的阴影下，婴儿睡着了，脸颊贴在韦德的肩膀上。他感觉到了她睡眠的闷热和沉重，他感觉到了她稚嫩鼻息的重量。她的呼吸是工作的一部分，节奏的一部分。如同其他几样东西：她张开的小嘴吸吮他肩膀时的温热和湿润；他蹲下搬灌溉管时她的帽子在他脸颊上的摩擦；他们之间的布料里渐渐积聚的潮湿，他工作时透过衬衫的棉布和背包的尼龙布向她蔓延的汗水。

但他看不见她，只能看到她小脚摇晃的影子。有时他会握着这双小脚。他会触摸那薄薄的白鞋底上发黏的塑料凸起。在工作时间她从来不哭。这是她熟悉的节奏：贴近地面，然后起来，肌肉贴在她的身上，对着她绷紧、松弛，水从他手中三十英尺长的管子两头涌出，其他洒水器从远处传来水声，等着被她爸爸妈妈搬走。

这是拉斯德拉姆草原，他们工作的地方。每周末他们一家三口一大早起床，在黎明前的黑暗里驶下山路，去干韦德少年时干过的活。到鸢尾山山脚再开二十分钟，他们停下车，把婴儿放进背包，望着那片牧草田。每搬一根灌溉管，田主人会付二十五美分。站在田边，他们居住的那片山的阴影就笼罩着这块暗沉沉的金色草田。为了让婴儿在韦德背上待得舒服，珍妮在她两边塞上毯子，把她的小脑袋夹在中间，韦德感觉柔滑的毯子鼓鼓囊囊地贴在他后背的肌肉上。在从他们床上拿的这些毯子里，他能嗅到孩子的睡梦，还有珍妮的，所以夜晚一直伴随着他们；他们自己土地上美丽的夜晚——而不是他们在别人土地上活动的白昼——包裹着他们的琼，牢牢固定住她。

这些夏季农田对珍妮和韦德来说意味着能推开山上的雪的力量。能买一辆拖拉机和配套的除雪铲的五千美元。他们会挣够这笔钱；在夏末，他们将挣得冬天的畅通。

琼三个月大，但她的名字只诞生了一周。莉莉已经从她脸上消失，不告而别，像一场梦。他们背着她在田里工作的时间以外，她烦躁不安。在闹得最凶的夜里，她会哭上好几个小时，被自己的抽泣噎得喘不上气，这时他们会再把她放进背包里，来到户外的黑暗中。韦德把孩子背在背上，珍妮和他一起穿过山林，在他们陡峭的土地上走上走下，对孩子轻柔地哼唱道，他们走在那些田地里，那片她似乎爱着的草原上。于是慢慢地，慢慢地，婴儿平静下来。她又认出了自己的生活。她睡着了，她的睡眠与灌溉管的抬抬放放融为了一体。黑暗中，珍妮和韦德在参差的松树下一起走来走去，有时韦德会蹲在地上，好像要搬起一根灌溉管，但抓起的是他自己贫瘠却完美的土地上那多石的泥土。

八月，但他不记得是哪一年。他只知道那是一个有安的夏天，那么也就是那件事之后的一个夏天。他记得闻到了渐冷的树液和蒸腾的土地，那气味让他渴望某种东西，那东西感觉像安，但又不是安，因为她就在他身边，和他在一起，可是有什么——安？安？——不在了，而他深深感觉到了她的缺失，感觉到了她潮湿手掌的温热，她握住他的手肘，领着他穿过空荡荡的停车场，走向邮局的门。

那是一个夜晚。走在路上，他能闻到附近池塘浑浊的气息，渐凉的人行道上升腾的薄雾。泥土街道对面的房子里，孩子们坐在院子当中，在门廊灯下吸吮着水獭牌棒冰，对他们的出现浑然不觉。他们发出轻笑，是兄弟姐妹间的笑声——他听得出来——不是学校的朋友、邻居、表亲之间的那种。那笑声中有种不为外人知的意味，私密，掺杂着刻薄和忠诚，一种出于互相了解的恐惧。他以前听过这笑声，在某个像这样的夏夜，在楼上他的办公室里，透过一扇开着的窗户，楼下的院子里传来同样宽恕、密不告人、坦诚又不肯宽恕的笑声，娃娃在黑乎乎的草地里移动，娃娃用女孩的声音说话，尝试她们白天不敢说出口的粗俗词句。

安推开邮局的门。里面很凉快，空无一人。他听到自己的鞋踩在地砖上吱嘎作响。柜台拉下了金属卷帘，上了锁。安拉着他的手，把他领到公告板前。

“在那儿。”她轻声说，对公告板点点头，那儿贴着一张他女儿的画像。二十一岁，他女儿的眼睛是那么绿，被大学的草坪衬得更显明艳。她离开他去上大学了，他希望知道是哪所大学，那样他就可以去那儿，见见她的朋友，听她聊聊学业。

可是他们闹翻了。她不想让他去。她的头发上讨喜地扎着一条黄色头巾，两端搭在肩头。她的笑容中带着挑逗，他好奇拿相机的人是谁，是什么样的年轻人爱上了她。她的手腕上松松系着一条吊坠手链。她漂亮的腿上有虫子叮咬的伤痕。

七月，在一个遥远的年头。他独自开了很久的车，现在正往回开，那之前他和珍妮吵了一架。他其实开得很慢，没有开出多远，只是沿山的另一面向下开了一程，路上，他在一棵树下发现了一只渡鸦宝宝。她受了伤,没有力气跳走。他捉住了她,裹在一条毛巾里，现在她就在旁边的座椅上，脑袋盖着毛巾，只有喙伸在外面，一张一合，仿佛没有力气叫出声来。他一边开车一边和她说话，用的是他在梅哭的时候哄她的声音，他出门的时候她正在哭。偏偏在婴儿醒来，开始尖叫的时候离开，这比争吵本身更让他难受。梅十八个月大，还在发低烧。而珍妮待在家里，火气未消，却不得不给小的那个唱歌，不得不露出笑脸。凭什么他可以逃，她却不能？他救那只渡鸦是为了让她活命，这是自然，但也是为了他自己。他知道裹在毛巾里的一只受伤的鸟会让他们一起搁下那天的怨恨，就连珍妮也会忘记她的怒火，而他会成为那个下午不言而喻的英雄，因为他把这只渡鸦带进了他们的生活。珍妮会把梅交到他的怀里，立刻带着对这只受伤动物的疼爱办妥后面的事：镊子夹着的生肉，一小碟水，一个盒子，一块更好的毛巾，一盏加热灯。就好像因为她是两个女儿的母亲，她便也兼任一切生灵的母亲。

这是他开车的时候想象的。他到家以后的情形也差不多如此，只不过梅不在珍妮怀里，而是在他和珍妮的床上睡着了。四岁大的琼睡在她旁边，根本没有生病，只不过为了得到她那份棒冰和电影，她表现得和梅如此一致，以至于自己都相信自己病了，如此卖力地装病把她累坏了。

梅醒来的时候，韦德坐在床边看着她。他把她抱在怀里，带她来到厨房，然后抱着她跪在地上，她的头靠在他的肩膀上。那只渡鸦在那儿，在一块叠好的毛巾上，在午后的阳光中用力喘息着。

“你看，梅。”他说。

于是她看了。她指着那只渡鸦。她说：“乌鸦。”

“你刚刚说什么？”珍妮说。她快步从厨房走来，跪在他们两个旁边。

“乌鸦。”

如果他们两个谁都没教过她，这个词怎么会进入她的词汇？突如其来，她的深度增加了。在她浅金色的头发下，这双崭新的眼睛能看见他猜不到的东西。她有了克制，然后显露的本领。她是怎样学会了成为这个新的她？他搂住她的后脑勺，把她抱紧，已经感觉到这一切会过快地逝去，她已经开始成为她独特的自己，充满了不为人知的见识。

乌鸦。乌鸦。

深秋，也许是十一月，在无线电塔下，他和安一起站在这里。

他知道目光所及的所有这些山的名字，每一座山的每一个名字，除了他脚下的这座。云朵松软、发灰，清冷无力的微风抚摸着他的脖子。远远越过山谷，在对面群山间的树林里，小木屋的窗户遥遥闪耀着银色的光。山顶这里的草是青蓝色的。他的狗用身体在这些高高的、粗硬的草叶间开出一条隧道。巨石的孔洞里积了水，苔藓像潮汐池里的生物，在昏暗的阳光下蔓延。山下，乌鸦在雪松树顶之间飞来飞去。山顶上只有小树，它们的根须在岩石中挣扎求生。他转身背对无线电塔。安的几缕头发拂过她的脸，飘向他们对面的群山。

远处的那些山像一组组音阶——他也认识。上升，下降。在山谷稍作停留。再次上升，下降。

握住我的手，安。让我们手指交叉。

“我握着呢，我在这儿。”她说。她给他看已经握在一起的手。也许那就够了，只要能感觉到她粗糙的皮肤，看见它和他的皮肤相触。掌心上的纹路形成了一个M。他们的标志。两座山峰，拔地而起。一座山远在另一座山后，相隔一道山谷，但这在掌心上怎么看得出？在这里，两座山仿佛相触，它们间的距离压缩进了二维空间。这个独一无二的夜晚，一座山。这个独一无二的夜晚，另一座山。

医院的病房里拉着帘子，帘子遮住的那些山里下起了雪，他们仍旧站在那片山间。在那里，帘幕之外，群山之中，他把他的M贴在她的M上，好像在说，我们在这儿，我们是米切尔一家。

狗在几乎冻上的草丛里分散开来。

下雪了，可是为什么这么难过，安？

雪落在青蓝色的草上、巨石上、他们头上，从他们转身背对的那座无线电塔上飘落。

他笑着。

“可是你讨厌雪。”她说。

“我不讨厌，”他告诉她，“从来都不。”

他知道即将到来的那一刻的名字，就像那婴儿知道乌鸦的名字。

死亡不过是记起如何死。

“它会把我们困住。”安说，她指的是雪，“不是困在这山上，而是困在山下。”

站在他们的山巅，安举起他们相扣的手指了指这片山谷。

他轻笑起来。“哦，安，你总是想得那么长远。”

一九七三

在夜色下，亚当走在雪地里。现在还看不到什么，只有这条白色道路两旁的树林，但他清楚地记得前方越来越近的那些房子的细节，仿佛他这辈子每天都从它们门前经过，而事实的确如此。一共有五座房子，并不广阔的田产间隔其中。其中一座房子里有他熟睡的妻子莎拉，他熟睡的儿子韦德。其中一座房子有一扇他有权打开的门。

但他不知道是哪一座。

他停下来喘了几口气，寒冷让他喉咙发痛。他脑海中浮现出一英里外第一座谷仓的灯光。他能想象出那光照在篱笆柱顶端积雪上的样子。他能清楚地看到那幅画面，清楚得如同他此刻正从旁边经过——或者说比那更清楚，因为他见过无数次的那些篱笆柱和那片灯光已经成了一种光和柱的混合体，它如此单调，以至于构成的不像是一幅画面，更像是一种感觉，一种如饥饿之于身体般熟悉的感觉，一种可预知的、迫切的空虚感。

他闭上眼睛，一动不动地站在路上。

有时他让太多东西变得熟悉。他让人生的风景在他心底沉淀，所以他看不见一分一毫；他只觉得它随着心脏的每一次跳动穿过他，离开他，一英亩又一英亩地远去。他体内有一种空缺感，外界也是，仿佛那幅画面中缺了某个实实在在的东西，好像倒了一根篱笆柱，或者谷仓爆了灯泡，只不过并非是这些东西缺失了——是他的意识从它们之中缺失了。他现在要做的不过是把立在光下的篱笆柱和谷仓从那片光中分离出来。他要把它们从那片空缺中抽离，直到它们重新变得实实在在。

他最近不得不越来越多地这样做。他意识到，他不知道自己在这条路上干什么。可能他的车抛锚了。可能。但他心里有一部分突然觉得，他在这里好像是因为身处一场谎言中。他的双臂忽然有了一种刚抱过某个女人的感觉，那女人不是他的妻子。

而此刻，他冰冷的嘴唇上有了一丝吻过她的感觉，一阵火热的刺痒。

这感觉让他心生愧疚，他试图摆脱她的温度。

不久前还有别人走过这条路。一串朝向另一个方向的足迹，一半填满了积雪。还有别人在夜里来到外面。如此多的秘密，他感觉那些秘密相互交换着房子。悄然无声，只听见积雪落下树枝，深陷进更多积雪的闷响。他走得很慢。他想象着莎拉的模样，她倦怠的睡脸。在他的脑海中，他能毫不费力地看到莎拉，但他看不到她躺着的那张床，那张床所在的屋子，那间屋子所在的房子。她会不会在床上翻过身，发现他不见了？他常常以为她不见了，哪怕她就在那儿，她温暖的身体也属于一个陌生人。但此刻她并不是陌生人，他知道她的名字和面容。但另一个女人，他怀疑自己今晚抱过的那个，她的面容不见了，她的名字也像一股冰冷的鼻息，永远若即若离。哪座房子是她的，他为什么要去那儿？离开妻子，溜出家门，这不像是他的作风。就连他的足迹，当他回头看的时候，也显得异常，像那串朝向另一个方向的陌生人足迹一样和他毫无关系。

太多的信息，任谁也无法理出头绪，何况一个心智渐失的人，他知道自己正在丧失心智。

路东边，树林到了尽头，一片雪原铺展开来。他得让他滚烫的手在到家之前凉下来。他又一次想起，家偏偏是他记不起的。

这一点他确定无疑：这条路上第三座农庄的车道上方挂着一块标牌，写着住户的姓。莱德尔，莱德蓝，类似的姓。他记不清是什么了，但他知道不是米切尔，所以他知道第三座农庄不是他的。而且那儿住的是一个女孩，不是男孩，不是韦德。他见过她朝烦扰她家猪的蓝松鸦扔石头。

还有第五座农庄。他也见过一个小女孩在那儿，见过她从门廊上往下跳。所以他知道那座房子也不是他的。第三座和第五座，它们的小女孩。

他把它们从思绪中排除。

但还有第一座农庄，那些篱笆柱和那片灯光。他能感觉到莎拉透过窗子望着外面的雪。但除非他儿子也在那座房子里，否则这幅幻景并无意义。只有在第四座，而不是第一座房子里，他能想象出十九岁的韦德在楼上他的房间里沉睡，无知无觉。他脏兮兮的头发把枕头染成了淡金色。他儿子不在房间里的下午，亚当有时会往那屋里看，他见过阳光透过窗户，照在附着油渍的枕套表面，那片椭圆形灰尘上的样子，那灰尘完美复现了他儿子脑袋的形状。

楼上。一间楼上的房间。楼上那间房间里的枕套。第二座房子是一座 A 形框架的单层房，屋顶那么矮，一个女孩可以用手从檐槽里清出落叶。那意味着这座房子不可能是他的，因为它不可能装得下通向他熟睡儿子的楼梯。

不是第二座，不是第三座和第五座。

可是第一座和第四座房子，哪一座都有可能是他的。他的妻子在第一座里，望着窗外；他儿子在第四座里，睡意正酣。

他感觉哪一座都对，哪一座他都相信。

路上，一只鹿抬起头。她看见他后并没有受惊，只是缓步走开，带着动物在夜间如鱼得水的自信。她跨过篱笆时没有改变步伐的节奏，仿佛篱笆并不存在。他试图加快脚步。他的手在手套里灼热难忍。雪越积越厚。他双腿僵硬，挪动双脚时仿佛两只脚各陷进了一桶泥里。他的胳膊现在生出一种灼热的困倦，那双抱过某个不是他妻子的女人的胳膊，记得他记不得的事情。

可是那些小女孩是谁？除了他家以外每一座房子都有一个女孩的可能性有多大？而且为什么在他的记忆中，每个小女孩看起来都一模一样？为什么好像这些房子里只有她，没有别人？

他关于她的记忆出了问题，但他现在想不了这个。只要看见自己的房子出现在面前，他就会弄明白的。他会爬上那张温暖的床，钻进他妻子气息的围墙，从此他再也不会离开她。

而如果他碰巧错过了自家房子，走上一条错误的车道，来到一扇错误的门前，他总归可以拿自己的疲惫当借口；如果应门的是别人的妻子，他总归可以扯个谎，说他的卡车在这冷天里发动不起来，说他是步行到最近的房子来求助的。

当然，他得敲门——他不能直接进去。这附近的人床边都放着来复枪。可是敲中他自己家门的危险几乎更大：如果他敲的是自己家的门，每一声空洞的响声都会暴露他。莎拉会明白这意味着什么。

你为什么在敲自己家的门？

他可以告诉她天太冷，门打不开；他可以说他刚才一直在尝试；他可以说门锁冻住了。你知道现在有零下十度吗？他可以责怪她连这都不知道。

可是她甚至都不用自己试那扇门就会知道一切，不过她会试的，因为她就是那种女人。她会从外面试试门把手，然后她会抬头望着他的脸把他看穿，她会看出他已经变成了什么样子。

他意识到他现在跪在了地上。他丢了一只手套。不过这也没什么大不了，因为他连还戴着的那只也不想要了，他的手在里面又烫又痒。他用牙把它扯掉，从上面爬过去，感觉它在膝盖底下软绵绵的，感觉它挂在了他拖动着的靴子上。

因为谷仓的灯光，他的院子会比其他院子更亮，即使在这个点灯也亮着，光照在第一座房子的篱笆柱上，楼上的房间拉着帘子，帘子为他儿子合拢的眼皮遮住灯光。

这意味着——他的心狂跳起来，突如其来的喜悦，他放声大笑——他儿子不在第四座房子里，而是在第一座，他妻子一直在的那座房子里。那带油渍的枕套在楼上那间屋里，隔着门厅和莎拉的床相对。他们两个现在都在第一座房子里了。

突然之间，那些篱笆柱和那灯光分离开来，各自变成了独立的实体。他知道那些篱笆柱是他自己打在地上的，也知道那灯光是他觉得值得所以花钱维持的，即使冬天的电费总是居高不下。

他试图站起来。让他跌回地上的不是寒冷，而是他双腿中那种灼热的困倦。但这没关系，他可以爬。如果是第一座房子，那说明它不远了,那说明它一定就在前面。他现在走了有多久？一个小时？如果他就沿着这条路，这条路——

这条路开始悬浮在他视野的边缘，开始从原来的位置上升到和他视线平齐的某个地方，然后高过了他，他的头顶刚刚擦着它的边。一条沉重的路,一道冰冷的光,它照在他的头发里,他冒汗的头皮上,舒适、清凉。他爬向路边一棵树的树干，想稍稍休息一会儿；他爬到它积雪的树枝下，钻进枝干和地面组成的温暖洞穴。他越来越疲惫。他知道自己应该比现在更明显地感觉到寒冷。他感受到了它的沉重，它的浓厚，但没有痛苦。这温暖正在向内移动。他这一生第一次感觉进入了生命的内部，感觉到达了它的中心。而在这里，在这个中心，在这确定性的柔和火光中，在那第一座房子，那座被完整记起的、完美的房子里——一个房间。

不是他和他妻子的。不是他儿子的。

另一个房间。

他的大半身体是这静止的、冷漠的黑夜，而他的胸膛则是这间期待被找到的温暖房间。他只有失去他的房子，才能找到里面的这间屋子。

而在这间屋子里，他的小姑娘。

他一直在找她，是的。他已经找了很久。但她现在一定回家了。他感觉她就在那儿，他感到一种不可思议的镇定。现在只剩下第一座房子了，就在不远处，在他快要能看见的地方。在那座房子里，睡着他的妻子和他的两个孩子。他的小姑娘不再避人耳目，不再是一个秘密，一个从第五座房子的门廊上往下跳，在第三座房子的猪圈里朝蓝松鸦扔石头，从第二座房子的檐槽里清出落叶的秘密。不。她在那儿，在这里，在第一座房子里。琼，他的小女儿，那缺失的碎片。还有她不为人知的母亲（她的温暖不肯离开他的双臂，她的温暖正向他的头发蔓延，奇迹一般，它正填满这宁静的洞穴，仿佛一轮只在此处升起的朝阳），她母亲一定已经离去，她是他早已得到原谅的陈年旧错，因为再无另一座房子，他无法想象出其他，全世界也再没有别的房子，除了那第一座。

二〇一〇至二〇一一

二〇一〇年一月二日

我怀着沉重的心情写信告知你，韦德已于二〇〇九年十二月二十七日在邦纳综合医院去世，享年五十五岁。夺去他记忆的疾病并未触及他的尊严和善良。临终时，他失去了对他一生的记忆，但他似乎平静安详。我很遗憾我是告诉你这个消息的人。他被安葬在爱达荷格兰奇维尔他父亲的墓旁。

那封信是打印的。只有信封上的字是手写的，但那上面也没有寄信人的名字。它是珍妮入狱以来收到的第一封信。看见回信地址是她之前的住址，黄松镇林务路 7846 号，笔迹是一个女人的，她马上就知道了那封信将带来的消息。她只读了一遍。她的眼泪早已流尽，不是因为她心肠硬了，又或是封闭了自我，而是因为她一滴眼泪也不剩了。但她觉得不流泪是对他的尊重，那表示她承认他不再属于她，她无权为他哀悼。

但她的确感受到了哭的冲动，刻骨铭心。事实上，她发觉韦德的死是她心灵最后的终点。在这漫长的时光过后终于抵达这个终点让她感觉怪异，同样怪异的是她意识到自己以前竟从未抵达终点。

那封信唤起了他们在一起的早年时光，那些已经麻木的记忆，奇怪的是，它们带给她的不是痛苦，而是一种独立于她的悲痛的宁静，仿佛他们的恋爱可以脱离随之而来的一切苦痛。她以前从未有过那样的感觉，她允许自己享有这短暂的平静。草原上尘土飞扬的夏日：韦德在她父母的土地上割蓟，她在附近喂马、给马刷毛。在他们的纪念日，他们用衬衣兜来河里的石头，堆在他们的独眼狗佩吉·玫瑰的墓上。韦德还提来一桶水，好让干燥的河石重焕光彩。他让水缓缓淌下，光彩重现，然后他们在那些河石上许愿，大声许愿想要一个孩子。

还有她发现自己怀孕以后，那些谷仓阁楼上的山间秋夜。有时她会在清晨醒来，听见他在篝火上烧水，烧着的松针嘶嘶作响，酷似水开的声音。她不让这些时刻，甚至是幻想中他的轮廓，在她心中掀起波澜。实际上在她的感觉中，他就是那尘土、那些蓟、那些石头和那堆清晨的篝火，一种支撑她的力量。

几个星期来，她就这样感受着她的悲痛。但她同时能够看穿她的悲痛，她看到的是他们人世时光的终结。它终于结束了，它随他一起死去了。再过几年，整个世界——它的尘土、蓟、石头和篝火——将从米切尔夫妇度过的短暂时光，从她毁掉的短暂时光中恢复如初。在八月的那个日子里，一切都分崩离析，碎裂的残片一眨眼便失去了彼此，这样一种波及时光、大地、人心的裂伤怎会有朝一日痊愈？

但它会的。她感觉这个过程在没有她的情况下开始了。

那幅素描在墙上贴着，但那个画了一半的女人现在没有任何意义。她的意义甚至还不及拼贴里的其他纸片。素描里的那个女人曾经是某种窗口，通向珍妮的过去、韦德的现在。但如今窗后已经没有人了。把它寄来的那个男人逝去了。此前，她允许那幅素描告诉她，她的一部分还没有死。

随着韦德的逝去，她感觉这个世界开始对她闭上眼睛，她感到如释重负，尽管知道这样不对。

关于韦德的死，她对伊丽莎白只字未提，有时她为隐瞒此事感到愧疚，因为伊丽莎白分享了那么多她的真实自我，时时刻刻都在分享。但她们照旧晚上一起坐在下铺，给对方念小说，而珍妮照旧会听着那些故事，感觉自己沉浸在女主人公的困境中。但在这新的茫然状态里，她发现谈论什么都无比艰难，她感觉内心最深处疲惫不堪，那疲惫如此近乎死亡，似乎除了接受它，一切都是徒劳。

近一整年过去了。不知为何，那些日子并不难熬，漂浮的日子，如流云般毫无意义，在她朋友的陪伴中一天天过去。有时她甚至会开伊丽莎白的玩笑——在伊丽莎白似乎想让她那么做的时候。但珍妮发现自己说出的话中有的让她舌头发干、发臭，不是因为它们是谎言，而是因为它们全都是已死的感情，而她的朋友不知道。这座监狱是如此狭小，她在里面是如此微不足道。有时她感觉她的死渺小到连发生的意义都没有，她也许会在这种状态中一直活下去。

她擦洗浴室地面的时候，浓烈的气味让她头晕，有时还会恶心。她深受其扰，但没有改变她的习惯，没有照伊丽莎白说的稀释清洁剂。每周四她无知无觉地在双腿的驱使下来到欧洲史课堂，为伊丽莎白做课堂笔记。她的手无意识地记下老师的话。

有时一个女人会在公共休息时间弹钢琴，如今她甚至对那些音符都感到麻木，它们像雷声一样无法造成痛苦。她穿过那音乐去上课，它不再像以前那样能伤害她。她沿着那条黄线来到教室，没有一丝感觉，她把她的纸页摊在课桌上。

但在一个周四的晚上，那封信到来后一年左右，她在那堆课业纸里再次看见了它。她不知道它是怎么跑到那儿的。她把它和照片一起收在那只盒子里，所以要么是她在睡梦中打开了盒子，要么是上次搜查中她的盒子掉了，她捡照片的时候漏了那封信，而伊丽莎白没注意到它有什么不同，把它和课业纸一起扫起来了。

下意识地，她把那封信又读了一遍。

我很遗憾我是告诉你这个消息的人。

她马上发现了一个简单的事实：这封信里写有她以前没有读出的深意。它仿佛不是她一年前读过的那封信了。这顿悟一巴掌把她打醒，惊得她在座位上猛然一动。老师们期待地看着她。她低下头，避开他们的目光。她摇了摇头表示否认。

过后并不难想明白这是怎么一回事。那一个个周四，当替别人坐在教室里的时候，她无意间学会了像伊丽莎白那样阅读。那一整年的诗歌直到此刻才在她心中觉醒，于是她明白无疑地看到，她还有一种新的语言可用，一种字里行间的语言。第一次读的时候，她以为那是寄给远亲好友的许多封信中的一封，一次对死讯的公开宣告。但眼下显而易见，这是一封单单写给她的信，信中的字字句句都为她经过了仔细斟酌。她看出写信人极力不透露过多，但同时又让多于她认为能够透露的信息从中流露。

临终时，他失去了对他一生的记忆……

珍妮此刻能感知到这句话背后的那个女人。她能听出她声音中的紧绷，听出她挣扎着说出不应由她说的话，挣扎着透过这些文字发出她的声音：

韦德死的时候不知道你从前做了什么。他死的时候心里对你没有一丝恨意。如果这能给你带来慰藉，那么你可以心安了。

这是她们两人都知道他的妻子无权给予的宽恕。这女人试图以这种方式触碰她的心，催她放下，哪怕只是一点点，珍妮被感动了。

这个女人为什么要这么做？

他被安葬在爱达荷格兰奇维尔他父亲的墓旁。

在那句话里，珍妮——困惑，甚至恐惧地发现她能够在不多的几个字背后看出如此惊人的深度，一眼感情的深井，一个沙哑的嗓音——读到的是：

他被安葬在爱达荷格兰奇维尔他女儿的墓旁。

没有人告诉珍妮梅葬在了哪儿，她只知道她下葬了。每一天她都在试图想象她会葬在什么地方。她向来知道梅在哪儿，韦德就会把自己葬在哪儿。如果韦德被安葬在草原上他父亲的墓旁，那么他也葬在草原上他女儿的墓旁。他永远不会让自己和她分开。

现在珍妮能清楚地看见她女儿的墓，珍妮童年的草原，那片静谧安宁的土地。很久以前，她曾在那座墓园里撒下鲜花，在她年轻时造访韦德父亲之墓的时候。她记得那块墓碑的形状。她记得那白色栅栏和枫树。韦德父亲的墓周围是一片空地，珍妮曾在上面走过，如今那下面埋着她的丈夫和孩子。她赤裸的脚，在愉快得多的日子里，触碰过那片草地。

而因为她到过那里，到过她女儿之墓确切的所在，她可以一次又一次地前往，直至她余生的尽头。闭上双眼，她就能在她孩子的身上撒下花瓣。写信的人给了她这个寄托。

韦德的妻子本可以直接告诉珍妮这一切，但也许写下梅的名字让她觉得残忍；也许她觉得自己没有权利那么写。这省略意在未曾明言的宽恕，意在让她知道他们一起长眠于地下，父亲和女儿，却得以自始至终避开梅的名字。

然而珍妮希望她的名字被提起：梅。梅。一个征求许可的名字[①]，一个珍妮无权给予的许可，但如果她有这个权利，她会乐于将它给予任何一个前来征求的人。

此刻，在她的房间里，她再次感受到了痛苦。走廊那头的乐声狠狠刺痛了她。墙上的那幅素描又有了声音，那声音在告诉她窗后面仍然有人。不是韦德——他的妻子。

“伊丽莎白。”珍妮说。她听见伊丽莎白在她头顶的床垫上挪动

① May 作为情态动词用于表示允许、许可。

身子。然后她看见那双脏兮兮的赤脚落在梯子上。她看见那双脚一级一级地向下移动，看见了双腿，躯干，然后是手。片刻过后，伊丽莎白的脸，期待的神情。仍旧抓着梯子的横档，站在最底层，她隔着梯子望向珍妮。

“我丈夫，韦德，去世了。”珍妮说。她没有说这是将近一年前发生的。

“噢。”伊丽莎白说，她脸上露出痛楚的表情，不仅是因为同情，还因为一时想不出恰当的回答而苦恼不已。

珍妮解决了这苦恼。“来我身边坐坐。”她说。

伊丽莎白照做了，珍妮看得出这个请求让她很感激。伊丽莎白揽住她朋友的肩。她们什么也没说。珍妮把头靠在伊丽莎白的肩上，两人都凝视着墙面。

二〇〇九

有时艾略特会梦到他掉下的那座码头。

那梦和回忆几乎没有什么不同，在沉睡之境中既没有变得更离奇，也没有变得更清晰。和实际发生过程唯一的不同，是他踩穿码头之前，他的右腿就已经是假肢了。在去往将使他的腿重伤截肢的那座码头的路上，他已经失去了腿，像他如今已经习惯多年的那样走着：缓慢，小心，泥水浸透右脚的鞋，而他毫无知觉，只有左脚感觉得到。

但那个梦剩余的部分正像实际发生的那样。他回到了十五岁，寻找着他的背包，有人把它拿走了，它本该倚着他的储物柜放在地上。储物柜里堆满了垃圾、书本和旧的换洗衣服，再塞不下背包了。他因为补考留到很晚，他本来不会如此在意那个背包，但他感觉他这次又没考及格，而且他想回家。

学校里空空荡荡。外面，临近黄昏的天空突然灰了下来。没有一丝风，只有凝滞的昏暗。尽管雨还未落，人行道已经散发出雨的气息。年轻的看门人桑尼已经清扫完公共活动区，收起了折叠椅。艾略特本想在他朋友贾斯汀家过夜，但贾斯汀似乎没有意识到他有这个打算。贾斯汀已经走了。也可能他在湖边等着。或许吧。

时间是十月，但依旧温暖。在去湖边查看贾斯汀在不在之前，艾略特先在移动教室附近找了找他的背包。他只碰到了四个小学女生，她们紧挨着坐在野草丛中一张户外餐桌旁，一边等接她们的车，一边做作业，不时看看天有没有下雨。她们对他笑了，但没有出声招呼，没有挥手致意。于是他用歌剧的唱腔唱出她们的名字，仿佛知道她们的名字这件事是一种他认为不得不赏赐的恩惠。感激，怀疑，她们没有回答。她们在书本里埋得更深了，但在桌下——他看不见，但她们姿势的变化似乎暗示了这一点——一个女孩马上攥了一下另一个女孩的手，以示确认刚刚发生的事。

这让他感觉好极了——成为这件刚刚发生的事，他突然不怎么把那场考试当回事了；他感觉慷慨，舒畅。一阵车辆驶近的声音。女孩们听见声音，收拾起东西，故意不往他的方向看。他笑了。边走边找背包的时候，他脑子里想着他的女友，一个长腿、短发、名叫艾丽莎的女孩，他的嘴唇曾三次擦过她金色的腹部。她比他大一岁，上的不是这所学校，而是科达伦高中。艾丽莎没有出现在这个梦里，但不同于那条假腿，她是其中的事实，是他在一种朦胧而颤抖的意识中，在一团光雾中走向水边时怀揣的东西。

他十五岁，而艾丽莎是个秘密。她的腹部是个秘密。她金色皮肤的味道是个秘密。他保守这些秘密是好意，是为了不伤透所有那些小女孩的心，她们一定是二年级的，他弟弟班上的女生。几乎每天她们都会三四个结伴来找他，只为了在那几秒钟对他说些她们相互激对方说出的话，然后把自己惊得不知所措。他从来听不清她们说的什么，从来看不清她们，因为她们总是笑个不停，用手捂住脸。一阵突然爆发的勇气，然后是旋即而至的尴尬。

猜出她说什么了吗？

我猜不出！

他来到了那座半沉的码头，码头的起点立着一只橙色锥筒，锥筒上贴着一张警示标，上面是看门人认真而颤巍巍的字迹。学校周围到处都是这种禁止进入的警示标。你可以像进入一座建筑一样进入码头，仿佛它有四壁和屋顶，他喜欢这一点。在面前的沙地上不可能的事，在码头上成了可能。当比他大的女孩沉醉在夏日慵懒中，仰面躺着，脚浸在水里，对一只游荡的手几乎无所察觉，几乎毫不在意，说出的话可以被原谅，种种界线可以被跨越。他们在码头上仿佛置身室内，隐蔽，隔绝。仿佛在那个秋天，夏日时光依旧被围在里面，从码头所有断裂的边缘，从梦境的边缘，一种新的空气无穷无尽地升腾，直达天空的穹顶，将夏日围在当中。

而他的背包放在没有水的尽头，开着。

他醒了。他想起还有一个女人和他在床上。茱莉娅。仍旧想着那座码头，他翻过身，把胳膊搭在她的腰上。她和他一样三十一岁，一头漂染过的长发乱糟糟堆在头顶，像被一只看不见的手攥着。他抱紧她，贴在她裸露的肩膀上呼吸。她没有醒。

但他不是为了抱她而抱她，而是为了向自己证明什么，为了摆脱那湖水的触感。他讨厌自己能做出的事。他已经离开过她——两次。一次是在一个叫艾丽的社工的公寓里，他是在一个派对上遇到她的；另一次就在这儿，三天前，他一个人的时候拨了艾薇的电话。

不过如果算上艾薇，那么他就不得不承认他离开茱莉娅的次数远不止两次。他一天就离开她二十次，或者更多。他甚至会在还没离开她身体里的时候就离开她。他每次只要闭上眼睛就会离开她。

失去他的腿以后，在医院里，他躺在床上，透过窗前的那只玻璃罐望着窗外，罐子里装着码头木板暗淡光滑的尖刺和钉子，扎穿他腿部肌肉的那些。这时穿过疼痛和止痛药的浓雾，他想起了他本要走向的那只背包。

“妈。”他说。她在他床边的椅子上睡着了，猛地惊醒过来，攥住了他的手。他弟弟加里也在那儿，无精打采地靠在墙根，一遍遍玩着“15点”[①]。“有人把我的背包从码头上拿来了吗？”

“问这个干吗？”他母亲问。

“我想要。”

可是没人拿过。过去三天里，在麻醉的混沌中，在药物诱发的、断断续续的梦里散发出的潮湿的十月阳光中，那背包一直在码头上等待着。不知为什么，他感觉两条腿都疼。不在的那条和在的那条。两条腿的疼痛都是个谜，因为还在的那条腿毫发未伤。而另一条腿

① Fifteens，一种简单的纸牌游戏，当牌面数字相加等于15时，将相应纸牌从桌牌中移除。

在麻木中抽动，空气在他腿的轮廓中颤抖，作痛。他不存在的那只脚火辣辣的，像浸满泥水的鞋子一样湿漉漉，沉甸甸。

他母亲给学校打过电话以后，看门人给他把背包拿来了。他穿着牛仔裤，沿着码头蹚进湖里。一群孩子在旁边看着，艾略特从他朋友那儿听说的。看门人桑尼从码头尽头拿起背包，用两只胳膊把它抱在怀里，然后蹚水回来。他亲自把它送到了医院，从他硕大的肚皮往下身上全湿透了，他的衣服让医院里弥漫着湖里水草和沙石的气味。

“你放了锥筒。”强忍着疲倦、恶心和虚虚实实的疼痛，艾略特费力地说，感觉自己要为看门人挥之不去的愧疚负责，“我看到你锥筒上的字了。”

但从看门人的脸上可以清楚地看出，他觉得一只锥筒还不够。“我早该把那码头拆掉。”他说。他抚摸着艾略特的额头，就像艾略特是他的亲儿子那样，而艾略特尽管心怀同情，却对要充分表达原谅的这份负担感到不耐烦。

所以他假装睡着了。

然后等只剩他一个人的时候，他挣扎着坐起来。他打开背包。

里面有一本科学书、半个放了四天的三明治，还有用纸精心叠成的一个紧实的三角。他把折叠的地方展开，把那张纸在被子上摊平。

这张纸顶部有一排对勾。他数了数，十二个。这些对勾底下列着几行项目，分别属于不同类别：丈夫、工作、家庭、宠物、丈夫的工作。最底下用粗体字写着几个字母：MASH。其中 M、A 和 S

被划掉了，H 被圈了好几次。

每一类中都有一项被这样圈出来，其他几项被划得面目全非，他几乎一点也看不出原来写的是什么。他把指尖放在他自己的名字上，它只被圈了一次，但圈得又粗又重。

他知道这是一种占卜游戏。他问一位护士还知不知道些别的什么。她年纪还不大。她笑了。她用手指一个一个点着那些字母，说出它们代表的东西。“大宅（Mansion），”她用指尖指着 M，“公寓（Apartment），棚屋（Shack），平房（House）。”

“这些呢？”他指着顶端的对勾。

“那些。”她一边说一边仔细查看着它们，把那张纸拿到她手里研究起来。“真奇怪，”她说，她的声音变得恍惚，“我差一点就想起那些是什么了，就差一点。”

他是在搬回爱达荷以后遇到艾薇的，在圣诞后几天，一片结冰的湖面上，那时他二十四岁，她二十二岁。当时是清晨，她正围着冰钓的人溜圈，那些人坐在桶上，冲着白色冰面上开出的黑洞俯身，假装没注意到她。艾略特从远处看见了她，他正一个人走在湖边小径。她穿一双白色冰鞋，一条黑色紧身裤，一件破破烂烂的黄褐色长大衣。她的头发梳成一条黑色的长辫子搭在肩头。

他那天戴了假腿。

她一边在湖岸附近溜冰，一边寻找着什么人。然后她隔着冰面挥了挥手，他也挥了挥手。她朝他滑过去。他小心翼翼地走到冰面边缘。

“你是马克的朋友吗？”她问。

“不是。”他说。

“你不是来钓鱼的？”

“只是出来走走。”

“你根本不认识我？”她问。

“不认识。”他笑着说，“你是谁？”

“艾薇。”她心不在焉地说，扭头望着远处。他看见她大衣的兜帽是用安全别针别上的，原来缝按扣的小棉线圈已经被扯破。“我在等人。他们可能睡过了。”

这时他觉得她似乎没别的话可说了。她叹了口气，转过身。于是为了挽留她，他说：“我口袋里有三十块钱，想打个赌吗？”

她吃了一惊。“什么赌？”

他指了指一个废弃的冰洞。“如果你右腿放在水里的时间能比我长，我就给你三十块钱。”

她笑了起来。“为什么是右腿？”

“不告诉你。”

“要是我比不过呢？你能赢到什么？”

他耸耸肩。“我什么也不要。”

离开艾薇以后的那一年，他和许多女人在一起过——几个大学毕业生、一个诗人、一个乐团小提琴手、一个书店店员，不知为什么她们全都有种相似性，一种共通的冰冷，散发着学院气息的美。这些女人都曾坐在他公寓里破破烂烂的格子沙发上，带着一种困倦、近乎迷醉的、看笑话似的兴致看着他，抽着烟或者看着小说，脸上写满讽刺。其中一个鼻翼上钉着一枚钻石鼻钉。一个凉鞋里露出的脚面上有一片不规则的紫色胎记。一个卷曲的蓝发斜刘海直伸到眼前，她总是因为被挡住眼睛而眨个不停。还有一个——茱莉娅——门牙上有个小缺口，此刻为了唤醒她，他让舌头从上面滑过。

从他二十四岁到三十岁，他和艾薇在一起有六年的时间。在他们这段关系中，她似乎从未注意到他在努力跟上她。她几乎总是比他领先一两步，回过头和他说话，有时迅速转身向后，审视他的表情。他喜欢她注意不到这点。他还喜欢她在一天结束后，想不通自己的脖子为什么会这么痛。“一天到晚伸长脖子。”他告诉她。她只是笑。她总是绊倒，迷路，走在前面。浑然不觉，领先一步。这一点，以及关于她的几乎一切事物——她甚至在夏天也穿着的那件丑陋的黄褐色夹克，从她辫子里溜出的棕色发卷——让他既恼火，又兴奋。

他三十岁的时候，他们一起搬进了爱达荷波斯特福尔斯市[①]的一间复式小公寓，离他长大的那条街不远。他们打开行李的时候，她发现了那只装着码头碎片的罐子。

“我能拿一下它们吗？”她问。

“你想？”

“行吗？”

他打开罐子，她把手伸进去。她用指尖夹出的那根木刺大约有

① Post Falls，库特耐县的一座城市，位于科达伦和华盛顿州斯波坎市之间。

六英寸长，一英寸厚，参差，尖锐，呈棕绿色。

“它这样子是因为你的血吗？”她问。

“一部分是吧，我猜。”

她点点头。然后他看着她把那块陈年码头碎片向她揭示的不知什么秘密存进心里。它的确揭示了什么，他能从她的脸上看出。他看着她把它存进心里，没有告诉他那是什么。事实上有那么片刻，她似乎离开了他，把他一个人留在那里。

同样的情况以前发生过许多次。第一次是在他遇到她的那天。她把她通红的脚从冰水里拿出来，裹在大衣里，得意而骄傲地对他说：“该你了。”然后，当他把自己的腿伸进水里，她突然看到了水让牛仔裤紧贴在里面机械骨架上的样子。她抬起头看着他，惊奇极了。在她脸上，他感知到一种对他的特别认知，那是他在别人身上不曾见过的。

于是在那张床上，就像在那片冰上，他看着，愣着，等着艾薇回来。片刻过后，当她回来的时候，她叹了口气，把那块碎片放进罐子里。“你不记得他们什么时候切开木板救你出去的？”她一边问一边拧上罐子盖。

“我连链锯的声音都不记得。”

他以前把整件事都告诉过她，而她虽然从来没有明说，但似乎觉得发生在他身上的事是一个巨大的谜，整件事的来龙去脉似乎只有她能看清，而且仅限某些时候。她经常要求他把故事重新讲一遍，但这次她没有。

不管怎么样他还是给她讲了，讲的时候俯身贴近她，拇指抚摸着她的手。

“我刚掉下去的时候不知道自己伤得有多重。我能看见几根木刺扎进肉里，但是不至于让我丢掉一条腿。如果有人听见了我的声音，这儿会有几道疤。”他用空着的手在他的腿原本在的地方来回比画了一下，“但是天晚了，所以我被困在那儿，整条腿都穿过了码头，不停地呼救。我越是试图把自己拉起来，木刺和钉子就扎得越深。我被紧紧卡在那儿，要不是有水从缝里冒出来，我连水都看不见，也就在那时我看见水里有我的血。”

“我知道。”她轻柔地说，“太可怕了。”

他听出她声音中有几分礼貌的迟疑，他知道她这会儿没心情听这个故事。他知道他不该再讲下去，但出于某种原因，他没有办法停下。他决定假装没有察觉她的暗示，开始又一遍描述那片校园，然后是那座码头。往山下走一小段就到了码头，它在一片叫“假嘴湾”的小水湾上，水湾通向大湖的开口只是一条水道。除了水道的豁口，树木几乎围了一整圈，这对水湾起到了隔音效果。

“所以就算我喊哑了嗓子，”他告诉她，“也没人听见我的声音。”

他讲到他如何试图用手掰断木头。还有他筋疲力尽，试图仰面躺下，但连这也做不到，因为木头会在他腿里扎得更深。他的另一条腿蜷在码头上，一点伤也没有，却在抽筋。他记得安然无恙的那条腿抽筋的时候比水里那条腿的伤口还疼，那时候它一定已经开始失去知觉了。

于是夜色降临。他母亲以为他在朋友家，他朋友不知道艾略特本来打算过来。他看不见星星，只看见悬浮的黑云。早在它降临前很久，他就知道暴风雨要来了。空气中充斥着电流。蕨和荨麻丛中酝酿着紧张的气氛。

接着，突然之间，起风了。

码头随着每一阵波浪摇动，把木刺更深地摇进他的肉里。每一浪过后码头会下沉，让木刺从他的腿里抽出半截，这时他会努力挣脱，然后下一浪袭来，剧痛又被重新摇进他的身体。他记得的最后一件事是水从码头上的洞里涌上来。他记得洞周围的木头被他的血染黑的情形。他记得第一次有了这个想法：这是一件正在真实发生的事。这几乎可笑。被卷入一件如此可怕，同时又如此偶然的事，这离奇的处境让他在震惊和痛苦之中简直想笑。雨倾泻而下，码头撕裂、戳进他的肌肉，他痛得如此钻心刺骨，以至于他几乎感觉不到那疼痛，因为他几乎无法理解那种疼痛——即便在那个时候，他仍旧更惊异于这一切的真实，而非疼痛。

他把其余他知道的事讲给了艾薇，那些是他从别人那儿听来的。第二天一大早，看门人发现了他，他的身子以奇怪的角度向前趴着，他昏迷不醒，前额抵在码头上，就在洞前方的位置，离他被刺穿的腿很近，头发都沾上了血。看门人先涉水下去，手伸过码头摸了摸他，看他是不是还活着。当他发现他还活着，他拿来链锯，一路锯到码头中间，把那条腿解救出来。艾略特在医院里躺了近一整天才醒来，醒来的时候，他发现本该是他腿的地方，毯子平坦地铺在床上。

艾略特讲到这里停下来。他望着艾薇。她点了点头，但在他看来这对她似乎还不够；在他看来她手中那块码头的碎片似乎比他刚刚讲述的所有内容拥有更多含义。她对他的故事拥有某种他没有的控制力，这让他不安。通常他讲故事的时候总能向她透露一些新的东西，但她看起来既不吃惊，也不着迷。准确说来她并没有失望，但也没有沉浸其中。她始终留在那儿，在他身边。

“还有一件事，”他说，努力吸引她的注意，“你记得我告诉过你，有一帮小女孩吗？”

“爱上你的那几个。记得。”

“我想我在背包里发现了她们的东西。”

“什么？”

“一种占卜游戏。我的名字被圈出来了。”

就是这个——她脸上出现了那种表情。人还坐在他身边，她却突然之间远隔千里，他知道她已经到了码头上。他又感觉到了那种兴奋，那种恐惧和释然。她嘴唇微微张开，她凝视着他的脸，只不过是因为他的脸在她眼前。

“你在想什么？”他问道，语气中流露出他本不想流露的急切。这时她站起来，把那只罐子放在床头柜上。“艾薇，告诉我你在想什么。”

“没什么。”她说。然后她吃惊地笑起来。

“求你告诉我。”

她耸耸肩。“我只是想到是其中一个女孩故意那么做的。”

“什么意思？”

“她把背包放在那里，明知你会掉下去。但她很轻，码头能担得动她。”

他糊涂了。“可是她们爱我。每一个都爱我。她们干吗要那么做？”

艾薇站起来，把辫子甩过肩头，在镜子里看着自己的脸。她好像突然疲惫了，她已经领先他太多，无力再等他跟上来了。她漠不关心地说：“我不知道为什么。为了让你残废吧，我猜。”

这次对他过去的改写，她似乎并不放在心上，也许当天晚上就忘记了，但他却因此深感不安。他有很长一段时间不去想它，差不多有一个月，他不知道该怎么看待它。那是他们同居的第一个月。她在一处仓储设施做前台，他修锅炉。晚上，她拿生菜喂房外笼舍里的兔子。他站在旁边看着她。

那个月里发生在他们之间的改变是无形的。多数时候，他可以忽视它。但它会在他最开心的时刻出现，像一种嘴里的味道。它在他欢乐的周围徘徊。但艾薇似乎丝毫没有察觉到这种改变。

长久以来，失去一条腿仿佛成了他生命的开始，他身份的缘起。那条腿附属于他的故事；它是他甘愿放弃的一样东西，只要那意味着这些东西的存在：看门人、链锯、码头、他唱出名字的那些野餐桌边的害羞小女孩。它们意义重大。它们之所以会出现是因为他身上有某种特质。某种招致极端考验的特质。

而艾薇只是漫不经心地耸了耸肩，就改变了他的故事。她改变了里面的人物。不是极端考验找上了他——是他自己送上门的。毫无悬念。他来到水边的时候，已经有人，某个二年级女生，为他安排好了一切。在他人生的开场一幕中，他成了一个被动的演员。

而如果艾薇在那无心的片刻就能让他有此感触，她还能够夺走多少？

她回到家发现他的东西不见时一定震惊极了。桌子上，他在那只装码头碎片的玻璃罐下压了一张半年房租的支票和一张字条。他们想要的东西不同，不是她的错，爱还在，诸如此类的话。

因为冷漠好过揭露，残忍好过怯懦。

但在他们分手的那一年，有一种感觉强烈到压过了他的恐惧。他感觉她就在身边，像一条幻肢，知道她知道的事，不说她不肯说的话。

他想触碰她。他在寻找她。那才是这些记忆的意义：不是再现他的自我，而是再现她的身影。仿佛她和那湖水有某种关联，和他腿里的尖刺有某种关联。那条腿再也没有任何意义。那座码头什么也不是。重要的是她。他生命的开始被向前推移，推到了另一片湖。另一个季节。另一种揭露。那片他感觉不到的冰。

他爱她。

然而现在，他怀里抱着茱莉娅。他试图入睡。他试图回到那个旧梦，在那个梦里，他用两条腿走向码头，他还有东西可以失去。

可是他做不到。他闻到了另一个女人头发的气味。

而艾薇不肯接电话。艾薇不肯写信。很可能她已经扔掉了那只玻璃罐。

二〇一二

韦德已经去世两年了，但他留下的空缺无处不在。安感觉如今他的过往比他活着的时候更沉重地压在她心头，因为不再有他在身边一起承担，不再有留存在他身体里的赦免的可能。她知道自己永远不会寻求那种赦免，但知道它可能存在于他体内已是一种慰藉。

那不是我们的歌，安。她唱的是别的什么。这和你我没有关系。

可是如今，故事永远不会变得更完整了。他过往的细节既有力，又陈腐。太多，却还不够。那首歌，他们恋爱早期唱的那首美丽的歌，如今感觉像是他女儿确定无疑的死因。它变得让人不堪承受，有时足以把安禁锢在床上。

但她一直在寻找另一种继续下去的方式。她知道她的习惯正变得古怪，知道她在渐渐封闭自己，而她不想再这样下去。每当她感觉到她爱的后果那可怕的重压，她会逼自己出门。她会穿越积雪，或者在暑热中跋涉。自从韦德死后，那是她寻得的唯一一种安宁——

在外面游荡，搜寻另一种过往的痕迹。韦德的葬礼过后一周她就开始这样做了，那天她孤独难耐，开车去了桑德波因特的博物馆，翻阅了那里的档案。翻过那些和她的伤痛毫无关系的硬脆纸页，外面，一月的雨倾盆而下，融化了积雪，那时她觉得博物馆是她唯一能够忍受的地方。她看到在她继承的那段历史之前，那座山还有一段历史。在十九世纪晚期，曾有一批早期移民短暂地来过这里。他们没有在那座无名的山上驻留多久。据推测，他们的花留了下来。事实上，这些花在山上生生不息，是它们给了那座山这个名字：鸢尾。甚至今天在树林深处，她读到，还有一丛丛驯化过的鸢尾花年复一年地盛开。

在她知道移民历史的那天，那个韦德葬礼一周后的雨天，她感觉就在她呼吸的空气中，充满了那座山层层叠叠的历史。她感觉自己悲痛的浪潮和另一些悲痛的浪潮相撞，那些悲痛不再为任何在世的人所感，但载着它们的微风，仍旧如一个世纪前承受过这些悲痛的人曾闻到的那样。和韦德的狗，小豆，一起走在雨中，她感觉自己渺小极了，而那种渺小感正是她所寻求的。只有在搜寻另一种过往的痕迹时，她才能寻得慰藉，那一种过往会证明她微不足道，从而将她赦免，或者说她相信如此。

但她过去两年的林间徒步并没有带来新的发现。她没有找到鸢尾花，没有找到货车车轴。她唯一特别的发现是和小豆相伴的乐趣。他是那六条狗里韦德最喜欢的一只，也是她决定不送走的唯一一只。他们步行上山的时候，小豆会消失在下面的峡谷里，然后每隔十分钟左右出现一次，给她报个平安。有时他回来的时候会拖着一条鹿腿，一根脊骨，或者其他什么让人捉摸不透的礼物，不得不把他们拖过这么远的路似乎让他感到恼火，好像他遵从的不是自己的意愿，而是某个由来已久的命令。

安爱小豆。她甚至爱他看她的眼神中那疲惫的悲伤，那悲伤缘于她不是韦德，也缘于她对他同样的感觉，你不是韦德。他们对彼此同样失望，他们同样知道曾有一度，对那个他们在意的人来说，他们各自就已足够。唯其如此，他们才能深爱着彼此。

但这是他们共通的孤独：她不知道该怎么训练他，哪怕他把韦德曾经用来考验他的那块旧皮革放在她脚边，求她给他训练。他似乎想念韦德给他制造的挑战，那些复杂的狩猎游戏。当小豆嘴里叼着一只兔子来找安的时候，她尖叫着“不，不！”朝他踢土，然后把死兔子扔到一边。但她知道他就是被训来做这个的。狩猎。小豆腿上的肌肉就是对韦德声音的记忆。

自从韦德死后，安一直在努力读懂他给她留下的唯一一种语言——动物的爱。那条狗仍旧知道什么是韦德的意愿。那条狗仍旧会克制自己不刨不该刨的地方，不杀不该杀的动物。再看看我，安心想，嫁给他十三年了，却全然不知该去哪儿，该做什么，不知道自己是谁。

他们从来没有谈过这个。一个字也没有。即便在她明白即将发生什么的时候。过了某一个时刻，再问这个问题已经太晚。她能相信他让她做的事吗？无论他可能说什么，她能相信那些话真是出自韦德之口吗？

但对那些狗来说，韦德是不变的。即使在他状况最不济的日子里，他也能从一个永恒的所在，凭借一处谁也无法触及的认知储备训练他们。有时当安在钢琴上弹奏一首歌曲，一首她童年以后再也没有弹过，本以为已经忘记的歌曲，旋律却顺畅地流出她的手指，这时她会发现自己正沉入同一种认知储备。她知道那个所在，那里有那些狗，那里有童年的乐曲。一缕没有被疾病篡改的记忆。

如果琼还活着，她已经二十六岁了。

现在是九月，时近黄昏，尘土飞扬，棕色的松针在树下落成茅草席似的一层，热烘烘地散发着蜜香。安坐在黄松镇邮局前的长凳上，刚刚拆开一个她一直在等的马尼拉纸信封。

信封里没有汤姆·克拉克的字条，从来没有过。只有琼画像的几份复印件。

二十六岁的琼像安一样坐在长凳上，但是公交车站的长凳。汤姆让她穿着一身便利店制服，黄白条纹的衬衫上别着一枚名牌。看样子她刚刚下班，一边对着手机说话，一边哈哈大笑，抬头望着候车亭檐下的麻雀窝。那锥形泥窝里有四只雏鸟，它们的嘴大张成钻石形。她周围弥漫着繁忙的气息，人们拿着购物袋，查看着手表。然而琼举目向上，只注意到了那些麻雀。她留着深棕色短发，发梢染成紫红色。

手里拿着画，安抬起头，目光越过街道望着这座镇子，她已经在这里生活了十六个年头。她没有直接开到这儿，只为能在最漂亮的那两英里路上步行。也许等她回到车边的时候天都黑了，但她已经不再惧怕那片树林，哪怕是在夜里，哪怕她比以往任何时候都更清楚自己在山上孤立无援的处境，清楚附近没有一扇她可以敲的门，没有一个应门的人会像她手里画像中的这个女人。这个样貌甜美的城市女孩脸上似乎完全褪去了这座山、这座镇子的影子。

安站起来，把剩下的信件留在长凳上，然后进邮局去贴那张传单。女邮递员正在后面给信件分类。安能听见她哼歌的声音。小豆也进来了，跟着安来到公告板前，她把汤姆给琼画的那张肖像贴在那里的官方照片旁边，然后退后一步看着这两张图。

然而此刻在邮局里，在她刚贴上的新画像旁，看见国家失踪和受剥削儿童中心的那张官方传单，她惊奇地发现自己对它的感觉变了。

多年来，那些政府发布、计算机生成的照片一直让她失望，让她不安。她和韦德都觉得它们展现的年龄增长似乎不是一个女孩的，更像是一个疲惫幽灵的，所以安和韦德才会转而向汤姆求助。可是现在，前所未有地，这张二十六岁的脸看起来一点也不像一个幽灵，更像一个安素不相识的女人。

突然之间，现在似乎有了两个琼，一个是那幅画像，一个是那张照片。那幅画像用细节把琼的人生填充得骨肉丰满。它给了她时间和地点。它是出于痛苦而画的。但那张照片由计算机生成，宁静、近乎冷漠，不过是匆匆一瞥、一闪而过，是用眼角余光、是透过行驶中汽车的车窗望见的。她的人生没有背景。这张预测照片就像孩子为自己几年后的样子幻想的一幅转瞬即逝的影像，一个不包含当前这个自我的新自我；那双空洞的眼睛里不是死亡，而是一种并非完全是想象出来的未来。因为那正是真正的琼想要的：跨入美丽的、空白的成年阶段。那是她永远在奔赴的目标，她洗刷掉童年和自我的地方。她想要的，她一直以来想要的，正是这个——长大，超越她的年龄。

安如何能够离开这个地方？她又如何能够留下？

泪水盈满眼眶，她转身离开公告板走出了邮局，收拾起她留在长凳上的那一小摞广告和账单。

但在那叠信封顶上有一样新东西，她第一次拿到信的时候没有注意到，那是一个人的手写字迹。

信封上的收件人是韦德。

左上角，写着琼这个名字。

二〇一二

八月四日

亲爱的韦德：

我想让你知道，我很感激你的父亲亚当·米切尔。我对他的记忆来自童年，但记得并不清晰。我对我们友情的记忆极其有限这件事只能说明他从没残忍对待过我。也许以这种方式开始这封信显得刻薄，但我不知道还能怎么做。我想让你知道我感激他始终如一的慷慨，它可以被视为理所应当而被遗忘，然后成为他衰老的表现形式。平凡无奇的善意是最罕见、最诚实的善意。

我确信你把我当成了一个罪犯。在有些方面的确如此，但在其他方面又并非如此。关于你父亲给我的那些钱，我很久以前就想写信给你。我想让你知道我并不在意钱是从哪来的，为什么来，我只在乎钱来了。别人能得到的那些让日子变好过的周济，我从来没得到过。我一直没有结婚，但我有一个女儿，贝莉，她比你大几岁。第一张支票，也就是面额最大的那张来的时候，她十六岁。那年是一九六八年。当时我在凯彻姆做女佣，在工作间歇打开了你父亲的支票。里面有一封短信。我不记得他具体是怎么说的，但我推测他以为我是他的女儿。我甚至能从笔迹上看出他已经丧失了心智。但我的确记得他提到了我的十四岁生日，说起来你可能会感动——就算他什么都搞错了，他没有记错我的生日。只不过那个星期我马上就五十一岁了，而非十四岁。

我一个小时内就把支票上的钱存到了银行，怕有人会发现你父亲的错误。但那么大面额的支票有三天的付款延长期。那是我一生中最压抑、最不堪回首的三天。延长期一过，我一大早就给贝莉请了假，把她从高中教室里领出来，带她去做正牙会诊和 X 光。走之前我预付了牙箍的钱。在镇子另一头有家叫弗里德曼的学校，如果你没听说过，那是那年新开的一家声誉很好的女子职业学校。这一连串混乱搞得她焦虑不安，但我还是让她给弗里德曼的校长讲了她对人生的期待，然后和牙箍一样，我付齐了一年的学费。校长带我们去了她以后上课的教室，虽然离放学只剩半个小时，我还是让她坐下听老师讲课，自己在外面等着下课铃响。我希望这多少能帮你理解。她因为我逼她转学这件事对我很有怨气，但我做了我当时能做的最好的选择，因为我猜到了会有人来要钱。

同一年又来了两张支票，在那之后的一年又有五张面额不等的支票，比之前的少一些。每一张支票都花在了贝莉的提升上。这些钱都是在两年之内收到的，后来再也没有来过。直到近十六年后我才又收到一个信封，只不过那里面是一封你的来信。

我的话在你看来一定显得刻薄，但我只能这样向你解释。你父亲的每一张支票都让我面临一个选择：把钱退回去，还是投资到我女儿身上。我安慰自己如果你父亲能拿出足够的钱来给我，又能不让你们发现钱少了，那你们一定过得不错。我没想到你们会在意这笔钱，直到我收到你一封接一封的信。既然我愿意接受所有可能的后果，我就能心安理得面对你的信。不管任何人怎么说我，都抵不过我给我女儿的东西。

我在信里附了一张贝莉女儿的孩子，我的曾孙、曾孙女的照片，因为我想让你看看他们，看看我是怎么靠抓住你父亲的支票给我的机会，给了他们这个机会。我相信就连贝莉的婚姻都是你父亲的慷慨直接促成的。

尽管我并不后悔自己的所作所为，但如果不向你坦承我的释然，那就是我的疏忽了。能归还你父亲的钱，我心里说不出有多轻松。我想让你知道，他的钱已经成了我生活的一部分。它从未与我分离。它从未离开过我的思绪，让我感激，让我恐惧。

随信附上我这些年一点一滴攒下的钱。你父亲的慷慨馈赠共计9200美元，因为我还算上了利息，你会发现支票上有10872.65美元。我保留那65美分没有讽刺的意思，只是出于严谨。

请当我的债已经还清。我还要补充一句，我年事已高，写这封信整整花了我将近三天时间。

你诚挚的

琼·贝莉·罗

二〇一二至二〇二四

安放下那封信。

她从没听说过琼·贝莉·罗，但对她伤害最深的不是信的内容，而是写信者的名字。不是那个琼。这封信说了什么是次要的，因为首要的是这不可饶恕的背叛：信封一角上琼的名字用她清晰的高音呼唤道，*我还活着！*但被打破的却是另一处沉默。

那封信本身也伤害了安，因为它透露了早在真正的痛苦开始前许久，韦德就曾遭受的痛苦。看到照片上的曾孙和曾孙女，安感到一阵难以置信的愤怒，仿佛她们的生命是径直从梅和琼的心脏里偷取的。难道这个女人真的以为她可以把她曾孙辈漂亮的笑脸归结于她多年前利用一个痴呆老人的罪行？难道她真的相信她是通过那次孤立的恶行创造了这两个开心的孩子？阅读这封给韦德的回信，一定程度上也是在阅读韦德，他很久以前寄出的信，他的恐惧，他的索取，也许还有他的威胁。他对他尚未出生，而今已经离去的两个小姑娘同样的，相冲突的爱。

她把那封信和照片一起塞进厨房的抽屉，第二天把那笔钱存到了银行。

她把整件事抛到了脑后。

但一个月又一个月过去，她感觉有什么变得不同了。不单是她对那个老太太的愤怒，还有别的什么。

那就好像她闭幕的人生中传出了另一个声音，打破了故事已经结束的错觉。她感觉自从韦德死后，她的人生第一次重新开场。但她不知道这开场意味着什么，直到有一天她在钢琴前坐下。她从那首老歌，那个源头弹起，那旋律困扰着她，她却一次次回归那个旋律，作为回归韦德的一种方式，“从墙上摘下你的照片”。随着旋律流淌，它变得出乎安的意料，变得面貌迥异，自成一体。她以前从没作过曲，这和她想象的完全不一样，既不枯燥，也没有灵感的迸发。它并未伴有创作的戏剧性，甚至也没有创作的快乐。这首歌不过是瞬间的完美感觉，不多不少。浓缩的夜色流淌在她双手下，她只要按下琴键，就能发觉它的存在。

低音谱号深沉的和弦。摩擦和灰尘，一个不和谐音。

这一切都在她的双手中。

原曲悬浮在她上空，摇摇欲坠。但这些可怕的和弦不时被右手的间歇高音打破，它们磕磕绊绊走过溪流中的岩石，稳住脚步，然后挣扎着，奔跑着，上气不接下气地冲上音阶。

片刻停顿。片刻休止。片刻喘息——安的双手在钢琴上的静止。半个音的永恒。

失踪。

起初轻柔，然后力度陡增，从失踪之中，蹿出了那群猎犬。

它们的脚掌落在地上，踏板踩出半音，神秘诡异，一阵柔和沉闷的雷声。她听见她丈夫在那片树林里，一阵泛音，他的双手决绝地划破空气，高音和弦翻涌而下。旋律现在落入了低音，变得难以察觉。他现在跟着的不是寻血猎犬，而是小豆顽皮低沉的固定音型，低音在甜美旋律之路上降下一道道峡谷，一路奔向梅的学校。在这里，安听见了校园里哀伤的守夜烛火，小三度闪烁的、清澈高昂的颤音，还有琼的学校——安的学校——的另一场守夜。出于她从未向自己解释的原因，她没有参加那场守夜，但她从教室的窗子里看见了，现在它从她的指尖浮现，夏日小操场里的火光，伴着安几乎听不见的半音阶的剪影，沿着一条下山的小径流向湖边，在这里，闪烁被踏板柔化，火光化为缥缈的和弦。

码头吱嘎作响：翻滚、破碎的和弦。然后，急速痉挛的旋律，她绷紧的、几乎跳跃的手。琼·贝莉·罗的曾孙子女变得越发响亮，像一种狂怒。落雨的院子里，从晾衣绳上弹起的晾衣夹急促、清脆的断奏，震颤着碎裂的迷你茶杯，舞鞋紧扣的节奏。慢慢地，她们渐行渐远，她右手的那个向东，她左手的那个向西，然后音乐再次变化，她们消失了。一片虚空。只剩前几个小节，第一段副歌在这里回响。

而在这音乐诡谲的薄雾中，旋律载着安来到了她自己的树林里，不久前她在那里意外地迷失了方向。那大概是一个月前，当时她和小豆一起在外面，她转身辨别方向的时候，发现两块她从没见过的标识牌钉在两棵树上。

她突然意识到它们标记的是她自己的土地，只不过她在迷路后转上了另一条路，再面对它的时候仿佛成了一个初来乍到的陌生人。

她听见自己此刻隔着标识牌，望向那片土地。她俯身在钢琴上，乐声中透出期待。滴水的松林在她移动的十指之中。落叶杂草覆盖的土地是一曲大调。这是她唯一能听见歌词的地方，歌词是两块标识牌的文字：**请勿闯入**，一块标识牌说，声音响亮而清晰地在林间回荡。而另一块——平缓而流畅，四个音符像一层网纱散入林间——**孩子在此玩耍**。

一整个小节的沉默。

它，那块标识牌，让她停下了脚步。在这里，在她休止的双手中，握着那六个字，但它们并不像珍妮时期的其他遗迹一样让她心烦意乱。一个月前，站在她自己树林的边界，至少有那么一会儿，她左手放在一棵树上，右手放在她的心口。此刻两只手都放在钢琴上，她谜一般地感到获得了赦免。平静安宁。

因为某种意义上，那块标识牌说的是真的。轻轻地，音乐重新响起，但那已不再是安的音乐，而是她最初弹奏的那首简单的歌曲，只不过换了一个调子。那块标识牌的宣言遍及这片山林，贯穿这首歌曲，是一种存在的状态，又或是一种氛围，独立并区别于生活在这里的人。孩子在此玩耍。谁的孩子、哪些孩子无关紧要，无论是韦德和珍妮的女儿，还是琼·贝莉·罗的曾孙和曾孙女。它蕴含在岩石、泥土、树木的气味中，像一条伸出的胳膊，一只拂过的手。它超越他们所有人的生命，事实上，它是他们生命的边界。它界定了最终归属于安的一切。于是安踏上它，进入它，回家。

她花了三天时间把这首曲子誊在纸上。在她完成的那刻，她抬头望着起居室，发现她的房子换了一副模样。它变得更加柔和，赏心悦目地褪了色。她看见阳光每天照过布艺家具的拱形轨迹。她以前从没注意过它。她在钢琴前站起来，环顾四周。她感觉身体轻飘飘的。她搁在钢琴顶盖上的咖啡已经凉了，于是她穿过房间，打开门，把它泼到外面的草地上。

接下来的几年里发生了许多事。她在一家叫“爱达荷山”的小学校申请了一份教学工作，很快她就发现自己被邻镇的乡下孩子包围了。一年又一年，在圣诞音乐会和春季歌咏会的完美节奏之间，她在忙乱之中获得了意想不到的快乐。她过了五十岁生日。一个教师朋友对她推心置腹。她冬天给山路除雪，春天侍弄花园。她哀悼小豆的离去。她又开始给她爸写信，甚至和他通电话。有一次在电话里，她头一次把自己的婚姻故事从头到尾告诉了他。而在过去，她会模糊时间线，省略一些关键的片段，不是因为担心他会试图阻止她，而是因为她想保留这样一个国度，在那里，她过着不那么曲折的人生。

但她现在过着的就是这样的人生。留在山上是她自己的选择，不是因为韦德的过去把她拴在了这里。是写作音乐——或者说重写音乐——让她这样做。她作曲的能力。每一天都以“从墙上摘下你的照片”的前几个音符开始，但等她下床的时候，那旋律已经变了，变成了她自己的旋律。

有时她惊异于自己看着琼·贝莉·罗寄来的那张照片时的感觉。她仍旧替韦德感到心痛，但她承认靠兑现他父亲的支票，琼把一种畸形的爱发挥到了极致。即使她道了歉，即使她对侵占的生活质量进行了迟来的偿还，琼的文字中也没有悔意。

但一点也不迟。时间刚刚好。安过了五十七，迎来了五十八。孩子们站在合唱班教室的阶梯上，她高举双手，将他们的众多声音托入延长。然后，当她感觉他们开始气息不稳的时候，她会突然合拢双手，释放他们的声音。

他们从阶梯上下来。他们在她四周散开。他们在琴键上来回摸，把音阶抹得脏兮兮的；他们敲打着白板擦；他们甩动着外套；他们叫着：“谢谢你，米切尔太太，谢谢你，再见！”

“不用谢，不用谢，再见。”

可是每晚，下课后她回到山上，过往又卷土重来。夏天学校放假以后，过往也会卷土重来，那时那首老歌又会从一年其余时间里的几百种声音中突围而出。恰在夏季伊始：我不愿目睹夏日终结/仿佛它未曾来过……

但每当这种情况出现，当黑暗和她的怀疑与愧疚再次降临，她会坐在钢琴前开始弹奏。她在其中寻得了安宁。如今她可以如此自然地将那首歌推出自身的边界，重塑它，释放它。两座山相隔五个八度，但都是 D 音，鸢尾的高音 D 以惊人的易碎感刺痛了她的双耳，罗艾尔则是低沉的回响。每一次，这首歌都会带来一些新的东西，都会让她从它原本的指控中解脱。有时她会写下那首曲子。有时她弹奏完立刻从钢琴前站起来，然后她敞开窗户，仿佛要把音乐放走。是这一点拯救了她——她能够把那第一首歌转化为她熟悉、了解的感情，而不是其他任何人的感情，不是臆测和恐惧。她自己的伤痛。她自己的人生。那是一种她前所未知的安宁。她可以从原来的那首歌里取出一个音符，把它放在韦德父亲死去的雪地里，然后看着那个音符结晶，迸溅出碎裂的冰碴，闪着寒光的、僵硬的、骇人的音乐，只要这音乐脱离了她，落在纸上，她就能把它放到一边，或是再度弹奏，或是付之一炬。

一九九五

梅在画猫。

罗克耶特一身火焰般的橙色斑纹，趴在高高的树上。罗克耶特追逐着知更鸟。罗克耶特蜷在野草里睡觉，一个圆圈套一个圆圈，三角形的耳朵，粗重的破折号是紧闭的双眼，胡须直得像铁钉。

手里拿着彩笔，她停了下来。她跪坐在自己房间的窗户下。她本来只想假装画画，所以发现纸上画满了走丢的猫，她也吃了一惊。她觉得自己可能要哭了。她等待着，看会不会哭。她抬头望着松树和临近黄昏的天空，那是一种干燥的蓝白色。她父亲在楼下弹钢琴。踩下踏板时模糊的乐声让她想起在蓝色垃圾桶里潜水的时候，琼深色的指尖敲击着垃圾桶的外壁，梅在里面屏住呼吸，强迫自己睁开眼睛。

距离她在那只干净的蓝桶里游泳已经过去了几个小时。距离她盯着琼书上那个女孩的眼睛已经过去了几个小时。一小时又一小时，然而——

楼下，她父亲练习着钢琴。震天动地的和弦，持续的踏板音色，指尖轻按，从头再来。她父亲的歌词从来唱不到点上，因为他巨大的双手赶不上。他的手在音乐中爬坡。它们拖拽着他磕磕绊绊的嗓音，翻过泥土中摇摇晃晃的巨石。他的手现在正往山下滑落，然后又向上去够，拽住树枝和长而糙的野草。

他的歌声那么轻柔，几乎是低语。一点也不像她父亲，倒像她们给娃娃的配音，那些男人的声音。

有人敲了敲梅的房门。

梅没有马上看是谁，她太吃惊了。她聚精会神地望着窗外，仿佛是出于对此刻的敬畏。她的门没关，从来不关。从没有人敲过那扇门。

慢慢地，她转过头。

是琼。她站在门口，用旧时琼的那双眼睛向她请求进屋。

琼说："闭上你的眼睛，告诉我什么时候停。"

她们一起跪坐在山坡上温暖的野草里，在房子的视野之外。她们已经一起漫步了很长一段路，边走边找罗克耶特。时近黄昏，树螽发出咔嗒咔嗒的声响。梅已经没在想罗克耶特了，但时不时她会突然记起来，然后呼唤几声罗克耶特的名字。

现在除了琼，她把一切都抛到了九霄云外。琼跪坐在她面前。金色的草叶在她们裸露的腿和手掌上划出一道道粗糙的十字。她们带了些纸和铅笔，还有几块面包，都在梅的印第安抽绳袋里被烤得热乎乎的。她们用指尖小块小块揪着面包，捏成小团送进嘴里。

她们把这个地方叫作“悬崖”，但这里并没有悬崖，只有一片铺满松针的陡坡。坡上很滑，人如果不抓住松树就会溜下去。“悬崖”对她们来说似乎一度成了对这片地形的准确描述，从那以后，她们很长时间没有来过。

琼笑起来。“我说了闭上眼睛。”

梅也笑了起来。她以为自己已经闭上了。

但现在她真的闭上了眼睛，她能感受到夏风吹拂着她的脸，能听到琼的铅笔在纸上沙沙作响，能闻到琼俯在她腿上那张纸上时身上的气味，洗发水，晒干的水迹，谷仓的灰尘，还有那只隐秘的受惊的狗，这时她感觉自己也俯身向前，等待着被心中的确定感击中。

“停？”琼问。她停了笔，铅笔稍微抬离纸面。

“不。”梅低声说。阳光照在她的眼皮上，一片光亮，那光亮在旋转。“继续。”琼的铅笔画下更多的线，梅听着；梅感受着纸上的摩擦。

她的心怦怦直跳，仿佛一只拳头敲打着她自己紧闭的门。

“停！”梅说，她一直在等待的确定感突然控制了她。她睁开眼，想看看自己为她们的“MASH”游戏选择的数字是多少。那张纸顶端排列着许多记号。琼什么话也没说，数了起来。数完以后，像医生宣布诊断结果那样，她宣布数字是23。

梅定下心来。她的心脏不再狂跳。现在只能等待。她躺在草地里，侧身撕着一只种荚，眼睛却在看她姐姐，看着她一次次数到23，划掉遇到这个数字的每一项。她先用笔尖敲过男孩的名字，**莱恩**、**罗斯**、**查德**、**提姆**，边敲边数。然后她用铅笔敲过孩子的每一种不同的组合，4女1男、3女0男、0女7男。然后她继续数下去，用铅笔触过所有梅可能拥有的工作和宠物，然后是所有她可能的住所，**大宅**、**公寓**、**棚屋**、**平房**。

时间一分一秒过去，分秒之间，琼划掉一种种可能性。她把妹妹人生的范围缩小至基础要素。最先被划掉的是梅原本可能工作的兽医办公室，这很可惜。但下一个被划掉的是大宅，梅曾在梦里进过这样的宅子，那是个可怕、空旷、冰冷的地方，里面古老的画像上画着别人的家庭成员。所以看到它被去掉，被划除，被琼的铅笔炽热的摩擦焚烧殆尽，她觉得松了口气。接下来失去的是所有拥有儿子的可能，这让她如释重负。接下来是丈夫，一个接一个被划掉，只留下一个。

她姐姐数啊，数啊，时而被留下的东西惊得笑出声，时而装出震惊不已的样子。梅看着，希望这倒数永远不会停下。她姐姐激动地扭着身子，晒伤的肩膀在她蓬乱的头发下一抖一抖的。她重新变得如此熟悉，如此真实。脏兮兮的连衣裙。歪歪扭扭的洁白牙齿。令她受惊之物的气息。草叶在她们双腿的皮肤上留下同样的印痕。

“你准备好了吗？你绝对想不到。”

“我准备好了。”梅说。

琼深吸一口气，睁大眼睛。“你会有三个孩子，全是女孩。你会养两只鹅、一只猫。你会开一家影片店。你会住在一座棚屋里。”

她扬起眉毛，留出片刻悬念，“还有，你会嫁给查德。”

为了证实预言，琼把那张纸拿给梅看。梅看着它点了点头。“一旦你得到了想要的结果，”琼说，“就永远不能再玩了。我们再玩一遍。”她说着又撕下一张纸。

琼在顶端写下“MASH”。

“可是我们不能再玩了。”梅说。

琼从纸面上抬眼。“什么意思？”

“我就选这个结果。”话一出口，梅就确定了。她们对视着，有那么一会儿，她们之间似乎出现了另一个人。琼的脸上浮现起一种熟悉的东西，一种和那气味的暗示颇为相似的暗示，仿佛另一个人马上要出现在她那张晒伤的脸上。新的琼：你想嫁给查德？你想住棚屋？你疯了吧。

但接着，它消失了。琼还是老样子，这个老的琼一点也不觉得梅疯了。“我也不能玩了。”她只说了这么一句，“我两年前就得到我的结果了。”

“你住哪儿？”梅问。

“公寓。”

“几个孩子？”

“没有孩子。”

“你做什么？”

“科学家。”

“谁娶了你？”

琼笑了。

琼晾干的黑发缠成一卷一卷的，露出她闪闪发亮的晒伤的额头。她双臂抱住双腿。她探身向前，拂掉梅脚面上的蚂蚁。就在这一眨眼间，越过姐姐的肩头，梅看见树林中有什么一闪而过。

罗克耶特。

二〇二四

三十二年前，伊丽莎白刚入狱的时候，她在猪食槽的槽底发现了一块沉在水里的马口铁。那块铁原来是食槽的一部分，后来生锈变脆，一头猪喝水的时候压在上面，把它折断了。一看见水里那块折断的铁片，那铜棕的颜色，那锋利的边缘，她马上有了一种如今她只能这样形容的感觉——那是她生命的力量。毫不犹豫，动机不明，她把手伸进脏水里，抓起了那块铁片。猪用鼻子翻拱着泥，冬日阳光照在栅栏柱和水面上，她站在粪池上一块露天的木板上，敬畏地打量着那块铁片。它的价值和它有朝一日被用作武器的可能性无关。重要的是这个象征意义——她可以拥有一件不该拥有却属于她的东西。

这不是件容易的事，但终于，她成功把它偷运进了厨房，她揭起塑料搁架上的聚乙烯垫，把铁片藏在底下，然后重新把锅摞在上面。

那之后过了差不多十六年，在她考虑要捅西尔维娅的时候，她想起了那块金属。在她计划期间，它每隔一段时间就会在她头脑里闪现。她怕它已经不在那块垫子底下，她怕它还在那块垫子底下。每次她鼓起勇气打算溜进厨房寻找，她都感觉被一种类似悲哀的情绪淹没，为她自己。

但那块金属也让她确定了自己要做的事。她开始相信多年前从水里捞起那块马口铁的人其实不是她自己，而是另有其人，一个几乎已经消失的人。她穿过洒水器水流的童年自我。就好像那个小女孩用尽最后一丝力气，把伊丽莎白的手伸进了水里，因为她知道伊丽莎白不知道的事，知道有朝一日西尔维娅会试图夺走她，有朝一日在万物之中，伊丽莎白唯独需要用那块铁片拯救她，拯救自己。

那块铁片会是个糟糕的计划。有时和珍妮一起大笑的时候，为她做礼物的时候，这想法会让她泛起一股寒意：如果她没有把捅西尔维娅的计划想清楚，如果她用那块铁片而不是用镜子捅她，生锈的金属会让她血液中毒，这也许会要了西尔维娅的命。这样一来伊丽莎白后来能够和珍妮结成的这场友情，将再也没有发生的可能。

但她的童年自我在其他事上都是对的。西尔维娅在把她从自己身上夺走，她猜得没错。如果那段友情继续下去，伊丽莎白心里那个小女孩会长成一个残忍的人。无论伊丽莎白是用了那块铁片，还是什么也不做，都会发生同样的结果。

但那个小女孩安然无恙。她能健康成长，一部分是因为那块镜子，一部分是因为珍妮。一个曾经杀死自己小女儿的女人，却使这样一种爱的诞生成为可能——一种让另一个小女孩活下去的爱，一种伊丽莎白以前不知道自己能够给予或容纳的爱。虽然伊丽莎白又开始在厨房工作了，但她没有去那块聚乙烯垫下寻找。现在保护着她的是她对自己再也不会需要它的确知，哪怕她心底知道那块铁片还在那里。

上个星期，伊丽莎白五十四岁了，在她生日当天，现年七十岁的珍妮打扫完浴室，一站起来就晕倒了。

她的倒下让伊丽莎白深受震动，不知怎的，她从来没有注意到她的朋友已经这么老了，直到现在。珍妮入狱已经有二十九个年头。她的头发几乎全白了。她留着到脖子中间的短发，厚厚的刘海，它配上这样灰白的头发看起来有些不同寻常，但也很美。眼上方的那抹白凸显了她眼睛的明亮。

尽管对护士说自己没事，珍妮还是在医务室躺了两天才从摔的那跤中恢复过来。伊丽莎白被允许在晚上公共休息时间进入医务室。她盘腿坐在珍妮的床边。

在珍妮恢复期间，她们谈了许多事。有几次，伊丽莎白问她如果自由了，她会选择过什么样的生活。

“我不想得到任何意义上的自由。”

“我的意思是如果你必须这样，”伊丽莎白恼火地说，“你会以什么为生？”

在这么多年的友谊中，她们从没有这么说过话，她看得出珍妮不喜欢这样的对话。但伊丽莎白还是紧追不放。

最后，珍妮说：“我不介意擦地。”伊丽莎白哈哈大笑。但珍妮是认真的。“这工作很平静。”

“跟你的咳嗽和头上的包说去。”

珍妮头上的那块瘀肿中间一片深紫，边上是一圈橄榄绿。

但珍妮在狱中已经拒绝过至少十几次工作调换了，所以她也许真的喜欢擦洗浴室胜过一切。也可能她是害怕尝试新事物。

“我给你准备了样东西。”伊丽莎白告诉她。

“什么？”珍妮问。

但伊丽莎白控制住了自己。“惊喜。”

“噢，拜托。别那么做。”

“别告诉我该怎么做。”

珍妮笑了。

伊丽莎白在她入狱的三十二年里，做过不多不少四种工作，每种都持续几个不间断的漫长时期，它们之间再穿插着其他不间断的漫长时期，周而复始。养猪两年，洗衣房四年，擦地两年，厨房三年，养猪五年，洗衣房六年，擦地一年，厨房九年——还在继续。

这样的循环扭曲了时间。养猪对她来说像是漫长而不间断的一年时间，洗衣房是另一年，厨房又是一年。她总是在时间中前后穿梭，成为她上一次做那份工作时的那个人，从上次间断的地方重新拾起。并不存在(尽管也许看似存在)养猪——洗衣房——擦地——厨房，养猪——洗衣房——擦地——厨房的顺序。只是单纯的这几件事：养猪。洗衣房。擦地。厨房。死亡。不分先后。从二十二岁到五十四岁，她在四个漫长的一年中老去。擦地那年对她来说是一段模糊而可怕的记忆，短暂却难耐——像初中——泪汪汪的眼睛和受损的皮肤。再把那份工作交给她，不管是不是五十四岁，她都会成为那个人，正值青春期，泪眼汪汪，忍辱负重。洗衣房的那年——老年——在百无聊赖中眯起双眼。凝滞的人工空气、闻起来像呕吐物的医务室床单混合了这几个年头的所有气味（厨房抹布、被猪蹭脏的衬衫、浴巾上的血迹），来自其他时期的记忆因彼此间发酵着互相贴近而腐蚀，变得更糟。脏衣堆是对其他那些混在一起的年头熙熙攘攘的再现，一种气味的记忆错乱，洗衣机的声音又是那么响，像静电干扰声一样令人听而不闻，那枯燥梦境的背景音乐让她发冷冒汗。甚至在她年轻力壮的时候就是如此。在洗衣房，她度过的是老年，也就是说老年不过是个处所，一旦重新调换工作，她就可以离开。

厨房的那年——成年——无趣但也活跃忙碌，流言蜚语沉重的积累，随意抛掷的命令，柠檬气泡水和长长的、黏糊糊的一条条带状糊粥，压抑的戏谑，那是狱警注视下的一种伪装。她们站在周围，以防你试图用根本不可能弄碎的塑料盘子割伤自己。

还有那些猪，猪是她最喜欢的。她把它们和自己可以去监狱学校上课的那个短暂时期联系在一起，和珍妮接生出猪崽儿的那个完美的日子联系在一起。养猪场气味熏人，工作艰苦，但那里是一个她渴望重返的故地，不过在她这个年龄已经没有这个机会了。它如今成了一个逝去的时代。她想到它就好像想到了童年。如果说监狱是来生，那么养猪场就是来生中的童年。新鲜空气，对四季的感知，拥有目标的错觉，各种各样的小灾难。那里有生死攸关的猪生大事，从大局看来微不足道的灾祸和胜利——毕竟那些猪是养来吃的——但它们有一种能够支撑她一整天的隐秘意义，就像小时候的那些失误与胜利。

把她放回农场，交给她一只桶，她会重新体验到那种感觉。她人生的早期特质会电流般涌过她的血管。遭遇灾难，或者有时同样惊人的避免灾难，会让她感到一阵奇异的、混乱的欢快。

她感谢周期性的工作调换让这种时间扭曲成了可能。这样的精力转移让时间顺序显得愚蠢可笑。这是她活下去所需的支撑。这是她应对自己所作所为的方式。把她送进这里的那些事存在于另一年，一个遥远的年头，一个她现在不会、以后也不会再经历的年头。

但珍妮的工作却沿着一条直线通向她生命的尽头。背景一成不变：水——蓝得令人头痛——海绵、瓷砖、下水道、墙面。这些是苍白的证人。她的身体在它们面前疼痛、老去，它们和她自己都看得清清楚楚。也许她觉得自己多年前的所为是时间中的一个点，只有一条直线才能终有一天带她到再也看不清它的远方。

伊丽莎白是珍妮唯一的朋友。伊丽莎白爱她。在并非她选择的这段人生中，她找到了一个她愿意选择的朋友，并和她开始了一段生活，一段她选择的生活。珍妮。她的脸现在已经对音乐的悲剧无动于衷。她棕色的眼睛永远透着哀伤，但从未充盈过泪水。圣诞期间挂在走廊里的爆米花串折磨着她，在文娱室屋檐下筑巢的燕子让她难掩喜悦。她痛风的双手给伊丽莎白编过辫子，带着佯装的不服气掷下过扑克牌。她那双棕色的眼睛和棕白相间的头发，若是配上一件蓝色毛衣和珍珠项链，一件有些学院气的西装上衣，看上去该有多美。她是圣人山资历最长的学生，但这么多年过去了，她丝毫没有意识到自己是个学生。她把自己看作一个记录员；再一次，她把自己贬低成了一只手。

她们从没谈过让自己身陷此处的所作所为，从来没有。但伊丽莎白知道近三十年前，珍妮的那场审判简单而短暂，因为她坚称自己有罪——她说出这个词时黯淡目光中的决绝，其他人（伊丽莎白）可能会将之用在她毫无希望的申辩中——在整场审判中，她丈夫没有看过她，一眼也没有。

伊丽莎白听狱中其他人说，她们从外面听说，当珍妮被要求在审判中为自己的生命申辩时，她是这么说的：

“我的愿望是让你们杀了我，但我永远没有权利再得到任何和我的愿望沾边的东西。”

伊丽莎白怀疑珍妮是否真能表达得如此镇定，如此直接。但她的确相信珍妮没有任何愿望。或者即使她有，她也会用一块浸透水的蓝抹布擦去自己的愿望，然后原地等待随便什么违背她意愿的事发生在她身上，比如（伊丽莎白希望如此）她神秘到来的自由。

当然，一切都还没有定下来，但有这个可能。珍妮的三十年大关已经临近。如果她想，到时会召开一场听证会。如果说有谁是合适的假释人选，那一定是她。服刑期间没有一次违纪。从没对狱警说过一个难听字。她是唯一一个从未失去过学习的权利或者兴趣，每学期坚持上课的人。老师们爱她。只求她不再将自己所学的知识拒之心外，只求她不再止步于充当伊丽莎白的媒介。但那位牧师如今已经故去，再没有人知道她的课业并非为自己而做。从文件上看来，她这些年一直在积极通过接受教育找回自己的人性。委员会一定会喜欢这点。他们会看见一个老太太坐在那张桌子前，他们也无法想象她会做出任何不温和、不镇定的事。

但如果让珍妮自己决定，她会放弃上听证会的权利。这一点毫无疑问。她排斥宽恕的想法。她甚至不肯相信上帝，因为她无法相信有人会宽恕她做过的事。她以前说过很多次这样的话。

没关系。是的，这没关系。她尽可以继续用她漫长的苦难向早已过去的那一刻献祭，那是她这辈子唯一不是她自己的时刻。但让她换个地方，别在这里，别在这里让伊丽莎白眼睁睁看着她把生命耗费在这无尽的悔恨中。

伊丽莎白会为她申请。这就是那个巨大的惊喜；这也是她巨大的牺牲；而在珍妮眼中，这将会成为她巨大的背叛。伊丽莎白会填写好假释申请。她会像她多年以来的那样，把自己当成珍妮去写作。但这次写的不是诗，不是历史论文，是一份改造陈述。她会在结尾模仿珍妮的签名。

在漆黑的夜里，她已经练习过。她曾写下一百段不同的话，记住写得好的句子，又因为害怕珍妮发现把它们全部毁掉。她既无法理解多年前发生的那件事，事实上也不认为有理解的必要，那么她又该如何谈论它？这项无比艰巨的任务是她将自身所学——语言、历史、诗歌、艺术——付诸实践的唯一机会。她在表格上代笔的那段文字将成为这一切的顶点，成为她对这世界的告别，对她这一生，包括以前的人生，最美好的一件事的告别。

试图用珍妮的文字描述当时的她和如今的她，试图将假释听证会所需要的那种语言和概括强加于那些可怕陈腐的谜团上，这些迫使伊丽莎白入狱以来第一次思考自己曾经做过的事。她枪杀了自己的男友。她试图逃跑时被邻居撞见，于是连他也一起杀了。

她被连着判了两个终身监禁，在她看来这个判决是对的，是公正的。但她真正犯下的谋杀只有第一次。第二次是恰巧发生在她身上的一件事；它是刚刚发生的那次暴力的延伸，一桩她的手犯下的罪行，仅此而已。她恐惧的根本不是她的邻居，不是被捕，而是她变成的这个新的自己。在她射杀男友的那一刻，其他一切都无所谓了。她身体里有种感觉，仿佛无论发生什么都无关紧要。哪怕仅片刻后又犯下同样的罪行。它也无法与第一次犯下的可怕罪行相提并论，与之相比它显得无足轻重。

不同于珍妮，伊丽莎白是计划过她所做的事的。它出现在她头脑里没有很久，也许有几个小时，但总归经过了她的头脑。但就算那是她计划过的，她仍然想不通为什么。有时他对她略显刻薄，有时简直刻薄极了。但他从不诉诸暴力；是的，他从来没有打过她。她清楚地记得将她引向那把枪的争吵，但那场争吵不可能是原因。这一切怎么可能被简化到那种地步？为什么会有人选择相信画等号这样丑恶的事？哪怕只是单纯地说她被“引向”那把枪,说她被“挟往”自己心中的那个点，这样的说法在她看来其实也并不真实。差不多真实。但其中某个地方存在着一个谎言。即使在它发生后的那一刻，她都不知道为什么会发生这样的事。和所有的鲜血相比，和她的行为在世间撕开的这个崭新的、天旋地转的维度相比，动机什么也算不上。它被弱化到了根本不存在的程度。即便是捅伤西尔维娅这个她一再计划的行动。那其中有原因、诡计、动机、谋划、对结果的预知、对结果的意愿，全部都是蓄意的。这一切千真万确。但即便如此，捅伤西尔维娅，这其中的理性逻辑，仍旧源于那第一次非理性的杀戮。那条通道。那扇她只打开过一次的门。

她已经研究了珍妮的笔迹这么多年。她课本和影印件空白处细小的蓝色字迹。珍妮的手在那阴湿却友善的教室里为伊丽莎白捕捉的一个又一个钟头，像送给她的一罐美丽昆虫。谢谢你——但如今，唯有将这件礼物物归原主。

几年前，珍妮说过一次梦话。

"她在山上小溪里看见了一条鱼。"

这就是珍妮那天深夜里说的话。她的声音中有种感情，一种如此信任、如此安心的感情。梦里听她说话的人是伊丽莎白。一定是。伊丽莎白仿佛能看见自己在珍妮的脑海里，看见她们两个一起坐在地上，聊着她们以前从没谈论过的事。这就是为什么在那一刻，她觉得可以顺理成章地接话，可以允许自己就这一次闯入她最好朋友的脑海。

"是吗？"伊丽莎白轻声说。

"她想让我去看看。"

"谁？"小心，再小心。

"梅。"

"你那时候在哪儿？"

"我太忙了。还有那么多活要干。"

"我知道。"伊丽莎白说，"好多木头，对吧？"

"我让她穿上长裤，因为那儿全是灌木丛。"

"你想得很周到。"

"划伤，晒伤，还有蛇。"

"你想保护她。"

"是的，是的。"那声音非常平静。然后，带着一丝惊恐："谁？"

"梅。"伊丽莎白说。

"梅？"珍妮的声音中带着痛楚，"梅？梅？"

伊丽莎白的心脏剧烈地跳动着，她用拳头敲打墙面，直到她听见珍妮醒来，听见她平稳住呼吸。然后她听见珍妮翻过身，重新入睡了。

灌木丛里要穿长裤。阳光地里要穿长裤。珍妮在杀死自己孩子的当天还在担心她被蛇咬，被晒伤。无论是什么让那把斧子落下，都不会是一个想法，一种动机。是的，是一种业已消逝的感觉残留的惯性裹挟了那把斧子。如果事情到了那一步，如果伊丽莎白被要求作为证人出席，这是一件她将会在假释听证会上提到的事。而她的确可能出席，因为在那张表上，她用珍妮的笔迹把自己写成了邀请发言的人选。

该如何表达？该如何把这一切打造成一段陈述？

这是我第一个假释的机会，我谦卑地提出申请，不作任何期待。我多年前所做的事无人能够宽恕，无论是诸位，我自己，上帝，还是任何在世或已故的人，

除了伊丽莎白。

伊丽莎白宽恕我

伊丽莎白要放我自由

伊丽斯[1]真美啊

她把那一张也撕掉了。

当然，珍妮可以阻止她。珍妮可以告诉假释委员会她没有申请假释，这一切都是伊丽莎白做的。她可以说她知道自己对社会是个威胁，他们最好别放她出去。她最不想发生的事就是放她走。

但也正因如此，珍妮才不会反抗。因为她认为自己永远没有权利再得到任何和她的愿望沾边的东西，而她的愿望是死在这里。珍妮会把离开这座监狱看作她能得到的最严厉的惩罚，因而也是她应得的惩罚。

但珍妮离开以后，伊丽莎白才是将会死在这里的那个人。她会为了珍妮的信，为了一两张照片再活一阵子，但之后她会要求调到洗衣房。到了周末，当新来的女孩坐在钢琴前弹奏，她会倾听它的善意，倾听它痛苦的和弦，然后她会代替珍妮睡去，像叠起别人新烘干的床单一样叠起自己的灵魂，而她将不再醒来。

多年前，或许那位法官同意珍妮无权得到她希望得到的东西，又或许她用双眼无声呼喊出的那赤裸裸的悲痛让他动容，或者不安，或者迷惑，这无关紧要。他轻声说："终身。"于是她活了下来，仍然活着，还会继续活下去，直到那句轻语的尽头。

① Eliz，伊丽莎白（Elizabeth）的昵称。

二〇二五年五月

很久以前，曾经有一段时间安试图探究*爱达荷*有什么含义。这个问题不存在一个简单的答案，那段历史错综复杂又记录不详。一开始，似乎这个词在肖肖尼[①]语中表示太阳升起时阳光移下山脊的情景。但再深入探究那段历史，她发现那是个谎言；没有任何一种土著语言里有类似*爱达荷*的词。尽管许多文献来源这样声称，但这个词并非“山之宝石”的意思。

真正的故事似乎和一位作为代表出席国会会议的矿工有关。在国会大厦的众议院会议厅里，他在和一个小女孩玩。她是他朋友的女儿，一个叫爱达的小女孩。按理她不该出现在众议院会议厅里，但她的确在那儿，在和这个她不认识的男人玩，与此同时，周围的人正在讨论如何给一个计划成立的州命名。突然，她从他身边跑开，

① Shoshoni，又写作 Shoshone，北美印第安原住民族群，曾经占据今美国加利福尼亚州东南部、内华达州中东部、犹他州西北部、爱达荷州南部和怀恩明州西部地区。

奔向通往国会大厅的门，这时他对她喊道：爱达！嗬！回到我这儿来！

回到我这儿来！

其他代表听见他的呼喊，问他是从哪儿听来了这个美丽的词。他们不知道他喊的是一个已经不在那儿的小女孩，一个他们从未注意的小女孩。他们以为是灵感的闪现让他脱口而出。他是个富于情感的人，于是他回答唯有这个词配得上这片崎岖的土地，并且转眼间就编出了一个故事。他告诉其他代表他听见过肖肖尼人在黎明时分吟诵这个词。他说这是肖肖尼人对日出的描述——山之宝石。

国会被打动了。

经过一轮压倒性的投票，这片以丹佛[1]为中心的领土将成为爱达荷州。

但就在官方宣布建州前夕，那人的谎言被揭穿了。险些用毫无意义的东西——一个小女孩的名字——给一个州命名，国会既失望又难堪，他们迅速更名为科罗拉多。

但爱达荷并没有就此消逝。那位矿工把它带回了矿上。他一遍遍重复着那个词和它并不属实的含义。那发音是如此富有磁性，它在人们心里扎了根。人们开始相信自己曾亲耳听过肖肖尼人的吟诵。这个词传到了北方，这个词传到了西部。它出现在了一条来往于哥伦比亚河[2]的蒸汽船船身上。那个肖肖尼词语被用白漆刷在蒸汽船

① Denver，科罗拉多州的一个合并市县，也是科罗拉多州的首府和最大城市。

② Columbia River，北美洲西部大河之一，源出加拿大南部落基山脉，从源头向西北流出后向南流经美国。

船身的一侧，这幅画面印在了岸上居民的心里。他们记住了这个词。追循一串印象的踪迹，就如同追循一串无意识的音符。

也就难怪有人想到要把这样一个含义丰富的名字赋予一个孩子。

因为不久以后，又有一个小女孩出生了，她被命名为她父母以为在肖肖尼语中代表日出的那个词，但事实上那只是另一个小女孩——那个如今早已被遗忘的孩子的名字。正是这第二个孩子的姨妈，一个位高权重的女人，把这个词带到了国会，她要求用她刚出生的外甥女，这个叫爱达荷的小女孩的名字命名一片领土——一片新的领土。

也就是说，一个州得名于一个小女孩，她又得名于另一个小女孩。循着这条踪迹，你会发现这就是事实。一个女孩，一个谎言，一艘蒸汽船。然后是另一个小女孩。然后是这片土地。

回到我这儿来。

含义如同音乐；它会朗朗上口，会久久流传。它终会回归。副歌、乐句、来往船只的名字。停留在我脑海里，它扎根在了我的脑海。故事如何将自己系于文字，文字又如何将自己系于脆弱的节奏、敏感的曲调。安擅长挖掘流传的音乐。它挥之不去，像恐惧，像爱。

从墙上摘下你的照片
带它离开
把你的秀发染成秋色
不要让岁月夺去它的色彩

再过几个小时，会有人来拖走拖拉机。再过几个月，安将永远离开爱达荷。

这个她曾遗忘的爱达荷。

这个她将想念的爱达荷。

回到我这儿来。

和近三十年前安第一次看见它的时候相比，柴棚周围的那片空地没有多少变化。仍旧是那几块被野草侵蚀的碎砖，那几轴铁丝。曾是一架秋千的两根绳子还吊在那同一棵落叶松上，但绳头已经腐坏，散开。几乎没有一丝风，但两根绳子一齐摇荡着。

安五十九岁。她上一次来这儿是二十一年前三月里的一天。她来到山上，她的头发沾上了卡车尾气。韦德闻出来了；他不用知道就已经知道；他把她的脸按在掉落的刀刃里，割伤了她的嘴唇，那晚她对自己发誓，为了不伤害他，她再也不会到这里来。今天正是那一天，只是它像她一样老了，空气更加陈旧、更加凛冽，但仍是那一天。一个尘封二十年的日子挣脱了它的禁闭。

卡车发动机罩积水的凹槽里锈迹斑斑。安打开副驾那侧的门。车里有一股淡淡的霉味，但不难闻，像谷仓里的陈干草。地上有老鼠的粪便。她扣上安全带，手拂过仪表板，然后望着手掌上橙色的花粉。尽管她不是刚刚才发觉，但这想法仍旧让她愕然：我在这儿生活的时间比他们所有人都长。

韦德去世已经有十六年。他在鸢尾山上生活了二十四年，珍妮和琼九年，梅只有六年。而安在这里生活了二十九个年头。她半辈子都是在这里度过的。

来自监狱的那通电话是一个月前打来的。电话里的那个男人说起珍妮的假释，就好像安已经知道了似的。他似乎以为她们是姐妹。她想不出话来纠正他。震惊之中，她把精力集中到了一件事上：将自己的所有物精简到六只纸箱和一行李箱衣物。她辞了工作。她卖了东西。她还卖掉了这片土地。

她还没有时间消化这场告别的严肃性。

卡车里挂在后视镜上的捕梦网上，两根垂下的染色羽毛挂满灰尘和蛛网。安摇下车窗，盯着空荡荡的柴棚，让微风抚过她的面庞。她转头望着两个后排座椅，它们已经近三十年没有用过，右侧座椅的蓝比左侧更鲜亮些，但都晒褪了色。

此刻闯入思绪的是她多年前教给韦德的那首歌。直到树林里的那晚，她才看清那首歌的深意，那一晚她回忆起了韦德第一次爱的告白：催生那份爱的是音乐，是教室里最初那些犹疑的日子，在这一切开始之前——之时。

那第一首歌，清晰如初，重新恢复了本色。那些词句击碎了最近十几年的平静。

从墙上摘下你的照片

让我不必再看见你的双眼

也许不久以后我将不再记起

那些曾经美好的痛苦回忆

安必须做得更好。她必须更进一步。这不可能就是她所能做到的最好。她是多么自私，这么多年过去了，她所恐惧之事从未变过，除了细节更加充实，可能性毫无增长。但她想不出别的解释——存在一个解释，这一切有一个缘由，这已经成了她能想出的唯一一种。她猛地把后视镜扭向自己。她打量着自己年近六十的面孔。在她身后，空空的座椅。

爱情不过轻风般吹过
把我们全都卷进秋季
如今你要如秋叶般别离
从墙上摘下你的照片

韦德哼唱着这首旋律，站在他的巨石上，望着那道山谷。驶下一座山，驶上另一座山，他们来时曾驶下那道山谷，然后重新驶出。

他一边哼唱，一边心不在焉地用戴着鹿皮手套的手指敲着大腿，中指 C，无名指 D，小指 E，无名指 D。摘下——你的——照——片。他没有意识到当他把她的音乐带到这里的时候，他泄露了什么。

但那首旋律是安。那是他在用另一种方式拥抱她，在这座她永远不会去的山上拥抱她。他爱她。他爱她。

而梅听见了。她不知道缘由，不明白那是什么。但她把那首曲子带在身上，让她周围的一切赋予它生命力。嗡嗡叫的马蝇，夏日的忧郁，那首歌里少数让她有同感的词句：我不愿目睹夏日终结，仿佛它未曾来过。其余歌词只是装饰，夏日已尽的感伤才是核心，那唯一一句真实得可怕的坦白唱起来让人愉悦，唱对它是一种乐趣。

于是她唱起了那首歌。在卡车里，在安身后。在那儿，在她座椅后狭小局促的空间里，那孩子唱了起来。安感觉到了即将降临的恐怖；她感到眩晕；她感觉对那旋律的恐惧此时在她心中如此迫近，彼时在梅心中如此迫近。

珍妮也听见了。

从墙上摘下你的照片

带它离开

把你的秀发染成秋色

不要让岁月夺去它的色彩

这是刚刚珍妮听见韦德哼唱的那首旋律。她在她感觉的边缘听见的那首旋律，被她丈夫从别处带上了山路。那首她无法辨别的旋律，此刻从她孩子的口中获得了词句。不再只是哼唱。孩子张开了双唇，这个动作打断了那条嗡嗡作响的线，而此前它不过是众多声音丝线中的一根。突然间，那股轻微振动被那张曾经在她乳房上吸吮的张开的嘴赋予了轮廓；当每天用在别处的词句被串联在那根特别的丝线上，它们就变了模样。除了死亡，唯一强大到足以使你的身体不再属于自己的力量还有什么？爱，爱，我第一次见你就爱上了你——别这么说，求你——在那间教室里。

珍妮听见了。

那是个想法，又不是个想法。那是各种元素紧张的摩擦和转移：暑热，灌木丛的噼啪声，她双臂中的疲惫，坑坑洼洼没完没了的车程，摇晃他们、让他们在卡车车窗上一点点磕碰散架的遍布沟痕的土路，他们感觉不到的裂隙，原木在车斗上的撞击声，蛛网和他们腿上细如蛛网的割伤，刺痛他们敞开的毛孔的汗珠，马蝇细小的叮咬，她和她后座上的孩子之间渐渐稀薄的空气，一个想法，又不是一个想法：我们是如此容易散架。别人的生活可以飞速钻进我们的裂缝，而直到这陌生之物进入体内，我们才发现裂缝的存在。我们比我们想象的更易渗透。

安的手无力地垂在敞开的门外。她奇迹般握着发动车的钥匙。它是从哪儿来的？厨房的抽屉里。她几乎不记得打开过抽屉。但她的手记得。驱动它的是冲动，是安心底的意识。此刻，手紧紧攥住它自己在她不经意间找到的那把钥匙。

一首歌，困在三个人的思绪中无法逃脱。无法逃脱——像一小片灵魂被扣在手掌和茶杯中，嗡嗡作响：另一个人。无法逃脱——像一条袖子被带刺的枝杈钩住，挂在这孩子的思绪上。而现在，在珍妮孩子的心里，这另一个声音将会活下去。安的声音生了根，不经意间，它整个改变了梅的身体。它用歌词的真诚挑动她的眉毛，即使她还太小，无法理解歌词的含义。它用节奏让她点着头。它改变了她的呼吸。它让她的嘴张张合合。女儿变得多么像困在珍妮头脑里的这个东西，这块远隔一片大陆的英国童年的碎片，这缕斜射在海港上的阳光。

每隔一个音节，她用光溜溜的小手拍一下光溜溜的双腿，表示重音。

珍妮动了——

一九九五

过后。

无声无息。一场梦。

挡风玻璃上的灰尘让后面的树木显得如此真实。树木勾勒出天空；天空，云朵。这一切在她面前，穿过她能看见的这片真实的森林，向深处无穷无尽地铺展。

但在她不去看的身后——那才是这一秒真正流逝的地方。

寂静土地的污迹横陈在那一刻。战栗一刻的污迹横陈在寂静的土地。永远与珍妮的手同在。

一九九五

寻血猎犬松弛的皮毛能留住地面的气味。耳朵拖过林中的土地，把气味送上皮毛，气味被保存在皮毛的褶皱里，让猎犬即使在踪迹消失以后，仍然能保持对踪迹的记忆。那条踪迹的气味变成了他自己的气味，留存在脖子和眼睛周围的褶皱里。在层层叠叠的皮毛下，他要费些力气才能抬起眼睛。狗低着头，不管追踪什么都不靠目光的指引；前额在重力的牵引下堆在鼻子上，于是褶皱间的气味比褶皱遮住的眼睛更像一种视觉工具。沉重的双耳总是垂向前方，形成一道踪迹的围墙，一种隧道和隧道视觉，耳朵尖从地上翻起的微粒被褶皱收集，留存起来。

工作结束，抬起头，那条寻血猎犬变成了另一条狗。褶皱松开，前额舒展，气味被释放了。

狗就是这样遗忘的。狗就是这样继续走下去的。

他抬起头。

水中留下了足迹，足迹被水冲啊，冲啊，冲向下游，但水不深，足迹被卡在露出的岩石间，卡在下游一根掉落的树枝湿漉漉的树皮上。水流过树枝，但没有完全没过，龟裂的树皮之间没有被水冲刷过的地方，为他捕捉、保存住了唯一一星残余的足迹。他拾起，带在身上，存在记忆里。他的鼻子没在水里。他能吸入那气息，那气息之间有什么。

暗示。

这些足迹像他只能零星记得些蛛丝马迹的另一个时期，那时他还没到能走出谷仓的年纪，还裹在母亲的皮毛里，在那儿紧紧缩成柔软的一团，母亲追踪着他，在自己的前额里。还有乳汁的气味——他追踪的唯一一种踪迹，但也不必追踪，因为已时刻在它的包围中，而且没有力气走远。他肿胀的双眼紧闭着，闭上它们的不是层层褶皱，而是他生命的稚嫩。几年后这些足迹的残余中仿佛汇集了那份稚嫩，那个时期，那些甜蜜又可怕的清晨纷乱。他只能偶尔闻出几缕水面之上的一种暗示，这时那些踪迹会重重地压在他的眼皮上，地面会向他的鼻子升起，而他感觉到的还算不上气味，只是一段记忆的痕迹留下的痕迹。

可是太多了。足迹，人。到处都有人在呼唤那踪迹的名字，他就算闭上耳朵也能听见那个名字。天黑了。尽管他沉重的前额下永远是昏暗的，但他至少知道天色已晚。他从那些人呼唤时急促的喘息中嗅出了暮色。他们呼唤的不是他，而是他追踪的不知什么，一只手套里的气味，那气味中有一千种气味：皮革、老鼠，和水、火，手，和脚，还掺杂着几小时前闻过这条嗅迹的其他狗，橡胶轮胎的热气、停转的引擎、衣服、靴子，不属于这片森林的泥土干结在人们鞋底的防滑纹里，被从别的地方，农场、人行道、割过的草地带到这儿，上面还沾了新鲜的鹿粪球，它们在橡胶和地面之间被碾裂，气味释放出来。

他开出的这条隧道穿过气味的密林：一周前的熊，麝鹿在树上蹭开缠结的毛，松树一天前被牙齿剥掉了皮，那发酸的牙齿闻起来像消化过的草和恐惧，甚至像石头，受惊时喷溅的口水沫，还有兔子；他嗅到了地下新生的兔子，在破破烂烂的脏兔毛里，胎盘已经干瘪，兔子有些刚出生，有些已经大得足以负伤归来，松针上的血早已被丛林狼用腐臭的、散发着饥饿的舌头舔干，又或者是其他的狗，它们皮毛中带有干草和室内的气味，并非为狩猎而来，而是心不在焉地用气味浓烈的鼻子刨着一堆堆粪便，霜后的接骨木果让其变得苦甜参半，那是熊为了毒死绦虫，让它们滑出肠子而吃下的。

还有土壤本身，干燥，到处泼溅着尿液，人的和动物的，以及一股从皮毛或者指尖抖落的水流，它们沾着黏糊糊的泥巴、汗水，还有不知什么的恶心人造物。有时又有一股暗流：尾气，卡车，一把现在几乎已经闻不到的链锯，相互撞击的鹿角，一种不鲜明的、丝丝缕缕的气息，小蚊蝇，它们的脑子被碾在人的皮肤上或野草下，人的恐惧和可的松，他们拿着的手电筒里晃来晃去的电池，这在他的鼻子里变成一种沉闷的金属嗡鸣，树皮让树液冷却结晶如蜂巢，蜂巢本身，被惊扰的甲虫摩擦着节肢，一丛丛萎蔫的花，冷下来的野草，舔净脚掌的猫的气息。

而其中一个人闻起来比其余这些气味都重，那是一种跌跌撞撞的气味，散发着危险，他衣服上还沾着其他人的气味。这个人拼命试图跟紧他，但狗并不愿和这个人靠近，他满溢的绝望，他愤怒和不幸的气味瀑布般泻下他的肩膀，流过他的双手，涌出他的嘴，呼唤出又酸又热的气息。这个人戴过那只手套。他们放在他鼻子前的那只手套,那只手套的温热,里面的汗水,曾经长着这块皮的那只鹿。那只手套里是卡车的气味，闻起来像鲜血，以及其他东西，它们附着在散发香味的脏头发上，附着在被划出一道道纤细如丝的伤口的皮肤上；糖果味的鼻息带着浓烈的盐和类似呕出的食物的气味，但几乎已经消失，蒸发尽了；从种荚里迸出的种子鲜明刺鼻的气味，是孩子的指尖弄破了种荚，又或者是其他猎犬的皮带、胡须、鼻子。很久以前，或许已经有几个小时，它们就抬起头，走向了新的踪迹。

二〇二五年七月

夜晚。灯关着。山不在了。

安的行李箱靠在墙上。六个装着她全部家当的纸箱放在车里，车停在街上。她睡在起居室里的一张充气床垫上，没有睡那张床，那套没人碰过的床品。

一把扫帚、一张椅子、一桶涂料。她在黑暗中审视着自己的成果。她已经几天没怎么合眼了。

她花了很长时间才在这个镇上找到一条没有孩子的街道。她在附近一家民宿住了三天才决定租下这个地方。她要等等看有没有住在这里的孩子，没有。有短暂停留的家庭，有去做客的孩子，但没有一个住在那儿。安确认过。直到她确认以后，她才签下了租约。

这座有三间公寓的建筑位于莫斯科[1]的一座山坡上，离爱达荷

① Moscow，此处指爱达荷州北部城市，靠近华盛顿州州界。

大学校园不远，所在的那条街道一头和一片枝叶繁茂的森林相接。楼正面是砖墙，大门周围爬着干枯的棕色藤蔓。公寓三面都有朝向街道的巨大窗户，还有一扇窗户正冲着森林边缘一棵枫树的枝叶。有时候，早上会有一头鹿从森林里走出来，到楼前吃草。

厨房里铺着浅黄色油地毡，里面有一只小煤气炉和一个浅水槽，剩下的空间刚够放下一张桌子和两把椅子。紧挨着厨房的是四英尺见方的阳台，安在那儿挂了一篮天竺葵。她每天用老式水罐给花浇水，她起初买它不是为了浇花——花是后来才有的——而是为了放在栏杆上作装饰。她那是在昭示一种更广阔的生活、一种真实的生活，曾在这些窗户后面上演。

在小卫生间里的木头搁架上，她叠好了几条新买的白毛巾。她已经刷掉了下水道上的锈迹。

墙上没有挂画，厨房擦手巾上没有图案，浴帘和她挂在厨房窗户上的短幔上没有花鸟，新被子是柔和的暖白色。就连马克杯也是朴素的款式：上面什么也没写，只有粉色的斑点。这个家的任何一个角落没有安的痕迹。

第二天一早，她在镇上买了一张公交通票，还有一个冰箱贴，好把车票压在冰箱门上。她买了一个工具箱，然后回到公寓换了水龙头。她再次出门，在隔壁小区的庭院售卖会上买了一座书橱和一张大樱桃木书桌。在书桌顶层的抽屉里，她留了一张这座城镇的地图。

之后，她绕了些弯路，来到校园里的英文楼。天气温暖，和风阵阵。尽管天色渐暗，仍然有暑期学生趴在树下，双臂交叉在翻开的书本上，脸枕在胳膊上。这些学生扭过头望着绿头鸭，或者其他带着饭盒路过的学生，饭盒里散发着食堂的香气。

她以前从没来过英文楼，费了些工夫才找到它。到了楼前，她爬上宽阔的水泥台阶，穿过大门，站在走廊里。几个学生经过，心里想的一定是：可怜的糊涂老太太看着自己的过去，正怀旧呢。但她看着的是铺了地毯的地面。她在想象这里夜晚的情景：月亮照进窗户，从家里带来的收音机音量被调高，一个老太太——不是她自己——想多慢就多慢，沿着走廊推开一片真空。

她用自己和珍妮两个人的名字开了一个银行账户，在里面存了近一万一千块钱，那是琼·贝莉·罗寄来的钱，外加过去四十四年间积累的利息。等到珍妮能亲自去银行的时候，她马上就能把安的名字从账户里删除。通常开立这样的账户，出纳会要求两个账户持有人都到现场。但她破了一次例，因为她们两个同姓。

她以为她们是亲人。

这是她在莫斯科的最后一晚。睡前，她站在起居室中央，试图以中立的眼光打量这间公寓。

这间公寓给她一种足够让人舒服的感觉。忧郁而孤独，是的。但街灯透过枫树摇曳的枝干投进窗户的道道光影，敞开的窗外有人飞快地蹬着自行车从街上经过那令人安心的声音，让这份孤独感变得柔和。这是间老公寓，气氛舒适，一切都老旧得恰到好处。当珍妮后天推开这扇门，向她问候的这间屋子将是温和的，没有情绪，只有它本身。这里没有孩子，没有一点他们的声音，没有什么能让她记起往事。

当然，安从没当面和珍妮说过她们的计划。像那名出纳一样，一位社工也把珍妮当成了安的亲属，他在两个女人之间传递着零碎信息，仿佛以为她们早就知道了大意，仿佛她们在过去三十年中肯定每周都和彼此通话。因为珍妮没有对他否认，所以安也没有。她遵从珍妮的引领，参与到这场沉默中，通过这种方式，她比以往任何时候都更接近于和她建立了交流。在安这头，她从那位社工的话里尽可能地搜集信息，同时从不暴露出他以为她早已定好的计划实际上并未成形。当他以为这些计划业已存在的时候，他给了她制定它们的机会。

安关上灯，在充气床垫上躺下。

温暖的夜晚。

她起了个大早，还不到六点。她煮了杯咖啡，在烤箱里热了块苹果面包。她给充气床垫放了气。她给外面的天竺葵浇了浇水。

她今早就会离开。

但现在，她给自己倒了咖啡，从烤箱里拿出面包。她把它拿到起居室，坐在窗前的书桌边。太阳刚刚开始升起。其他房子的窗户都还黑着。她感觉自己是方圆几英里内唯一醒着的人。这时在黎明的阳光中，在街上，她看见了那头鹿，这次还有一头幼鹿。它缓步跟在母亲身后，撕咬着人行道缝隙里的蒲公英。

安想起韦德多年前告诉过她，幼鹿在捕食者的嗅觉中是隐形的。看着那头幼鹿一边走，一边小口咬着草叶，她心里想：它留不下痕迹。它不会受到它自己过去的威胁。

那头幼鹿在它母亲身后消失在了树林。她吃惊地发现自己的双手在大腿上攥紧。

“如果你在那儿。”她低语道，仿佛要向这间安静的公寓解释她低头合眼所要表达的含义。她以前从未祈祷过，她还来不及反应那是什么，祈祷就已经将她填满。

如果你在那儿，琼。如果你活着。我希望你找到了遗忘的办法。我希望你能留住你碰到的无论什么美好的事。

你创造的无论什么美好的事。

她睁开眼睛。环顾公寓。然后她打开了窗户。

一九九五

罗克耶特不习惯被人追着。

梅和琼知道这一点。她们知道他之所以逃跑，唯一的原因是她们也在跑；她们知道他之所以恐惧，唯一的原因是他察觉到他的恐惧就是她们的目的，而且是的——确实是——怎么会这样？但她们停不下来。她们慢不下来。她们无法压低跃出喉咙的那一声声他的名字。

“罗克耶特！”

她们滑下那片树木葱茏的山坡，滑下一股股松果的湍流。她们脸颊灼热。那是欢乐。八月。遍地野草的缝隙间挂着昆虫从草茎里吸出并培育成形的白色泡沫，这些泡沫将成为它们生活和生长的地方。梅和琼奔过草丛，一路扯开野草，那些分泌物蹭在了她们腿上。草叶抽打着她们的腿，在她们的擦伤里留下毒汁，但她们有什么好在乎的？她们有什么好在乎的？她们在笑！她们在叫！她们沿着山坡向下奔跑，她们沿着山坡摔跤，滑行。她们的手抓树枝抓得火辣辣地疼，因为她们速度太快，来不及放手。

有几次在前面，那只猫突然停下逃跑的脚步，待在树干低处，耳朵向后贴着，一动不动。他给了她们停下的机会，让她们像过去那样接近，让她们重新恢复往常的样子，把他一次一只爪子，轻轻地从树上摘下来。

但她们没有接住他给的机会，她们自己创造机会。她们让他害怕。现在是故意的了。她们没有停下，哪怕有时候似乎只要停下就能抓住他。于是他连蹦带跳地逃走。他尾巴上的毛根根直竖，他的脊梁着了火。她们呼喊他名字的声音像是一种威胁，然而她们想要的，她们奔跑的原因，是带他回来。

因为他丢了。

她们已经忘记了这一点。这点没有任何意义。

她们追他是因为她们已经开始追他了。因为那是她们此刻一起做的一件事。

他纵身一跃。高高的一跃。从一把扶手椅的椅背上，他一个高跳到了一棵树的树枝上。

——一把扶手椅。

她们停下了。

这突然的暂停，罗克耶特对这场游戏的终结，一开始让她们的心平静了下来。但紧接着，片刻过后，她们的心沉了下去。她们没动，只是贴近彼此，仿佛想听见对方的想法。

她们不知道自己在哪儿。她们环顾四周，大口喘息着。

“垃圾堆。”琼说。

“我们发现了垃圾堆。”梅说。

“瞧瞧这有多少东西。”琼说。

“好大一堆垃圾。”梅说。

但其实只有三样东西。一个一点玻璃都不剩的木相框。一盏被压扁的灯罩，上面画着玫瑰，生了斑斑点点的黑霉。还有一把大沙发椅。蓝色的。日晒雨淋让它褪色得厉害，但她们仍旧能看出一个个浅黄色的鸢尾花饰。椅子顶上有三道也许是被罗克耶特的爪子挠出的破口，填充物从里面冒出来，仿佛水煮蛋从蛋壳裂缝里冒出的蛋白。

“梅，”琼说着忍不住要笑出来，“你知道这是什么吗？”

“什么？”梅问。

“这是你的棚屋！”

梅是那么吃惊，她双手拍打起自己的大腿来。她放声大笑。“这就是！”

“我们来给它整修整修。”琼说着扫去椅垫上的松针，“你和查德可以睡在这上面。”

梅的笑声。

“真的，”琼说，“他个子小。他能躺下。”她朝灯罩凹陷的地方来了一拳，算是修好了它，“我们应该再回来。我们应该铺一张地毯。我们要把那个相框挂在那棵树上。我们要拿钉子和锤子来。你有他的照片吗？”

“查德！”梅哈哈大笑，“查德！我要嫁给查德！”仍旧笑着，梅往后一仰，一屁股坐在那张椅子上。

“这椅子真恶心。”琼说，但即便如此，她已经开始往那张椅子上爬，准备坐在她妹妹旁边了。

“明天回来怎么样？”梅问。

“我们可以在地上插根棍子把灯罩支在上面。”琼说，“门口的擦鞋垫！你得铺张擦鞋垫！你的影片店要开在哪儿？”

“我们可以掰开一块板子，在它上面吃饭！”

“我们连钉子都用不着。”琼说着从椅子上站起来。她的条纹棉长裙后面被椅垫沾湿了。她从地上捡起那副相框，用手拍掉上面的尘土。几只球潮虫掉了下来。梅看着琼拿着相框朝那棵树走去。琼一只脚踩在一块低处的树节上，尽可能地往上够，把相框的挂钩挂在一根短枝上。然后她从树上下来，打量着自己的杰作。

“真棒。”梅说，“现在回这儿来吧。”

“我们可以在那儿安一扇天窗。”琼指着天空说。她回到椅子上，蜷缩在椅子里她妹妹身边。

这时天地之间万物无声。她们一起定格在这里，在这突如其来的沉寂中，这既是声的沉寂，也是光的沉寂，那铜色的暮光不是照在她们身上，而是大张旗鼓地从一边向她们接近，它宽阔的光线斜穿过树林。这光照出了琼两鬓柔软的棕发，她两颊边缘的绒毛。当琼微微侧过头，梅甚至还看见有沿着她鼻梁生长的细小绒毛。令人惊叹的是它们居然一直都在那儿。令人惊叹的是下一刻它们又会再次消失。她向上伸出手，想用指尖摸摸它们，但同样望着这寂静深处的琼拍开了她的手，于是她们又都一动不动了。

现在对蟋蟀来说还太热了，但夜鹰和蝙蝠已经对提早行动的蚊子展开了狩猎。在这寂静中，她们能听见嗡嗡作响的空气，其间夹杂着鸟儿把自己收拢成一枚鱼雷自由下落时翅膀的声响。接着是风向逆转，气流回升时放烟花似的叹息声。双翼展开。它们在飞翔。天空中少了一只蚊子。耳边少了一个音调。这音调曾编织、穿插在现在升起的这嗡嗡声中，她们能感到这声音像一种感觉从大地上升起。

梅感觉疲惫了。快乐，但是疲惫。在这短暂的一刻，她感觉琼在她身边靠得这么近，在潮湿坐垫和冷却树木的气味下，琼身上受惊的狗的气味消失无踪，她感觉她可以在这里靠着她姐姐的肩膀入睡。而也许明天琼就不会这么好了。也许琼会想读她的书。也许她会想一个人出去探索。意识到这个可能，梅决定不睡了，此时此刻她要留在这里，让这一切持续下去。她看着面前的每一件事物，挣扎着保持清醒。香莓叶像巨大的扇子，中间长着褶皱，边缘像被火燎过似的变成了棕色。欧蓍草安静地长在它们的微缩小径上；它们一棵跟着一棵，连起一条条找不到终点的路线，一动不动地站在同类身边。银绿的花茎,细小的白花,在开花的那一刻它们就已经干硬,可以轻易地在两只手掌间搓成粉末，然后吹向空中。

她开始做她合眼之前常做的功课。她决定把事情忘记。她拾起这一天散落在思绪中的所有碎片，这样她就可以把它们收起来，放在不碍事的地方，或许是一座壁橱里的搁架上，她可以让壁橱门合上一阵子。

于是，和她眼角余光中的琼一样望着草地，她忘记了那本书上的脸，忘记了琼头上那顶母亲的帽子、蓝色的水中松果的鳞片。她忘记了她们明天的计划，那趟去另一座山上搬运原木的旅行，以及琼在那儿变得尖酸刻薄的可能。她忘记了睡在树桩里的娃娃。楼下的钢琴。弹奏着曲子的父亲。铅笔的摩擦声。罗克耶特。

而就在他被遗忘的那一刻，那只猫叫了起来。用他圆润、悲哀、知错、宽恕的声音叫了起来。

她们都朝上看去，看见他正朝下张望。

“噢，罗克耶特，”梅恼火地说，“到这儿来。”

二〇二五年八月

这只纸箱里还残留着洗涤剂的气味，那是另一世的气味。一条牛仔裤，一件深色运动衫，别无他物。三十年前当他们让她在这箱子里留些东西，以备有一天被释放出狱，这就是她为自己留下的全部。

一个年轻得多的女人的衣服。折痕里藏着她指尖的幽灵。

更衣室紧挨着监狱自由区域的主通道，她一个人在里面，把这件运动衫从头上套下来。她把牛仔裤也提上了，它松松垮垮的，而且太长。她从没想过还能再见到这些东西。她一心只求永远不会见到它们。

屋里有一面玻璃镜子。在她身后；她一进屋就看见了，但她一直留心不正对它。她已经三十年没有在玻璃镜子里看过自己。从浴室的不锈钢镜子里，她得到的只有自己样貌的蛛丝马迹。可是现在，当她转过身，强迫自己往镜子里看，她突然得到了三十年来那些模模糊糊的迹象所暗示的，自己面容真真切切的事实。

她不认识她看见的这张脸。一张和她自己面容截然不同的脸。就连她棕色的眼睛在这张清晰的脸上都显得格格不入，那是一个人的脸。一个人类。一个老太太。

她移开了目光。

她不知道该如何承受接下来的那一个个钟头，一个个春秋。

但她的出狱是一件善举，伊丽莎白的善举，也是她自己的善举。她接受了伊丽莎白的馈赠，因为她知道不献出自己拥有的一切，伊丽莎白永远不会安宁。那么如果这能给伊丽莎白安宁，珍妮愿意收下这最后的、毁灭性的礼物。也许这是她们的两颗心自始至终所期待的——破碎。只为知道它们还完整得足以破碎。

“我也给你准备了一样东西。”珍妮昨天说，“在我们的墙上。”

“在哪儿？”

“我只在墙上贴过两样东西，它是其中之一。”

“可是你只贴过一样，那张猪崽儿的字条。”

“在它旁边，往它旁边看。”

“可是和以前一样——”

宁静的独白，静止的岁月，一切如故的安稳。是的，那就是她们的友情，那就是她即将作别的生活。年复一年囚禁的善意，隔绝的爱。两把摊开的扑克牌面朝下并排扣在水泥地面上，等待这样那样的杂活结束后被重新拾起；信任的建立源于光的缓慢移动和每一件稀有之物的分享。图书馆里的一本新书。一部电视剧。一块糖果。一双苍老的手被一双更老的手检查过。你侧枕的头分享着我的肩膀。

墙上的那幅素描。

伊丽莎白抚摸着那模糊的签名。

“它是我来这儿之前画的。”昨天告诉伊丽莎白的时候，珍妮看出她几乎懂了，“那是很多很多年前，当时我丈夫和我被冬天困在一座山上。那本来是要送他的礼物。”这时她看见那个问题从伊丽莎白脸上闪过，她拉住了伊丽莎白的手。“没有答案。”她说，免得她的朋友沉迷于她自己苦思冥想了几年，却只得放弃的那个期望。“它就那么来了。我没有告诉你是因为我不希望你在其中寻找意义。你发现了它，就是它唯一的意义。你在我们两个谁也不知情的时候，就把我带进了你的生活。”

伊丽莎白把那张画从墙上拿下来，挨着珍妮坐在床上。她把那张纸轻轻放在大腿上。她一言不发地盯着它看了许久。然后把它重新贴回墙上。

两个人，各自对彼此的牺牲。给予，给予的代价不外乎——幸福。

她们活在彼此生活中的时间比她们知道的要漫长得多。

她们将永远活在彼此的生活中。

此刻穿着她的旧衣服，单独待在她从没来过的这间屋子里，她望着那扇门，它不同于她过去三十年所知的其他任何一扇门。这一扇唯一的作用是保护她的隐私。这好意让她几乎不堪承受，她想把这间屋子带回她的牢房，这件从外面偷运进来的完美事物，把它送给伊丽莎白。

但那里面回不去了。事实上，珍妮已经自由了。

她希望她怀里能有什么东西。什么她能带走的东西。她在这间小屋里搜寻着她能抱走什么，但除了装着她囚服的那只纸箱，屋子里什么也没有。

但也许她在这里停留得太久了。她自由了还不到一会儿工夫，那种旧时的感觉，一种不能让另一个人等待的强烈念头，就已经回来了。

她把她的运动衫套过头。她把布料攥成一团，压在胸前。

她走出更衣室。领她来的狱警已经离开。但出口就在通道尽头。她朝它走去。一扇通往外面的普普通通的门，没有任何标记。

她推开那扇门。

天空涌进她的体内。那是一种让人头晕目眩的感觉，但她没有闭上眼睛。她强迫自己去感受天空在她体内难以置信的重量。野花的香味在围墙的这一侧更浓。停在路面上的车投下清晨又长又黑的阴影。仍旧用身子支着门，她把运动衫紧紧攥在身上。似乎没有人在这儿等她，但她也不知道该往哪儿看。她感觉身体异样而沉重，但她终于还是向前迈了一步，门在她身后关上了。

一听见关门的声音，一个女人从远处转过头来，珍妮这才一下看见了她。她肯定是一直站在那儿，面对着前门，那扇错的门，等待着。现在她微微前倾，似乎是极力想要看清。她身形纤细，个子不算很高，头发灰金相间。她抬起放在车尾上的手，举到眼睛上挡住阳光。

现在唯一能做的事，只有穿过这片停车场。只有到她那里去。

珍妮紧紧抓着她的运动衫，盯着地面走着。一开始，她只能听见自己的脚步声，但接着，像跨过了一道门槛似的，她也听见了那个女人的脚步声。不一会儿，她们双双驻足，抬头相望。她们之间只相距几英尺。

有一瞬间，她们仿佛要握手。一次相触，一次飞快的、几乎偶然的拥抱。

但她们没有。

“珍妮？”

安有一张温和而忧虑的脸。它在笑还是不笑的痛苦抉择之间微微抽动。

“安。”

“你有需要往外搬的东西吗？”安问，她听起来几乎战战兢兢。

“没有。”珍妮低声说，“但还是谢谢你。”

该对站在她面前的这个人，这个孩子般睁大双眼、战战兢兢等待着的女人说些什么？她在等待什么？

“你确定你不介意吗？”这是珍妮能想到对她说的全部。

“我一点儿也不介意。”安的表情舒展开了，“你呢？”

珍妮没想到这个问题会被反问。“我很感激。”她好不容易说出口。

这时安的确笑了。那是个伤感的微笑，坦诚的微笑。它展开了更进一步的可能。于是她们迈开步子，并肩走向安的车。每一步都像踩在梦里。

到了车边，安走到驾驶座那侧。她拉开车门，但没有进去。她停在那儿。珍妮摸着副驾驶那侧的银色门把手。“安。”珍妮说。这个字是她隔着车顶说的。她们面对面，顶篷在她们之间发着亮，闪着光，一片朦胧的蓝色。“以后会怎样？”

“你会住在莫斯科。”安说。但珍妮不想澄清。这个问题，这个自私的问题，没办法表达。她想知道安是不是还住在那座山上。她感觉她无论如何都要在上车之前知道。可是那又有什么意义？又能有多难，不过是知道——“我会住在苏格兰。”安说。这让珍妮既惊奇，又释然。释然，不仅为答案本身，也为不必问出那个问题。

“离家那么远？”她对安说。

“我是在英国长大的。我以前有口音，不过现在已经没了。”

突然，隔着亮晃晃的车顶，珍妮在安的脸上看到了一种新的东西。一丝珍妮无法理解的类似羞愧的表情。

也许是那座山。

也许她为如此不小心地回忆起失去口音的地方感到羞愧。

珍妮突然感觉伊丽莎白在看着她，不过当然，她在牢房里，牢房的窗户不朝这个方向。她望着监狱。一想到她的朋友，她感觉自从那许多年前钢琴的声音传过监狱的走廊，她第一次忍不住要落泪。

“我想我的确能听出来一点儿。”她说。

越过车顶篷，安打量着珍妮。但在想象了这个人三十年后，安现在却几乎看不见她了；她能看见的只有珍妮眼中的自己。这是以前不曾发生过的。她感觉清晨的阳光框住了她的脸。在这片被砾石中盛放的仙人掌环绕的停车场里，她成了一幅自己的画像。这幅景象，它突然的清晰，它的切近，让她无法自拔，她感觉她需要坐进车里，暂时避开珍妮的视线。

但珍妮也上车了。

关上各自的车门，这样近地坐在一起——她们不过片刻之前隔着车顶达成的那种密切，被奇异地割断了。

她们面朝挡风玻璃。她们看见了环绕停车场的铁丝网围栏，围栏外的田野。安发动了车。

在她们旅程的最初阶段，在这座小城里找路分散了安的精力，这让她感到庆幸。但一驶上高速，她们之间的沉默就成了它自己的空间，一个单一的时间点，她们在那个点里无休无止地向前行驶，景色飞驰而过。

84 号州际公路穿过蛇河平原宽广开阔的地域。这是一片幅员辽阔的平坦地带，由火山喷发塑造而成，灌木蒿、黑岩石、北美野兔和鹿是这片土地的标志。只有灌溉水渠能延伸到的地方才有零零星星的农田。甜菜和苜蓿。羊群。与这些农场笔直的绿色边界相接的，是它们开垦自的那片遍布火山口的淡红土地。这些火山口有些常年积水，无尽的棕色中点缀着一片片惊人的银蓝色光泽。

安从没见过这样的风景，她前一晚是在黑暗中穿过这片土地的。她很久以前到过一次格兰奇维尔，但除了她埋葬韦德的那片墓园，那个地方没有在她的记忆中留下特别的印象。这个爱达荷和她自己的爱达荷之迥异让她震惊，有时她觉得这种差异也许是一件可以大声感慨的事。

但珍妮除了一座围墙里的院子和一片停车场，已经三十年没有见过土地，她一言不发，平静而知足，以一种温暖的、兴致盎然的目光凝视着窗外的风景。

所以安对自己的惊奇只字未提。头一次，除摆在面前的事之外，她无法想象其他任何事。她清楚地感知着自己的手和脸。她不时望一眼珍妮，但珍妮没有回望。

琼·贝莉·罗写来的那封旧信在副驾驶杂物箱，还在它撕开的信封里。在接下来几个小时里的某个时候，安需要告诉珍妮它在那儿。她要告诉珍妮她在莫斯科的银行账户里存了一笔钱。可是眼下，她甚至无法把她为这趟长途旅行烤的那块苹果面包拿给珍妮，它装在一只纸袋里，也在杂物箱。安害怕珍妮的感激，害怕珍妮误会她来的原因。在过去某个时候，驱使安来到这里的可能会是负罪感，会是一种得到珍妮原谅的迫切需要。在另一个时候，更早的时候，可能会是好奇，是一个疑问。

但不再是了。安也在老去。那座山已经不再。她的一生至爱已经离去。她有她父亲、她叔叔。但这世上再没有一个她了解的人。

一个也没有，除了坐在她旁边座位上的这个女人。

高速公路沿线只有少数几处能够望见蛇河，而且需要沿它切出的峡谷纵目深入。她感觉这条河是一个可以聊的话题。她向珍妮提起了这道风景。

“是啊。”珍妮和善地说，她靠到窗边，紧贴在车窗上，望着那银色的河水，“它是那么开阔，不是吗？”

她难道意在影射她在高墙内被剥夺的东西？这是对安提起那条河的礼貌回答，还是谈论她们生活的一种方式？

“非常开阔。”安附和道。

另一侧，干燥、奇异的土地。

莫斯科距离圣人山有八小时车程。她们默认这趟车程将是两人这辈子共度的唯一一段时光。她们再也不会听到对方的消息。再过几天，安就会飞往爱丁堡，她已经在她叔叔和父亲住的那条街上买下了一座房子。里面已经摆上了她还是个小女孩时弹过的那架钢琴。

珍妮为什么选择了莫斯科，她一直没有找到答案。她不问。

于是她们之间这些年来的沉默在这辆车里延续着。

“想听什么台随便调。”安说。珍妮点头道谢。收音机依旧关着。

前方，早晨的天空。

一群奔跑的羚羊转向，跃过一排倒下的栅栏。狗一般大的野兔在远处四散开来，地平线和干旱崎岖的土地上它们自己的骇人影子追逐着它们，让它们时时刻刻提心吊胆。

安没有提起这些，但有这么一种预感——安感觉到了——有什么事要发生，有什么事将成为可能。

风景将在几个小时内改变。只要向北一转，她们就会穿过那片群山。朝群山行进让安感到紧张。甚至现在她就已经意识到，公路沿线的那道峡谷是被它们的山泉冲刷而出，她们现在经过的这些农场仰赖它们山巅积雪的哺育。即便是在这平坦无垠的空间里，她心里已经有了一种对山间回声的预感。她感觉那些不得不说的话无论如何都要在进山之前说完。

前方，她看见公路边出现了一条岔道。她看见一块巨大的棕色标识牌，她和韦德过去驾车出行的时候常常停下来读的那种。也许从那个位置能看见河景。

“你想停一下吗？”安问。

“在哪儿？”

“前面。”

“好啊。”珍妮说。

于是安靠边停车。

她猜得不错，她们能看见河，就在下面不远的地方。那块棕色标识牌讲述了它的历史。两个女人并排站在那里，默默地读着。一条时间线上标出了这条河历史上的重大事件。安什么也没读进去。黄石公园地下的火山热区。对内兹佩尔塞人[①]至关重要的产卵期鲑鱼。刘易斯和克拉克[②]翻越落基山脉。来自欧洲的马匹。蒸汽船上的毛皮商人。水力发电、大坝和水库。鲑鱼的减少。

安看见有一条通向河边的易行小路。“你想下去吗？”她问。

“去水边？”

“我们可以踩踩水。”

“那一定很惬意。”珍妮说。

于是她们沿着那条小路缓缓向下，穿过齐腰深的青蓝色野草。刚才卖力歌唱的青蛙在小路边沉默下来，但路两边十英尺开外的地方歌声依旧。数百个凝固的蛙叫声形成了一条比这条窄土路更宽阔的通途，一条两个女人共同行走、共同创造的沉默的通途。

下来并不吃力，一两分钟过后，她们就来到了这片泥泞空地齐膝的野草里，她们站在彼此身边，就在她们面前，河水平静地奔流

---

① Nez Perce，北美印第安原住民部落，传统聚居地以蛇河下游为中心，分布在鲑鱼河和克利尔沃特河等支流流域，包括今美国俄勒冈州东北部、华盛顿州东南部和爱达荷州中部。

② 一八〇四年至一八〇六年的刘易斯与克拉克远征是由杰斐逊总统发起的美国国内首次横越大陆，西抵太平洋沿岸的往返考察活动，领队为美国陆军上尉梅里韦瑟·刘易斯和少尉威廉·克拉克。

而过。泥地里有小鸟的足迹。

“真奇怪。”安说出了她唯一能想到的话。之后两个人都许久没有开口。一阵风吹过，安看见珍妮的一头白发中藏着几缕深色的发丝。一瞬间，安感觉站在她身边的是琼，仿佛历经多年，他们在这儿找到了那个姑娘。一幅又一幅画像，一年又一年——这就是他们一直在接近的那张脸。

珍妮说：“在这条河的另一段，我见过一只山狮直直从水里跳出来。我就见过那么一次山狮。”

“我知道那件事。”安说，“我不知道你也在那儿。韦德给我讲过。”

“真的？”珍妮露出惊奇的笑容，“他还给你讲过什么？”

安不确定珍妮指的是什么。珍妮似乎也不确定。她轻轻笑出了声，这还是第一次。

致谢

我诚挚感谢吉恩·奥，感谢她的支持、智慧与慷慨。感谢凯特·玛蒂娜和安娜·皮托尼亚克，感谢她们的远见、热情和耐心。

我衷心感谢马克·梅尔，他精心编辑了大量原稿，并且从我的小说中看到了它自身的更优版本。感谢贝基·哈迪，罗宾·杜赫诺夫斯基和埃米·埃德尔曼，他们给了我许多明智的建议。

感谢凯瑟琳·杰克逊·戴尔，感谢她美好的友情，从我们很小的时候，她就是我了不起的灵感来源。

我还要诚挚感谢卡里·特罗根，基内洛·奥克帕兰塔，史蒂文·肯内温，马克·麦克菲和莫莉·麦克菲，安妮特·拉斯克维奇，P. J. 特里，我的外祖父母拉里·威廉斯和玛黛尔·威廉斯，以及我的邻居，爱达荷刀具制造的迈克·曼和黛比·曼夫妇。

此外，我还想感谢爱荷华大学作家工作室，Wylie 代理公司，威斯康星大学 James C. McCreight 学会和大学英文系，Taylor-

Chehak 奖赞助者，以及我在科罗拉多大学丹佛分校的朋友和同事。

这一生中众多教过我的优秀写作老师对我助益良多，尤其是玛丽莲·鲁宾逊，伊桑·卡宁，张岚，米歇尔·胡内温，约翰·鲍尔，戴尔德丽·麦克纳默，朱迪·布伦特，杰里米·史密斯，比尔·普罗瑟，布鲁斯·贝克和辛迪·克拉比，他们全都深刻地改变了我的人生。

除了这些老师，我还深感受惠于艾丽丝·门罗，她的故事将在余生中继续教育我，启发我，触动我。

向我的家人献上我最为由衷的感谢。

明蒂，谢谢你的爱与支持。马特，谢谢你的鼓励。还有玛丽和罗里，谢谢你们一遍遍阅读书稿，谢谢你们帮我回忆起我们的童年。你们的善意对我无比珍贵。

我亲爱的爸妈，谢谢你们建了那座“小破屋”，我在里面写下了这本书的绝大部分，谢谢你们阅读和编辑每一稿，谢谢你们给了我胡多山上那些美丽的岁月。爸，谢谢你的歌《从墙上摘下你的照片》。

还有我的丈夫萨姆·麦克菲，你读这本小说的遍数比任何人都多，你每天在我身边写作，我不仅要感谢你的爱和善良，你的见地和勤奋，还要感谢你完美的想象力，它给了我引导，给了我挑战，并且——如果我果真如此幸运——融入了这些书页之间。

图书在版编目（CIP）数据

遗忘爱达荷 /（美）艾米丽·卢斯科维奇著；杨扬译. -- 海口：南海出版公司，2023.8
ISBN 978-7-5735-0515-6

Ⅰ. ①遗… Ⅱ. ①艾… ②杨… Ⅲ. ①长篇小说-美国-现代 Ⅳ. ①I712.45

中国国家版本馆CIP数据核字（2023）第073867号

著作权合同登记号　图字：30-2023-012

遗忘爱达荷
〔美〕艾米丽·卢斯科维奇 著
杨扬 译

出　　版　南海出版公司　(0898)66568511
　　　　　海口市海秀中路51号星华大厦五楼　邮编 570206
发　　行　新经典发行有限公司
　　　　　电话(010)68423599　邮箱 editor@readinglife.com
经　　销　新华书店

责任编辑　侯明明
特邀编辑　殷秋娟子
营销编辑　王　靖
装帧设计　韩　笑
内文制作　贾一帆

印　　刷　河北鹏润印刷有限公司
开　　本　850毫米×1168毫米　1/32
印　　张　11
字　　数　235千
版　　次　2023年8月第1版
印　　次　2023年8月第1次印刷
书　　号　ISBN 978-7-5735-0515-6
定　　价　59.00元